Jogos perigosos

Obras da autora publicadas pela Record

Acidente
Agora e sempre
A águia solitária
Álbum de família
A amante
Amar de novo
Um amor conquistado
Amor sem igual
O anel de noivado
O anjo da guarda
Ânsia de viver
O apelo do amor
Asas
O baile
Bangalô 2, Hotel Beverly Hills
O beijo
O brilho da estrela
O brilho de sua luz
Caleidoscópio
A casa
Casa forte
A casa na rua Esperança
O casamento
O chalé
Cinco dias em Paris
Desaparecido
Um desconhecido
Desencontros
Um dia de cada vez
Doces momentos
A duquesa
Ecos
Entrega especial
O fantasma
Final de verão
Forças irresistíveis
Galope de amor
Graça infinita
A herança de uma nobre mulher
Um homem irresistível

Honra silenciosa
Imagem no espelho
Impossível
As irmãs
Jogo do namoro
Jogos perigosos
Joias
A jornada
Klone e eu
Um longo caminho para casa
Maldade
Meio amargo
Mensagem de Saigon
Mergulho no escuro
Milagre
Momentos de paixão
Uma mulher livre
Um mundo que mudou
Passageiros da ilusão
Pôr do sol em Saint-Tropez
Porto seguro
Preces atendidas
O preço do amor
O presente
O rancho
Recomeços
Reencontro em Paris
Relembrança
Resgate
O segredo de uma promessa
Segredos de amor
Segredos do passado
Segunda chance
Solteirões convictos
Sua Alteza Real
Tudo pela vida
Uma só vez na vida
Vale a pena viver
A ventura de amar
Zoya

DANIELLE STEEL
Jogos perigosos

Tradução de
Diogo Freitas

1ª edição

EDITORA RECORD
RIO DE JANEIRO • SÃO PAULO
2021

EDITORA-EXECUTIVA
Renata Pettengill
SUBGERENTE EDITORIAL
Mariana Ferreira
ASSISTENTE EDITORIAL
Pedro de Lima
REVISÃO
Cristiane Pacanowsky
Renato Carvalho

CAPA
Renata Vidal
DIAGRAMAÇÃO
Juliana Brandt
TÍTULO ORIGINAL
Dangerous Games

CIP-BRASIL. CATALOGAÇÃO NA PUBLICAÇÃO
SINDICATO NACIONAL DOS EDITORES DE LIVROS, RJ

S826j   Steel, Danielle, 1947-
        Jogos perigosos / Danielle Steel; tradução de Diogo Freitas. — 1ª ed. —
        Rio de Janeiro: Record, 2021.
        280 p.; 23 cm.

        Tradução de: Dangerous Games
        ISBN 978-85-01-11931-5

        1. Ficção americana. I. Freitas, Diogo. II. Título.

20-62344
        CDD: 813
        CDU: 82-3(73)

Leandra Felix da Cruz Candido – Bibliotecária – CRB-7/6135

Copyright © 2017 by Danielle Steel

Texto revisado segundo o novo Acordo Ortográfico da Língua Portuguesa.

Todos os direitos reservados. Proibida a reprodução, no todo ou em parte, através de quaisquer meios. Os direitos morais da autora foram assegurados.

Direitos exclusivos de publicação em língua portuguesa somente para o Brasil adquiridos pela
EDITORA RECORD LTDA.
Rua Argentina, 171 – Rio de Janeiro, RJ – 20921-380 – Tel.: (21) 2585-2000, que se reserva a propriedade literária desta tradução.

Impresso no Brasil

ISBN 978-85-01-11931-5

Seja um leitor preferencial Record.
Cadastre-se no site www.record.com.br
e receba informações sobre nossos
lançamentos e nossas promoções.

EDITORA AFILIADA

Atendimento e venda direta ao leitor:
sac@record.com.br

Para meus filhos maravilhosos,
Beatie, Trevor, Todd, Sam,
Victoria, Vanessa, Maxx e Zara.

Que aqueles em quem vocês confiam nunca os
desapontem ou prejudiquem.

Vivam de maneira honrada, amem com sinceridade,
Sejam fiéis a si mesmos e gentis uns com os outros.

Amo vocês, sempre.

Mamãeld.s.

Não te metas entre o dragão e sua fúria.
*
O tempo há de revelar o que se esconde nas dobras da perfídia.

WILLIAM SHAKESPEARE, *Rei Lear*

Capítulo 1

Eram quase quatro horas da manhã quando Alix Phillips ouviu os tiros e correu em busca de abrigo. Uma fábrica de frutas enlatadas tinha sido fechada no Alabama, deixando milhares de pessoas desempregadas. Fazia meses que o sindicato vinha tentando impedir o fechamento, e por fim a violência irrompeu na cidade, motivada pelo desespero e pela frustração. A maioria dos operários era de afro-americanos, e as famílias de alguns deles trabalhavam na fábrica havia várias gerações. Houve saques e destruição na localidade e nos arredores ao longo de toda a noite, e dois jovens acabaram mortos. Tropas de choque de cidades vizinhas foram chamadas para conter o tumulto, e o cheiro acre do gás lacrimogêneo tomava o local. Alix estava no meio de uma transmissão ao vivo e teve de deixar seu posto às pressas, pois seu cinegrafista, Ben Chapman, agarrou-a pelo braço e a obrigou a se afastar. Na verdade, ele quase teve de arrastá-la de lá, conforme as tropas fechavam o cerco na área e janelas explodiam enquanto os saqueadores incendiavam um edifício. Alix havia acabado de dizer, em sua transmissão para a TV, em rede nacional, que não se via nada parecido com aquilo desde as rebeliões de Los Angeles em 1992.

— Você perdeu a porra do juízo? — gritou Chapman para ela enquanto os dois buscavam refúgio atrás de um prédio na esquina, e a Guarda Nacional e a polícia de choque passavam por eles como um

9

trovão. Ben e Alix usavam suas credenciais de imprensa penduradas no pescoço e vinham cobrindo o desenrolar dos acontecimentos a semana toda. O rosto dela estava manchado de fuligem e seus olhos marejavam com o gás lacrimogêneo pesado no ar. — Por acaso você quer morrer?

Eles já trabalhavam juntos havia quatro anos e se davam muito bem, exceto em momentos como aquele.

Alix Phillips era capaz de arriscar a própria segurança, colocava-se na linha de frente de qualquer batalha, rebelião, protesto ou situação perigosa para levar a realidade aos seus espectadores. Ben adorava trabalhar com ela, mas eles já tinham discutido sobre aquilo antes. A atitude destemida dela lhes rendia imagens premiadas, e a emissora adorava isso, principalmente numa época que o jornalismo televisivo tinha poucos repórteres dispostos a correr os riscos aos quais ela se submetia. Aquilo estava em seu DNA. Mas havia momentos em que a razão tinha de prevalecer, ou deveria ter prevalecido, mas, com Alix, isso nunca acontecia. Quando ela estava no calor de uma reportagem, ficava cega para todo o resto. Alix trabalhava como repórter de TV desde que se formara na faculdade, 17 anos antes, e, aos 39, construíra uma sólida reputação, atuando em todos os focos de crise do planeta. Cobria as notícias nos Estados Unidos e no exterior, em missões especiais, e os produtores a amavam porque ela jamais recusava nada. Suas análises e seus brilhantes editoriais eram famosos no mundo todo. Tornara-se uma repórter lendária que todos admiravam, uma estrela da casa. Trabalhar com Alix era um privilégio que Ben apreciava, exceto quando ela ia longe demais e colocava a vida deles em perigo. Apesar de se considerar um homem corajoso, não era bobo. Porém nada detinha Alix. Ela era apaixonada por cada história.

Ben tinha 42 anos e havia sido um militar até quatro anos antes. Fizera parte de uma equipe de elite SEAL da Marinha, o que o tornava apto para o tipo de missões que Alix preferia, e tinha aceitado com entusiasmo trabalhar com ela. Outros cinegrafistas mais receosos haviam recusado a oportunidade. Ela era uma mulher saudável, em ótima forma física, obstinada, digna, corajosa, sem medo de nada e muito inteligente. Suas reportagens eram impecáveis, e o talento de Ben com a câmera se equiparava ao dela como repórter. Os produtores e espectadores adoravam a dupla. Eles eram a combinação perfeita e completavam um ao outro. Todos os conheciam por sua integridade profissional e suas reportagens aprofundadas. Haviam estado em todo o Oriente Médio juntos, tinham coberto invasões militares e guerras civis na América do Sul e na África, desastres naturais, golpes de Estado e uma série de importantes revelações políticas nos Estados Unidos. Conflito era a especialidade da dupla, e os espectadores ficavam hipnotizados com as imagens de Ben e com as palavras de Alix, além de sua presença na tela. Ben costumava provocá-la dizendo que, quando acontecia um desastre, independentemente do lugar que fosse, Alix sempre dava um jeito de ir até lá para arriscar a própria pele e a dele, como já fizera várias vezes naquela noite, nos levantes no Alabama.

Eles ouviram uma explosão alguns minutos depois de se abrigarem. Alix voltou para a cena correndo antes que Ben conseguisse impedi-la, então ele correu atrás dela. Era tão empenhado quanto ela, mas sentia que era seu dever protegê-la também, coisa que ela ignorava sempre que possível.

— Será que algum dia você vai me perguntar se eu acho uma boa ideia voltarmos para o foco da confusão ou se é melhor esperarmos? — reclamou ele quando a alcançou.

Ambos estavam cansados, pois não tinham dormido mais que umas poucas horas nos últimos dias.

— Claro que não.

Alix sorriu para ele e correu para acompanhar um grupo de soldados que haviam sido enviados como reforços para a tropa de choque.

Apesar dos riscos, ele gostava de trabalhar com a jornalista. Os dois eram colegas de combate e parceiros no crime. Ele tinha 1,95 metro de altura, com ombros fortes e uma boa forma admirável.

Alix tinha quase 1,70 metro, um corpo ágil e atlético e longos cabelos loiros, e gostava de pensar que era tão fisicamente capaz e resistente quanto ele. Ia à academia todos os dias quando estava em Nova York e adorava praticar boxe. Porém vinte anos na equipe SEAL da Marinha, além de sua estatura, faziam de Ben o mais forte dos dois, mesmo que ela não quisesse admitir isso. Alix era uma mulher bonita quando se arrumava, mas ficava perfeitamente à vontade em roupas de combate, coberta de sujeira. Não dava a mínima importância para a própria aparência quando estava trabalhando. Seu único foco era conseguir a história, a qualquer custo.

O tumulto se estendeu até as sete da manhã, quando todos os agitadores e saqueadores haviam sido detidos e levados para a delegacia. Os focos de incêndio continuaram a arder com seu brilho esbranquiçado, levando dias para serem extintos por completo. A pequena fábrica ainda estava sob controle militar quando Ben e Alix partiram para Birmingham e embarcaram num avião com destino a Nova York, depois de dirigir 80 quilômetros em seu carro alugado. A cidadezinha que deixaram para trás havia sido praticamente destruída e, por causa do fechamento da fábrica, a maioria dos habitantes locais agora estava desempregada e recebendo algum tipo de assistência social. Muitos já tinham perdido suas casas. Era uma história triste e, em suas reportagens, Alix culpara o governo local por fornecer tão pouco apoio e estar completamente despreparado para conter os tumultos e os saques antes que a situação saísse de controle. Diziam que o prefeito era corrupto, embora ela tenha deixado isso implícito, sem de fato afirmar, e a cidade estava falida. A região havia sido decretada como área de desastre na manhã seguinte ao início dos tumultos. Alix estava pensativa e calada no voo de volta para Nova York. Era difícil imaginar uma pobreza tão extrema nos Estados Unidos, mas eles já tinham presenciado aquilo antes. E ela ficava com o coração partido ao ver aquelas crianças descalças, usando roupas esfarrapadas e pequenas demais, muitas delas agora também desabrigadas.

— O que essas pessoas vão fazer agora? — perguntou ela em voz baixa, olhando de relance para Ben enquanto o comissário de bordo servia seu almoço na classe executiva. Em razão da natureza árdua do trabalho deles, a emissora pagava para que eles viajassem de classe executiva sempre que possível. Uma das regalias que ambos apreciavam naquele trabalho.

— Ficarão desempregadas ou se mudarão para outro lugar, se puderem — respondeu Ben num tom sério, lembrando-se da pobreza que tinham visto naquele local.

Aquilo também o deixava perturbado, embora eles já tivessem visto coisas muito piores nas guerras e coberto cenas horríveis juntos no mundo inteiro. Ajudava um pouco o fato de ambos serem desimpedidos, nenhum dos dois tinha uma pessoa à sua espera em casa, e Ben sabia que, dali a alguns dias, eles estariam viajando de novo. Quase sempre era assim. Havia outro problema em algum lugar, e eles seriam enviados para lá. Uma rotina não muito diferente da vida que Ben levava na Marinha, com a equipe SEAL. Ele passara a vida inteira defendendo as pessoas e os princípios nos quais acreditava.

Alix desenvolveu seu talento e sua coragem com honestidade. Seu pai fora um famoso jornalista britânico e morrera em uma explosão de bomba na Irlanda ao cobrir uma matéria, quando ela ainda era criança. Alix tinha apenas vagas lembranças dele, mas, de acordo com tudo o que sabia, o pai fora um homem maravilhoso. Sua mãe, Isabelle, era francesa. Alix crescera em Londres, fizera faculdade nos Estados Unidos e, quando decidiu permanecer por lá para trabalhar em um telejornal de uma grande emissora, a mãe se mudara para sua cidadezinha natal na Provença. Ela havia sido uma boa mãe e nunca interferira nas escolhas da filha. Alix tinha um amor inabalável por ela e a visitava sempre que possível, o que não acontecia com frequência.

Os anos de faculdade de Alix nos Estados Unidos haviam sido turbulentos e complicados. Um romance no segundo ano do curso levara ao nascimento de uma filha no ano seguinte. O pai da menina era um ano mais novo que ela, um rapaz doce, completamente apaixonado por Alix, que tentou estar à altura da coragem dela quando a namorada decidiu ter o bebê, para o desgosto dos pais dele. Eram bostonianos discretos de uma abastada família de banqueiros, e seus sonhos para o filho não incluíam um rebento ilegítimo, por mais brilhante que Alix fosse. E o sonho dela de seguir os passos do pai como jornalista também não agradavam os pais do rapaz, embora Wyatt a achasse uma mulher incrível. Apesar dos protestos dos pais dele, os dois se casaram menos de um mês antes de Faye nascer.

O parto foi tranquilo, mas tudo o que veio em seguida, não. Os pais de Wyatt cortaram todo o apoio financeiro ao filho, e Isabelle veio de Londres para ajudar o casal com a bebê, embora também não tenha ficado muito feliz com a decisão de Alix. Mas aquele amor juvenil vencera a razão.

Então três meses depois, aconteceu o impensável. Eles estavam de férias com amigos em Nantucket quando Wyatt sofreu um acidente de barco e morreu. Do nada, Alix se viu viúva, aos 20 anos, com uma filha de três meses para criar. Ainda em choque com a morte de Wyatt, Alix e a mãe compareceram ao funeral em Boston, onde descobriram que a família do rapaz não contara a ninguém sobre o casamento deles nem sobre o nascimento da menina. Alix e a mãe foram tratadas como duas estranhas indesejadas. Uma conversa sombria com o pai de Wyatt no dia seguinte ao funeral deixou claro que a família dele não queria nenhum tipo de contato com Alix nem com a própria neta no futuro. Para eles, Faye não passava de um erro que o jovem cometera. Não tinham a menor intenção de desenvolver nenhuma ligação emocional com Alix nem com a filha dela. Não queriam sequer olhar para a criança.

Alix então voltou para Londres com a mãe e, após um mês de longas discussões banhadas em lágrimas, Isabelle a convenceu a retomar os estudos e deixar Faye com ela na Inglaterra. Alix estava com o coração dilacerado quando embarcou no avião para voltar à faculdade nos Estados Unidos e terminar o terceiro ano do curso.

Mas, uma vez estando lá, ficou óbvio que aquela havia sido a decisão correta e que sua mãe agira com sabedoria.

Um ano depois, com notas quase perfeitas, Alix se formou com louvor e recebeu uma excelente oferta de trabalho numa rede de TV em Nova York. Ela estava no caminho certo. Ia a Londres visitar a mãe e a filha sempre que podia, mas ficou profundamente imersa em seu trabalho, que demandava muito dela, por vários anos. Isabelle então mudou-se de volta para a França, para a Provença, levando Faye consigo, enquanto Alix aceitava todas as missões desafiadoras que lhe eram oferecidas. Ela jamais conseguiria ter dado conta dos primeiros anos de sua carreira com uma bebê em casa, e Faye ficava muito bem com a avó. A menina tinha 5 anos quando Alix finalmente decidiu levá-la para Nova York, o que foi bastante difícil, mas ela queria ter a filha por perto e se sentia pronta para o desafio.

Elas foram fazendo dar certo. Faye passava os verões com a avó na França, e uma babá cuidava da menina em Nova York quando Alix estava viajando a trabalho. Não era a situação ideal, mas funcionava. E Alix e a filha tinham em comum o fato de terem crescido sem pai. Aquilo criava um laço especial entre as duas, e a menina sempre se mostrava preocupadíssima com a mãe quando a via na TV cobrindo reportagens em vários lugares do mundo. Isabelle jamais reclamara da carreira que Alix havia escolhido, mas Faye, sim, o tempo todo, inclusive. Acusava a mãe de ser irresponsável e de brincar com a morte.

— Eu já não tenho pai. O que vou fazer se acontecer alguma coisa com você? — perguntava ela, furiosa.

— Você iria morar com a Mamie — respondia Alix, referindo-se à sua mãe na Provença.

Em 19 anos, os avós paternos de Faye nunca mais tinham feito contato. Alix sempre pensou que algum dia eles procurariam a neta, mas isso nunca aconteceu. Faye não existia para a família do pai. Continuava sendo um inconveniente que eles haviam escolhido negar, não nutriam nenhum sentimento pela única herdeira de seu falecido filho.

— Isso não basta para mim — dizia Faye para a mãe, furiosa com os riscos que o trabalho dela implicava. — Preciso de você também. Não só da Mamie.

Na verdade, Alix e Faye precisavam uma da outra, mas Alix amava sua carreira também, e estava decidida a continuar fazendo seu trabalho. Então, quando Faye entrou para a faculdade, Alix se sentiu livre para aceitar missões mais duras, mais longas e mais perigosas do que nunca. Cada fibra de seu ser se enchia de vida nessas missões. Faye tinha orgulho da mãe, porém também ficava temerosa. Era uma briga constante entre as duas.

Faye tinha 19 anos e estava no segundo ano da Universidade Duke, e sabia que, se houvesse uma guerra, uma revolta ou um ataque terrorista em algum lugar, a mãe dela acabaria indo para lá, como uma mariposa atraída por uma fogueira. E a emissora para a qual trabalhava se aproveitava muito do fato de que ela estava disposta a aceitar qualquer desafio, de uma hora para a outra, que iria para qualquer lugar aonde a enviassem. Todos que conheciam Alix sabiam muito bem que nada podia detê-la. Quando havia um tumulto em algum lugar do mundo, ela arrumava um jeito de estar no meio, assim como agora. E graças à sua criação, Faye também crescera muito independente. Era tão decidida quanto a mãe. Queria fazer pós-graduação em Direito depois da faculdade, e Alix estava certa de que a filha conseguiria, e agora tinha condições de pagar pelo curso. Alix ganhava um bom salário como repórter de destaque de uma grande emissora, mas não trabalhava pelo dinheiro. Sua carreira era sua paixão, e ela amava o que fazia. Considerava cada nova missão emocionante, ela era uma profissional perfeita. Assim como o pai, Alix dedicava-se ao jornalismo de corpo e alma, e seu trabalho favorito era como correspondente de guerra. Ela e Ben tinham isso em comum, e por esse motivo os dois trabalhavam bem juntos, nas missões mais difíceis que a emissora podia lhes dar.

Alix jamais falava de sua vida pessoal nem de seu passado. Ben levara um susto ao descobrir, quando já fazia um ano que os dois trabalhavam juntos, que a parceira tinha uma filha. Sua disposição em arriscar a própria vida no cumprimento do dever nunca havia sugerido que Alix tinha uma família em casa. E, na verdade, ela não tinha. Eram apenas Faye e a mãe, na França. Nesse sentido, ela e Ben se pareciam bastante. Ele era divorciado, sem filhos, e Alix sabia que os pais dele e os três irmãos moravam em algum lugar no Centro-Oeste, com quem ele raramente se encontrava. Também tinha sobrinhos, embora quase nunca os visse e dissesse que ele e a família não possuíam nada em comum. A família o achava um excêntrico por ter saído de casa e entrado para a equipe SEAL. Ele dizia que a Marinha fora sua família por muitos anos. Tinha sólidos valores morais e uma necessidade de proteger as pessoas à sua volta, mas não mantinha nenhum laço pessoal, pelo menos que Alix soubesse. E quando ela lhe perguntara por que tinha saído da equipe SEAL, ele dissera apenas que "Já era hora", dando a entender que não queria falar daquele assunto. Assim como Alix, Ben era uma pessoa muito reservada. Eles estavam ali para executar um trabalho juntos, e era isso que faziam, como dois aventureiros do acaso, levando a verdade aos espectadores e revelando traições, golpes e crimes contra a humanidade no mundo todo. Acima de tudo, Alix, assim como Ben, acreditava que era seu dever expor atos criminosos e acontecimentos chocantes, fosse qual fosse o risco que eles corriam.

— Você teve tempo de ligar para a Faye? — perguntou Ben casualmente, durante o voo para Nova York.

Ele gostava de saber notícias delas e imaginava Faye como uma jovem inteligente e interessante, assim como a mãe, disposta a defender seus ideais.

Ben saíra de casa fazia mais de vinte anos e se divorciara havia 14. Nunca falava sobre sua ex-mulher, e Alix percebia que ele não queria tocar no assunto, portanto não fazia perguntas. Ambos tinham direito a suas memórias e seus segredos. Tinham um relacionamento de colegas de trabalho, e não de amantes, e haviam se tornado amigos trabalhando juntos com empenho.

— Tive — respondeu Alix, contando que ligara para Faye do Alabama. Ela tentava telefonar de onde pudesse.

— Como ela está?

— Revoltada, como sempre — respondeu Alix, sorrindo. Faye não se conformava quando a mãe partia em missões perigosas como aquela. — Acho que ela gostaria que eu cobrisse concursos de culinária, competições de cães de raça e feiras regionais.

Ben riu do comentário. Faye estava sempre lembrando que ela e a avó na Provença eram tudo o que Alix tinha na vida, e a acusava de ser egoísta. Por causa desses lembretes constantes, a jornalista havia feito um generoso seguro de vida, como o próprio pai também fizera. Isso permitira que Alix tivesse uma educação decente e que sua mãe cuidasse dela em tempo integral quando jovem. Embora fingisse ser indiferente em relação aos comentários, não havia dúvida de que ser mãe solteira às vezes pesava para Alix, mas não a ponto de fazê-la mudar de vida ou de largar o emprego. Ela não podia fazer isso àquela altura, nem queria. Porém sentia-se culpada sempre que Faye reclamava.

Os dois conversaram enquanto o almoço era servido no voo, e então Ben selecionou um filme em seu iPad, colocando os fones de ouvido, e Alix reclinou o assento, cobriu-se com uma manta e caiu no sono.

Ben a acordou quando eles já estavam chegando ao aeroporto JFK. Ele sempre dizia que ela seria capaz de dormir em qualquer buraco, de ponta-cabeça. Alix despertou quando o colega a chamou e endireitou o assento quando já estavam prestes a aterrissar. Parecia incrivelmente descansada e revigorada.

— Você vai para casa? — perguntou Ben enquanto eles recolhiam seus pertences.

Ela ainda estava usando um casaco militar, botas de combate e uma velha jaqueta camuflada bastante puída, que já vira dias melhores. Tinha um guarda-roupa inteiro de trajes de combate que usava para trabalhar, diferentemente de qualquer mulher que Ben conhecesse.

— Não, acho que vou para a redação ver o que tem na minha mesa — respondeu ela num tom vago.

Ben sempre dizia que ela era workaholic, algo que Alix não podia mais negar. As evidências que corroboravam essa teoria eram esmagadoras, e ela parecia animada e cheia de energia quando ambos desembarcaram do avião e andaram até a esteira de bagagem. Alix não parava, o que às vezes deixava Ben maluco, quando ele próprio estava cansado. Ela nunca se cansava, ou pelo menos nunca deixava isso transparecer. Os dois conheciam bem o aeroporto, pois já tinham passado muitas horas ali, esperando voos atrasados. Ben já imaginava que ela fosse dizer que ia trabalhar. Sabia que ela passaria várias horas sentada à mesa, depois acabaria tomando um banho na emissora mesmo, colocaria roupas iguais à que estava usando, e no fim nem se daria ao trabalho de ir para casa, ficando por lá até altas horas. Enquanto ela odiava voltar para seu apartamento vazio, Ben mal podia esperar para estar no próprio cantinho no Brooklyn e dormir em lençóis limpos, em sua cama confortável. Após quatro noites em motéis precários e cochilos no banco de trás de um carro, só de pensar nisso ele sentia-se extasiado. Para Alix, tanto fazia o lugar onde ela dormia, ou se dormia ou não, pois não precisava de muitas horas de sono, uma vantagem que possuía sobre ele e sobre a maioria das outras pessoas.

As mulheres lançavam olhares para Ben enquanto a dupla atravessava o aeroporto. Ele era um homem robusto, alto, bonito, porém, apesar disso, Alix sempre se mostrara indiferente aos seus encantos. Adorava trabalhar com ele, mas nunca se interessara pelo colega como homem, e eles se conheciam bem demais. Já tinham se visto em muitas situações desagradáveis, assustadoras, constrangedoras e embaraçosas. E Alix sabia, por instinto, que, se algum dia os dois se envolvessem, isso estragaria tudo. E o cinegrafista também não manifestara nenhum interesse em engatar qualquer tipo de romance com ela. Ambos gostavam do relacionamento que haviam construído exatamente como ele era, descomplicado e completamente baseado no trabalho. Formavam uma boa dupla profissional, em todos os aspectos. Muitas equipes criadas pelos produtores eram bem menos compatíveis do que os dois, e algumas até brigavam o tempo todo e se odiavam, quando não estavam sob os holofotes. Havia guerras lendárias nos bastidores da emissora, mas não entre Ben e Alix, que tinham se tornado amigos quando se conheceram.

Ambos pegaram suas malas na esteira. Alix carregou a dela com facilidade. Ben não se oferecia mais para ajudá-la, sabia que ela nunca deixava. Alix valorizava sua independência acima de tudo e se orgulhava por conseguir se virar sozinha. Eles pegaram táxis diferentes para a cidade e ela foi direto para o trabalho, curiosa para saber o que encontraria lá. Quando chegou à emissora, descobriu, como sempre, que uma montanha de papéis surgira em sua mesa enquanto ela estava fora. Bilhetes, memorandos, pedidos de textos para acompanhar as reportagens dela, checagem de fatos, comunicados da gerência que haviam circulado pela redação enquanto eles estavam fora. Lá pelas tantas da noite, ela já havia olhado metade daquilo e sentia-se cansada demais para ir para casa, então deitou-se no sofá de sua sala e caiu no sono. Acordou antes de o primeiro funcionário chegar na manhã seguinte, tomou um banho, vestiu uma calça jeans e um agasalho que tirou da mala, pegou uma xícara de café forte e em poucos minutos já estava de volta à sua mesa quando Felix Winters, seu produtor sênior, entrou na sala.

— Você dormiu aqui? — perguntou ele com um tom irônico, já sabendo a resposta antes que Alix assentisse, sorrindo.

— Claro.

Felix não ficou surpreso. Estava satisfeito com a cobertura que a dupla havia feito das rebeliões, Alix podia ver a aprovação em seu rosto. Ele raramente dizia isso, mas gostava de quase tudo o que ela fazia. Não era um homem de derramar elogios, mas tinha um profundo respeito por ela.

— Traga seu café para a minha sala e vamos colocar a conversa em dia — sugeriu ele, e Alix concordou com a cabeça, prometendo que estaria lá em um minuto, pois um assistente de produção havia aparecido para falar com ela. Surgira uma notícia de última hora para o noticiário da manhã, e ele queria falar sobre isso. Um terremoto no Afeganistão matara milhares de pessoas. Na mesma hora, Alix se perguntou se ela e Ben seriam enviados para cobrir o caso e foi até a sala de Felix.

Enquanto conversavam, Alix e Felix ficaram de olho no monitor na mesa dele. A cobertura ao vivo do Afeganistão mostrava cenas horríveis. Corpos amontoados pelas ruas, pessoas chorando, edifícios transformados em pilhas de entulho, com gente dentro.

— A situação parecia grave no Alabama. Fiquei preocupado com você — comentou ele, visivelmente apreensivo.

— Acabou correndo tudo bem, mas foi feio mesmo. Eles mandaram as tropas tarde demais. Àquela altura, tudo já havia saído do controle.

O produtor sênior estava distraído quando ela disse isso e apenas balançou a cabeça, com um ar pensativo.

— O que foi? — perguntou Alix, que conhecia muito bem a expressão no rosto dele.

Ele hesitou por um instante, antes de responder, com um sorriso encabulado.

— Um dos meus palpites malucos. Não me pergunte por quê, mas vi uma foto do vice-presidente ontem e fiquei com a pulga atrás da orelha.

— Você nunca gostou dele — lembrou ela, sorrindo.

— Verdade. É que ele me parece uma pessoa falsa. E um cara que se acha tão superior em relação aos outros e alega ter a ficha limpa não devia andar com aquela turma. Onde foi que ele arranjou todo aquele dinheiro tão rápido?

— Casando — respondeu Alix com uma expressão irônica. — É uma maneira de ganhar dinheiro fácil.

— Às vezes nem é tão fácil assim — retrucou Felix, e ela riu.

— Não sei. Alguma coisa nele sempre me pareceu errada. — Ela já havia ouvido aquilo antes.

— Quem estava com ele na foto que você viu? — perguntou Alix, interessada.

Felix costumava ter uma boa intuição, mas também nutria suas antipatias, e o vice-presidente sempre fora uma delas, embora ele tivesse construído uma carreira digna, mantendo os contatos certos, tendo como amigo mais próximo o finado senador Bill Foster. Foster era considerado um ícone da política, e os dois estavam planejando uma campanha presidencial juntos na época que o senador morreu. Mas, de qualquer forma, Felix não gostava de Tony Clark.

— Ele estava com um comissário estadual de jogos de azar. O engraçado é que toda vez que vou jogar golfe em Washington, vejo esse cara com algum lobista, e nunca é nenhum daqueles que as pessoas respeitam.

— Isso não é contra a lei — provocou-o Alix.

— Eu sei. Talvez seja só vontade minha. Sempre tive a esperança de um dia pegarmos esse cara fazendo algo ilícito. Mas ele é esperto demais para isso.

— Ou honesto demais — respondeu Alix, cautelosa.

Ela não tinha nenhuma opinião muito firme em relação ao vice-presidente, nem a favor nem contra. Tony Clark era inteligente, rico e bem-sucedido, além de ser muito bem-relacionado, tanto na esfera social quanto na política. Ele jogava bem aquele jogo. Bem demais para correr o risco de fazer alguma besteira, na opinião dela. Mas Felix não pensava da mesma forma. Achava o homem arrogante e confiante demais.

— Faça um favor para mim? Dê uma sondada nos seus contatos em Washington e veja se encontra alguma coisa. Afinal, nunca se sabe.

— Nunca perca a esperança. — Ela deu uma risada enquanto saía da sala dele e então virou-se para perguntar: — Você vai mandar a gente para o Afeganistão?

— Eu aviso — respondeu o produtor, olhando fixamente para o monitor.

Alix considerou a busca ferrenha de Felix por algum ato ilícito do vice-presidente. Ela não compartilhava de sua desconfiança, mas sondaria suas fontes de qualquer modo, só para agradá-lo. Afinal, ele era o chefe, e às vezes tinha razão. Porém não desta vez. Disso ela tinha certeza. Era pura implicância de Felix com o homem, um sentimento visceral. Ele simplesmente não suportava Tony Clark.

Ela estava assistindo ao noticiário matinal em um monitor em sua mesa quando Ben entrou na sala, uma hora depois. Parecia recomposto e descansado, assim como ela, após umas poucas horas de sono no sofá da redação. O trabalho sempre a revigorava, e Ben imaginou, e acertou, que ela nem tinha se dado ao trabalho de ir para casa.

— Nós vamos para o Afeganistão? — quis saber ele, sentando-se em uma cadeira diante dela e olhando para o monitor em cima da mesa.

— Felix ainda não me disse. Ainda anda cismado com o vice-presidente. — Ela sorriu para Ben. — Ele quer que eu dê uma checada.

— Clark não perde. E eu também nunca gostei dele. Alguma coisa nesse cara me incomoda. Mas acho que ele está limpo. É inteligente e ambicioso demais para se meter em alguma falcatrua. — Ben concordava com Alix a esse respeito.

O vice-presidente Tony Clark tinha 40 e poucos anos, divorciara-se de uma socialite endinheirada, casara-se pela segunda vez com uma mulher muito mais nova quatro anos antes e tinha dois filhos pequenos. Formavam uma família exemplar. Tinham até um golden retriever chamado Lucky. Sua jovem esposa era herdeira de uma das maiores fortunas do país, e o pai dela havia feito a maior doação em dinheiro para a última campanha presidencial. Tony Clark sempre parecera ter uma vida fácil, e, mesmo quando as coisas davam errado, ele sempre arrumava um jeito de se recuperar rápido.

Clark estivera no caminho certo para se candidatar à vice-presidência ao lado do senador Bill Foster, um amigo de infância. Os dois formavam um par bastante óbvio, em razão de sua relação de longa data. Foster tinha encanto, perspicácia, experiência política, carisma, contatos e inteligência suficientes para fazer uma campanha fantástica e vencer uma eleição para presidente dali a alguns anos levando Clark consigo. Mas Foster foi assassinado durante sua segunda campanha para senador. O pai dele havia sido uma das figuras mais influentes em Washington, e eles vinham de uma família de políticos importantes. O irmão da viúva dele era senador por Connecticut. Foster conhecia as pessoas certas, mas era Clark quem tinha o dinheiro. Não era exatamente dele, mas ele tinha acesso aos maiores doadores de campanhas. Juntos, teriam formado uma dupla imbatível. Depois que Foster morreu, Clark tirou um ano para se reinventar e ressurgiu como um dos nomes mais comentados do momento junto com outro senador que estava a caminho da Casa Branca. Tony Clark casou-se com sua atual mulher dois anos depois do assassinato de Foster.

Clark era uma presença importante na vida da viúva e dos dois filhos de Foster. Ele e Olympia Foster ocasionalmente eram vistos juntos em público, e ele havia lhe oferecido um grande apoio emocional nos últimos seis anos. Desde a morte do marido, ela virara uma mulher reclusa e quase desaparecera. Fora a companheira perfeita para Foster, e os apoiadores ferrenhos dele eram tão apaixonados por ela quanto por ele. Ao pensar naquilo, Alix se perguntou o que teria acontecido com Olympia. Fazia meses que o nome dela nem sequer era mencionado pela imprensa, embora fosse sabido que ela e o vice-presidente continuavam amigos. Faye, fã da viúva, uma vez lhe enviara uma carta e recebera uma resposta calorosa. Olympia Foster era uma mulher adorável, e Alix, como muitas outras pessoas, sempre achara que havia um quê de Jacqueline Kennedy nela. As duas tinham a mesma elegância e graciosidade. E, assim como Jackie, Olympia sobrevivera à trágica morte do marido, que havia sido baleado por um assassino desconhecido enquanto ela o acompanhava, o que fazia o público simpatizar com a viúva ainda mais.

— Vocês gostam de curry? — perguntou Felix a eles dois, que viram só a cabeça do produtor na porta. Alix não se empolgou muito, mas Ben disse que gostava.

— Você vai pedir o almoço? — perguntou Ben.

— Não. É que há um escândalo no mundo da alta tecnologia na Índia. Vou mandar vocês dois para Nova Deli hoje à noite. O voo é às nove — disse ele num tom casual. — O check-in internacional começa às sete.

— É melhor eu ir para casa então para fazer outra mala — comentou Alix, apagando completamente da cabeça a conversa sobre o vice-presidente.

Não havia sobrado nenhuma roupa limpa na mala que ela trouxera do Alabama. E ela não usaria roupas de combate em Nova Deli. Precisava de vestidos de verão e sandálias.

— Ele não perde um minuto, não é mesmo? — comentou Ben assim que Felix saiu da sala dela, parecendo hesitante com a ideia de pegar um voo para a Índia naquela mesma noite.

— Parece uma boa história — disse Alix, tentando soar positiva.

Ela adorava seu trabalho, às vezes mais do que o parceiro. E o cinegrafista estava cansado depois das matérias que os dois haviam feito no Alabama. Mas ela, não.

— Todas as histórias são boas quando a repórter é você — respondeu Ben com sinceridade.

— É melhor eu me apressar — disse ela, levantando-se.

Alix tinha mil coisas para preparar antes de embarcar em outra viagem assim, de uma hora para a outra. E ambos sabiam que teriam de participar de um longo briefing sobre o caso na Índia naquela tarde, já que viajariam à noite. Alguns minutos depois, ela entrou em um táxi em frente ao prédio da emissora. Enquanto o carro avançava depressa rumo ao centro, a jornalista pensava na missão na Índia e anotava algumas coisas que queria pesquisar para a reportagem. Pensou na filha, pretendia ligar para ela antes do voo.

Alix desceu do táxi em frente ao seu antigo prédio no East Village e entrou para lavar suas roupas e fazer uma nova mala. Apesar da fadiga momentânea de Ben e de sua aparente falta de entusiasmo, ela estava animada com a ida para a Índia. O trabalho que executava tão bem estava em seu sangue, e ainda fazia seu coração bater mais rápido, mesmo depois de tantos anos. E todos os que a conheciam sabiam que isso nunca mudaria.

Três horas depois, Alix estava de volta à redação, de malas prontas. Trouxera roupas de verão para o clima indiano e alguns vestidos mais formais, caso tivesse de se reunir com agentes do governo ou entrevistar pessoas importantes relacionadas ao caso. Um dos homens mais ricos e influentes da Índia corria o risco de ser preso, e a história era quente. Felix fez uma reunião com ela e Ben para passar aos dois todas as informações que tinha sobre o caso, e pediu a Alix que ficasse para conversar com ele a sós por alguns minutos. Ele tinha sido repórter alguns anos antes e subira nos escalões da emissora, por isso entendia do trabalho dela. Felix envelhecera visivelmente com a pressão constante que sofria, e confiava em Alix e em alguns outros profissionais para manter seus níveis de audiência. Costumava controlar os dois com rédeas curtas para garantir que não deixassem escapar nada. Tinha o dom de descobrir fatos interessantes e enviar seus repórteres para cobri-los antes que qualquer outra emissora ficasse sabendo, e ele ainda contava com um faro aguçado para detectar pautas incipientes. E Alix estava no topo de sua lista de pessoas que melhor faziam isso. Ela nunca o decepcionava.

Ele entregou-lhe um grosso envelope pardo.

— Quero que você dê uma olhada nisso durante o voo e pesquise um pouco sobre o assunto em Deli, se tiver tempo. Sei que você acha que sou maluco, mas é sobre a questão do vice-presidente. Ele pode até estar limpo, mas algo não me cheira bem. Tenho o pressentimento de que ele pode estar envolvido em alguma transação escusa. Vamos investigar.

Alix ergueu uma das sobrancelhas, interessada. Adorava essas investigações. Mesmo não concordando com Felix sobre aquele assunto, precisava admitir que muitas vezes ele estava certo. Ele tinha um sexto sentido impressionante para notícias. Então olhou dentro do envelope e viu que nele havia uma série de fotos de Tony Clark.

— Só dê uma olhada — disse ele — e depois me diga se alguma coisa chama a sua atenção. Tenho um pressentimento de que Clark pode estar recebendo propinas de lobistas ou de alguma outra pessoa. Talvez eu esteja errado, mas faça isso por mim, dê uma sondada. Ele tem sido visto com alguns dos lobistas menos confiáveis de Washington com certa regularidade. Não oficialmente, mas informalmente, como "amigos". Sempre que alguém questiona, os assessores dele alegam que é coincidência. Eu não engulo isso. Ele sempre está onde tem dinheiro, e por trás de tudo o que ele faz há algum interesse pessoal.

Clark sabia muito bem como ficar fora do radar e levava uma vida exemplar, mas às vezes algo nele sugeria, mesmo para Alix, que tudo parecia bom demais para ser verdade. Ele era um homem de sorte, isso era um fato. Ganhara uma fortuna e fizera dois bons casamentos. Na opinião de Felix, ela achava impossível que tudo isso fosse apenas obra do acaso, fruto de sábios investimentos na bolsa de valores e do dinheiro de suas esposas. Ele era um homem muito rico por si só, mas não possuía essa riqueza toda no início de sua carreira. Então de onde viera aquilo tudo? Essa questão estava incomodando Felix fazia um bom tempo. Ninguém nunca acusara o vice-presidente de nenhuma irregularidade, mas o produtor sempre se perguntava como ele adquirira tantas posses. A experiência e a intuição de quem havia sido um excelente repórter diziam a Felix que havia algo de errado ali. Ele só não sabia o quê. Mas era algo além do simples toque de Midas ou mera questão de sorte. E Felix simplesmente não conseguia esquecer esse assunto. Fornecera a Alix uma série de fotos recentes do vice-presidente em diversos lugares, com todo tipo de pessoas, para que ela as analisasse.

— Vou dar uma olhada — prometeu Alix.

Ela estava mais interessada nos laços políticos de Clark do que em sua fortuna. Ele tinha contatos poderosos e grandes ambições. O relacionamento de Clark com Bill Foster também não lhe parecia um mero acaso. Foster fora perfeito para ele, uma carona direto para a Casa Branca, mesmo que fosse em uma posição secundária, coisa que não parecia ser um problema para Clark. Ele se aproximara do atual presidente apenas depois da morte de Foster. Sempre parecia ter segundas intenções. E agora se tornara vice-presidente.

— Eu também não gosto muito dele — admitiu Alix para Felix. — Mas ele não me parece um cara que faria algo estúpido ou desonesto, como aceitar dinheiro de um lobista. Ele está sempre de olho no futuro, e acho que tem grandes planos para longo prazo, como se candidatar à presidência daqui a quatro anos, depois do fim do segundo mandato do presidente.

Ele havia acabado de ser reeleito. Todos estavam esperando que Clark fosse se lançar na arena dos aspirantes à presidência, mas ele não tinha feito isso até agora. Ainda era cedo, levaria pelo menos mais uns dois anos. E Felix queria ficar de olho nesse homem para ver quão longe ele iria.

— É provável que você esteja certa. Mas ele foi visto recentemente com três dos lobistas mais suspeitos de Washington, em jantares e jogando golfe. Supostamente todos são apenas amigos. Só quero que você dê uma investigada sem chamar atenção, use seus contatos e fale com algumas pessoas sobre isso quando voltar. Você pode olhar as fotos agora, enquanto estiver viajando.

— Em quem você quer que eu fique de olho? Assim de cabeça, não conheço ninguém que seja próximo dele.

Então assim que disse isso, ela pensou em Olympia Foster, mas na mesma hora decidiu que era uma ideia ridícula. Fazia seis anos que a viúva estava fora dos holofotes, mas ela e Clark continuavam sendo amigos. Alix pensou que talvez descobrisse algo se Olympia Foster aceitasse falar com ela. Assim que Foster morreu, Clark foi visto inúmeras vezes com ela e com seus filhos, inclusive no funeral. Havia fotos mostrando-a acompanhada por Clark e pelo irmão dela, o senador por Connecticut. Alix suspeitava que Olympia provavelmente saberia mais sobre as intenções de Clark do que qualquer outra pessoa, embora não esperasse que a viúva fosse revelar nenhum segredo, caso houvesse algum. Mas Alix conseguia fazer as pessoas falarem, sabia como desarmar todo mundo e era boa no que fazia. Tinha um estilo caloroso e informal que fazia com que todos se abrissem com ela, e era por isso que Felix a escolhera para essa missão, em caráter não oficial, por ora. Ele sabia que, se havia alguém capaz de descobrir uma história para contar, essa pessoa era Alix.

— Vou ler o material e dar uns telefonemas em Nova Deli, se tiver tempo. Tenho alguns contatos em Washington que podem ser úteis. É uma cidade pequena, e as pessoas falam muito — disse ela, com um olhar pensativo.

A jornalista queria telefonar pessoalmente para a viúva de Foster e lhe perguntar se poderia conversar com ela. Aquilo provavelmente não daria em nada, mas valia a pena tentar. Alix sempre admirara a dignidade e a coragem de Olympia, e seria interessante encontrá-la, caso a mulher estivesse disposta. Ela nunca dava entrevistas, mas talvez concordasse em passar uma hora com ela para falar sobre o legado do marido.

Olympia escrevera um livro sobre Bill Foster após sua morte, que Alix tinha lido e gostado. A obra exaltava as virtudes dele, explicava suas posições políticas em profundidade e falava de seus sonhos para o futuro do país. Se o que ela dizia era mesmo verdade, a morte dele havia sido uma perda irreparável para os Estados Unidos. O livro era inteligente e muito coerente, embora tingido pelo profundo amor de uma esposa devota e abalada. Sua intenção fora fazer uma homenagem póstuma ao marido e ela conseguira, com nobreza e grande eloquência. A publicação vendera mais de um milhão de exemplares e fora um enorme sucesso.

Alix se levantou depois da reunião com Felix, levando o envelope. O produtor lhe desejou boa sorte em Nova Deli. Ele achava que a dupla não passaria muito tempo na Índia, mas uma cobertura em primeira mão de tudo o que estava acontecendo por lá tornaria a notícia mais interessante para os espectadores e manteria os níveis de audiência altos. Felix vivia para isso.

Alix estava pensando em Olympia Foster ao voltar para sua sala, onde Ben a esperava com as malas. Eles precisavam ir para o aeroporto em meia hora.

— Foi demitida? — provocou ele, e a repórter deu uma risada.

— Ainda não, mas continuo tentando.

— Só para lembrar... eu gosto do meu emprego, e odiaria ter que me acostumar a um novo parceiro. — Ele olhou de relance para o envelope que ela enfiou em sua bagagem de mão. — Dever de casa?

Ela fez que sim com a cabeça.

— Tony Clark. Felix ainda acha que tem algo podre nessa história. Nada muito podre, por enquanto. Mas ele está torcendo para que comece a feder.

— E você recebeu a missão de descobrir esse podre?

— Se houver algum podre. Isso nós ainda veremos — respondeu ela, sorrindo.

— Isso vai manter você ocupada.

A tarefa dele era seguir Alix e registrar tudo com sua câmera. O trabalho pesado ficava por conta dela. A jornalista ligou para Faye antes de eles partirem para o aeroporto, enquanto Ben ia buscar um café para os dois. Ela não sabia se a filha atenderia ou se a chamada cairia na caixa postal, e ficou feliz quando ouviu a voz da jovem. Depois que chegassem a Nova Deli, seria mais difícil encontrar tempo para isso.

— Eu vi o resto da reportagem no Alabama — disse Faye, parecendo zangada. — Você continua brincando com a morte. Foi sorte você não ter levado um tiro. Algum dia alguém vai te pegar, mãe. — Ela estava ressentida. Alix sabia que isso se devia ao medo. Medo que Faye tinha de perder a mãe.

— Não foi tão ruim quanto parece. — A mãe tentou consolá-la, mas a jovem a conhecia bem demais.

— Deve ter sido pior do que imagino, isso sim. É difícil acreditar que esse tipo de coisa ainda possa acontecer hoje em dia. No fundo, tudo não passava de discriminação racial, com os donos da fábrica se fazendo de pobres para disfarçar. — Faye, como sempre, entendia exatamente a questão. Havia crescido assistindo às matérias da mãe, que sempre tentava explicá-las para ela. Aquilo tornara Faye uma pessoa cínica desde bem jovem, o que às vezes deixava Alix com remorso, mas ela vivia no mundo real, e achava a filha uma garota muito inteligente. — Então... para onde você está indo agora?

— Estou indo para a Índia hoje à noite. É uma pauta de economia, então não venha reclamar que será perigoso. Vou cobrir um escândalo no mundo da alta tecnologia, e um milionário poderoso que será preso. É uma história fascinante e não há nenhum perigo.

— Achei que você fosse cobrir o terremoto no Afeganistão — disse Faye, com um quê de provocação na voz. — Com certeza eles vão te mandar para alguma zona de guerra em breve.

— Não é só isso que eu faço.

— Mas faz muito disso. Você mentiu para mim. No ano passado você falou que ia parar de fazer esse tipo de reportagem e, desde então, já esteve em cinco zonas de guerra. — Faye sempre acompanhava tudo, para grande infelicidade da mãe dela, e estava certa.

— Tenho que ir para onde eles me mandam, Faye. Faz parte do meu trabalho.

— Por que você não pode ter uma profissão normal... ser professora ou enfermeira, ou a garota do tempo na TV?

— Minhas pernas não são bonitas o suficiente para isso, e eu não uso minissaia.

— Não seja sexista, mãe.

— Desculpe. Não quero cobrir uma onda de calor em Atlanta, uma nevasca em Vermont ou tempestades tropicais no Caribe. Eu ia morrer de tédio.

— Então você gosta de bancar a aventureira. Você vai acabar morrendo qualquer dia desses, mãe. — Houve um momento de silêncio e Alix não soube o que dizer. A filha talvez tivesse razão. Fora assim que o próprio pai havia morrido.

— E o que você conta da faculdade? — Alix mudou de assunto para distraí-la, o que nem sempre funcionava.

— Nada de mais. Tirei um C em química. — Mas ela tirava As e Bs em todas as outras matérias, por isso Alix não estava preocupada com as notas da filha. Ela havia sido uma aluna excelente a vida inteira. — Falei com a Mamie ontem. Ela disse para você ligar qualquer dia desses.

— Eu sempre penso em ligar para ela, mas não tenho tido tempo — explicou Alix, sentindo-se culpada. Ela não telefonava muito para a mãe. Isabelle tinha a delicadeza de não reclamar, mas Faye ligava muito, o que já ajudava. — Ela vai para Florença e para Roma numa espécie de tour artístico e queria que eu fosse junto, mas não posso.

As duas conversaram mais um pouco até Ben reaparecer com o café e apontar para o relógio em seu pulso. Eles tinham de sair em poucos minutos, e Alix assentiu para ele.

— Eu te ligo de Nova Deli — prometeu Alix, pretendendo mesmo ligar, embora ambas soubessem que isso não iria acontecer se as coisas estivessem complicadas por lá. — Volto daqui a alguns dias.

— E depois já vai para outro lugar. Tente não se meter em nenhuma confusão, mãe. Eu te amo. — Ela dizia aquilo com sinceridade, e os olhos de Alix se encheram de lágrimas por um instante. Não havia sido um caminho fácil para as duas, mas elas tinham conseguido chegar até ali e se amavam muito. E Alix sabia que Faye se orgulhava dela.

— Eu também te amo, meu bem. Se cuida.

Assim que desligaram, Alix tomou um longo gole do café quente e sorriu para Ben.

— Como ela está? — perguntou o cinegrafista, interessado. Ele sabia o quanto Alix amava a filha e se preocupava com ela.

— Ela tirou C em química, mas, fora isso, tudo bem.

Ele deu um sorriso em resposta. Não havia espaço na vida de Ben para uma família, já que viajar pelo mundo a serviço da emissora não era algo propício para relacionamentos duradouros, nem mesmo temporários. Tinha uma vida amorosa bastante incerta, e consistia principalmente em mulheres bonitas que ele acabava conhecendo, mas com quem nunca tinha a chance de sair em um encontro. Ou então não passavam de casos de uma noite só. Simplesmente não havia tempo nem oportunidades para nada muito além disso. De um modo geral, aquilo funcionava bem para ele. Ben nunca tivera vontade de se casar de novo, e Alix também não. Ela sempre dizia que o casamento não estava em sua lista de prioridades e tinha receio de se envolver com algum homem que poderia reclamar de seu trabalho ou tentar convencê-la a mudar de carreira. Abrir mão de seu emprego, mesmo levando em consideração todos os riscos que corria, era um sacrifício que ela não estava disposta a fazer, por homem nenhum. Além disso, Alix sabia, por experiência própria, que ninguém queria uma companheira se arriscando em campos minados no Iraque ou pegando carona em um tanque de guerra para procurar terroristas em uma montanha no Afeganistão. Por outro lado, Faye não estava errada: um dia desses, ela podia mesmo acabar morrendo. Então lidava com isso da forma que conseguia, e, por enquanto, um ou outro encontro ocasional, seu trabalho e sua filha eram o suficiente para satisfazer-lhe.

O fato de ter perdido o próprio pai por causa de uma bomba tão cedo marcara Alix mais do que ela podia imaginar. Tinha medo de se envolver com outro homem, por receio de perdê-lo ou perder a si mesma. Seu trabalho a impedia de ter uma vida normal e não cutucava demasiadamente suas cicatrizes de infância. A morte do pai de Faye pouco tempo depois do nascimento da menina reforçara os medos de Alix de perder uma pessoa amada. As duas únicas pessoas que ela se permitia amar eram a mãe e a filha. Não havia lugar para mais ninguém em sua vida. Ben sofria do mesmo problema, só que por motivos diferentes. A equipe SEAL da Marinha se mostrara perfeita para ele, assim como esse trabalho de agora. Ele precisava desafiar a si mesmo de alguma forma e correr riscos todo dia. Isso já havia virado um hábito para ele, depois de ter passado pela Marinha. E trabalhando como cinegrafista de Alix, ele podia ter certeza de que enfrentaria o perigo constantemente. Ben sempre dizia que, de certa maneira, o que eles faziam era uma roleta-russa. Nenhum dos dois tinha medo de morrer.

— Pronta para a ação? — perguntou ele.

Alix pegou a bolsa e saiu arrastando a mala de rodinhas, enquanto Ben carregava a dele, com sua câmera e seus equipamentos em uma bolsa pesada pendurada no ombro. Estavam acostumados a viajar levando o mínimo possível. Saíram da redação e, lá embaixo, encontraram o carro com motorista aguardando para levá-los ao aeroporto. Apesar da relutância inicial dele, ambos estavam felizes de pôr o pé na estrada outra vez. Ben parecia contente de estar partindo com a parceira de trabalho. E nisso eles eram bons. E, aos olhos do cinegrafista, Alix era a melhor.

— Acho que eu não conseguiria mais levar outro tipo de vida — comentou ela com sinceridade, enquanto o carro se misturava ao trânsito de Nova York. — Não sei como as pessoas que ficam em casa o tempo todo e têm a mesma rotina toda noite conseguem sobreviver.

— Isso se chama "vida normal" — disse ele em voz baixa, pensando no que ela havia dito. Algo que ele sabia que nunca teria nem queria ter.

— Acho que eu não seria boa nisso — concluiu Alix, pensativa.

— Provavelmente, não — concordou Ben.

A vida que ambos levavam fazia anos era a única que conheciam e a única que queriam ter, e os dois sentiam-se felizes assim. E estavam cientes de que corriam o risco de morrer em batalha. Alix sorriu para o amigo enquanto o motorista se embrenhava nas ruas congestionadas a caminho do aeroporto. Pareciam dois pássaros libertados de sua gaiola rumando outra vez para céu aberto. E essa era uma sensação ótima para ambos.

Capítulo 2

Eles fizeram escala no aeroporto de Heathrow, em Londres, às nove da manhã a caminho de Nova Deli, onde Alix comprou algumas coisas enquanto Ben foi cortar o cabelo e fazer uma massagem no pescoço. Ambos haviam dormido no avião. Eles passavam mais tempo em aeroportos do que em qualquer outro lugar, então aproveitavam para resolver o que conseguiam. Atualmente também só viam filmes em aviões. O voo para a Índia sairia ao meio-dia.

Alix tinha examinado as fotos e lido o material sobre Tony Clark no primeiro voo, e achara tudo muito interessante. Finalmente entendeu por que Felix estava insistindo tanto no assunto. Não havia, no entanto, nenhuma evidência que indicasse que Clark estivesse recebendo dinheiro de um lobista. Mais que qualquer outra coisa, ele parecia estar socialmente envolvido com alguns dos lobistas mais poderosos, e ao mesmo tempo alguns dos mais questionáveis, mas não existia nada de concreto que pudesse sugerir que havia uma troca de favores ou que ele estava recebendo propinas para beneficiá-los. Os lobistas tinham uma função útil: a de manter os políticos informados sobre as necessidades e atividades dos setores comerciais que representavam, para que os governantes eleitos pudessem endossar e aprovar leis de acordo com seus interesses.

Pelo que Alix concluiu da pesquisa de Felix, os contatos de Tony Clark eram intrigantes, mas, por ora, não passavam disso. Porém ela ainda planejava dar alguns telefonemas para sondar o terreno, quando voltasse. Ela contava com algumas fontes no Congresso que gostavam de falar, e queria ouvir o que elas tinham a dizer sobre Clark antes de avançar na investigação e apresentar algo a Felix. Alix tinha a sensação de que seu produtor estava sendo precipitado e que não havia tanto motivo para preocupação. Talvez o vice-presidente estivesse tramando alguma coisa para o futuro, mas ainda não tinha cometido nenhuma impropriedade nem infringido nenhuma lei. Não havia absolutamente nenhuma prova de escândalo contra ele, por mais que Clark parecesse suspeito. E ele não era bobo. Não colocaria uma carreira impecavelmente orquestrada em risco. De uma coisa Alix tinha certeza: apesar de parecer inocente, ele era um homem muito calculista e não faria nada que pudesse prejudicar sua imagem. Então valia a pena ficar de olho nele, e não custava dar uma investigada, mas ela suspeitava que não havia nenhuma prova contra ele, e a intuição de Alix em geral era muito boa.

Ela analisou as fotos outra vez, com bastante atenção, e havia apenas uma que a deixava intrigada. Nela, Clark parecia absorto numa conversa aparentemente séria com um lobista que tinha sido acusado de pagar propinas a políticos, algo que nunca fora provado, e ele não havia sido indiciado por nada. O lobista trabalhara para uma comissão estadual de jogos de azar.

Ela e Ben discutiram o assunto enquanto tomavam o café da manhã no aeroporto, depois da massagem dele. Alix havia comprado um par de botas em uma das lojas sofisticadas de lá. Era a primeira vez que fazia compras em meses.

— Concordo com você — disse Ben, tomando um gole do café. — Esse Clark é no mínimo um sujeito muito esperto. Não seria burro de receber propinas de lobbies e arriscar tudo o que arquitetou para chegar até aqui. Isso simplesmente não vai acontecer. Se é isso que Felix pensa, acho que ele está perdendo tempo com essas suspeitas. Tory Clark nunca vai se meter com esse tipo de coisa. O cara era próximo do Bill Foster, o sujeito mais limpo do mundo, que jamais teria se associado a um corrupto. Eles estariam na Casa Branca hoje, se Foster não tivesse sido assassinado.

O motivo do assassinato nunca fora esclarecido. O assassino era um cidadão sírio com um passaporte roubado e tinha sido morto pelos seguranças antes que pudesse ser interrogado. Não havia motivos para alguém matar Foster, exceto um ato de terrorismo individual. O governo da Síria negara qualquer ligação e garantira que não havia sido responsável pelos atos dele. Era apenas uma tragédia sem sentido, e Clark ficou devastado também.

— Acho que não custa perguntar a algumas pessoas o que elas acham de Clark — sugeriu Alix. — Vou ligar para algumas das minhas fontes em Washington quando voltarmos a Nova York. Quem sabe? Pode ser que ele esteja fazendo alguma coisa não tão suspeita quanto receber dinheiro. Talvez esteja apenas tentando garantir fundos de campanha para o futuro, caso se candidate à presidência daqui a quatro anos. Isso seria mais a cara dele. Contatos e dinheiro. Muito dinheiro para a campanha. Clark nunca me pareceu um homem sincero, e ele é todo preocupado com a própria imagem. Mas não há nenhuma lei contra isso, não é? Ele é um político da cabeça aos pés. Foster era um idealista, uma espécie de visionário. Os dois formavam uma boa dupla. O realista e o sonhador.

— Ou o conspirador e o sonhador — disse Ben, sorrindo.

A dupla embarcou no voo para Nova Deli. Ben leu um livro no primeiro trecho da viagem, e Alix assistiu a um filme, pois já havia feito seu dever de casa, assim como todos os preparativos para a entrevista na Índia. Estava interessada em conhecer o magnata que se metera em apuros. As intrigas daquele escândalo pareciam enredo de uma série de TV moderna. Tratava-se de um dos homens mais ricos do país, fizera coisas altamente ilegais e ganhara ainda mais bilhões. Fora pego por causa de um pequeno deslize, e todo o seu castelo de cartas acabou desmoronando. Depois que o escândalo veio à tona, pessoas com quem ele havia feito negócios começaram a denunciá-lo por toda parte. Ele tinha pela frente uma longa pena na prisão, assim como Bernie Madoff, que havia embolsado bilhões de dólares defraudando pessoas nos Estados Unidos. Alix cobrira esse caso também. Vigaristas em grande escala não eram nenhuma novidade para ela e rendiam entrevistas fascinantes.

Ambos dormiram no último trecho do voo, chegaram ao hotel às duas da manhã e acordaram cedo no dia seguinte para o encontro com o homem que tinham ido entrevistar. Ele estava em prisão domiciliar e, quando Alix e Ben chegaram à sua casa, que mais parecia um palácio, ele os cumprimentou com muita tranquilidade e cerimônia. Não parecia nem mesmo preocupado. Alix percebeu de imediato, logo nos primeiros minutos da conversa, que ele era totalmente movido por seu ego e não tinha nem um pingo de remorso. Um típico sociopata. Como jornalista, ela conhecera muitos: ditadores, políticos, diretores de empresa bem-sucedidos, criminosos. Considerava-os uma raça especial, e não havia ninguém mais sedutor do que um sociopata. Era assim que eles levavam as pessoas a fazer o que queriam.

A entrevista foi interrompida por um almoço suntuoso ao meio-dia, servido por um exército de empregados em sua sala de jantar com paredes de mármore branco. Alix achou-o um homem fascinante, e a conversa fluía naturalmente. Ele teria falado o dia inteiro, se ela e Ben tivessem deixado. Mas, depois do almoço, a repórter sabia que tinha tudo de que precisava. Mais do que aquilo seria redundante, e o cinegrafista também estava satisfeito com as imagens que captara para ilustrar a reportagem.

Nos dois dias seguintes, Alix e Ben encontraram sócios do magnata e também pessoas que ele enganara, além de agentes do governo e especialistas jurídicos que lhes explicaram as consequências dos atos dele. Ninguém na Índia parecia ter nenhuma dúvida de que o magnata iria para a cadeia, embora ele próprio tivesse certeza de que seria absolvido. O homem parecia acreditar que era mais esperto que todo mundo, e provavelmente era, mas, no fim das contas, tinha sido pego.

Ao fim de três dias, os dois já tinham realizado todas as entrevistas de que precisavam. Iriam embora na manhã seguinte, então, naquela noite, Ben fez uma reserva para eles em um restaurante fabuloso.

— Nós merecemos — declarou ele, quando ambos entraram no Dum Pukht, andando sob os lustres de cristal de seu exuberante salão azul e prateado.

A comida estava divina. O concierge do Leela Palace, o hotel onde estavam hospedados, recomendara o restaurante. E, de vez em quando, em cidades estrangeiras, uma noite daquelas era um privilégio que ambos apreciavam.

Naquela tarde, Alix comprara um sári azul-claro para si e outro para a filha, além de algumas pulseiras de cores vivas que sabia que Faye ia adorar. Finalmente eles estavam em um lugar onde de fato havia coisas bonitas para se comprar. Na maior parte das vezes, em razão do tipo de pautas que precisavam cobrir, não era esse o caso. Os dois discutiram sobre a reportagem no jantar, e tanto ela como Ben estavam satisfeitos. Nada havia sido editado ainda, mas eles tinham enviado o material bruto para Felix por e-mail, e ele ficou muito animado, elogiando a dupla pelo primoroso trabalho e pela excelente entrevista. O produtor sabia que sempre podia contar com eles.

— Dizem que a Índia é o país mais romântico do mundo — comentou Ben quando os dois pediram um conhaque, depois do jantar.

Alix sorriu para o amigo.

— Já ouvi isso. Da última vez que estive aqui, foi para cobrir uma enchente que matou oito mil pessoas. Esse caso de agora é mais civilizado que de costume. — Ela parecia relaxada e contente. — Lamento que você tenha que desperdiçar o romantismo da Índia comigo! — provocou Alix, arrancando um sorriso do companheiro de trabalho. Ela vira Ben lançar olhares para belas mulheres indianas nas ruas e no restaurante naquela noite.

— Eu também estava pensando nisso. Mas prefiro jantar com você a estar com os caras com quem eu trabalhava. Jantar com um monte de oficiais da Marinha também não é nada romântico. E as cantinas onde nós comíamos não chegavam aos pés desse lugar.

Ela riu, imaginando a cena.

— É melhor você não se acostumar. Isso provavelmente não vai acontecer de novo tão cedo. — Na maior parte do tempo, ela e Ben estavam em zonas de combate, usando roupas imundas, dormindo em alojamentos precários, em caminhões militares ou em bancos de trás de jipes. — Eu só estava pensando naquele milionário. Como é estranho ele estar tão convencido de que não vai ser preso, enquanto todas as pessoas com quem conversamos, em todo tipo de cargos de autoridade, dizem que ele com certeza vai. Você acha que ele só estava mentindo para nós... ou para si mesmo? — perguntou Alix. Mas também sabia que era da natureza do sociopata acreditar que está acima da lei.

— A negação é uma coisa maravilhosa — disse Ben enquanto eles terminavam os drinques. A refeição estava sublime e, em comparação com Nova York, fora surpreendentemente barata, por isso nem Ben nem Alix se sentiram culpados por colocar a despesa na conta da emissora. Eles tinham direito a uma pequena extravagância de vez em quando. — Acho que ele acredita de verdade que não vai para a prisão. Está convencido de que é mais esperto que todo mundo. Você ouviu o que ele disse — Ben lembrou a ela. Ele sempre ouvia as entrevistas com muita atenção enquanto filmava.

— Achei que isso fosse só pose para a mídia e para mim.

— Acho que não. Acho que ele acredita realmente nisso. Terá uma grande surpresa. Ou quem sabe talvez ele consiga se safar subornando alguém. Bom, mas acho que isso não vai acontecer. O que ele fez causou muitos danos, embora ele não enxergue isso. Então, para onde nós vamos agora?

Ela falara com Felix assim que o produtor viu o material bruto da entrevista e lhe fizera a mesma pergunta. Ele disse que achava que os dois voltariam para Nova York por algumas semanas. E lembrara a Alix que gostaria que ela sondasse Tony Clark, já que não havia nenhum outro caso urgente no momento. Felix ainda tinha um pressentimento de que podia haver alguma coisa ali, mesmo que Ben e Alix não concordassem. Mas ele era o chefe, e os dois tinham de fazer o que o produtor mandava.

— Eu não acharia nada ruim passar umas semanas em Nova York — comentou Ben quando eles saíram do restaurante na volta para o hotel. — Parece que quase nunca ficamos lá.

— Isso é verdade. E eu queria passar um fim de semana com a Faye, se ela não estiver muito ocupada. Eu podia pegar um voo para visitá-la na universidade.

Fazia dois meses que Alix não via a filha.

— Você tem sorte de ter a Faye — disse ele em voz baixa, num tom que Alix nunca o ouvira usar antes.

Alix e Ben jamais falavam de assuntos pessoais quando estavam trabalhando, mas era uma bela noite de lua cheia, e eles se encontravam em um lugar esplêndido. Além disso, a jornalista até se arrumara para o jantar, assim como ele. Aquilo os tirava de seu contexto normal de trabalho e os fazia se sentirem mais como pessoas normais, como um homem e uma mulher jantando, mesmo que fossem só amigos e colegas de trabalho.

— Você nunca quis ter filhos? Ainda dá tempo. Nunca é tarde demais.

— Acho que no meu caso é, sim — respondeu ele, após hesitar por um instante. Se Alix estivesse entrevistando Ben, teria insistido no assunto, mas ela não fez isso, embora tenha detectado em sua voz uma incerteza que a deixou curiosa.

— Eu tive a Faye aos 20 anos, ainda estava na faculdade e não me sentia nada preparada para o que aquilo implicava. Eu tinha me casado pouco mais de um mês antes de ela nascer, e meu marido morreu num acidente três meses depois. A família dele não quis nenhum contato comigo nem com a Faye. E acabei deixando minha bebê com minha mãe na Europa, voltei para a faculdade e arranjei um emprego em Nova York. Deixei a Faye com minha mãe por cinco anos. Falando assim, agora parece simples, mas na época não foi. — Ela nunca havia contado ao colega sobre as circunstâncias de seu casamento e do nascimento de Faye. E ele parecia impressionado com o que ouvia. — Eu nunca teria conseguido se não fosse pela ajuda da minha mãe. Acabou dando certo, mas esse tipo de coisa deixa cicatrizes. No fim das contas, Faye tem sido incrivelmente madura e compreensiva, e minha mãe foi ótima para ela. Sem um pai, e com uma mãe ausente, ela poderia estar muito mais zangada comigo do que está agora. Ela só reclama do meu trabalho. Queria que eu fosse uma "mãe normal", mas o destino nunca quis isso para mim. Minha mãe era dona de casa e era boa nisso. Eu enlouqueceria se tentasse levar uma vida como a dela. Pensando pelo lado positivo, acho que isso serviu como exemplo para que Faye fosse atrás de seus sonhos, que lutasse por aquilo em que acredita. Talvez não seja tão ruim assim, mesmo eu não estando presente o tempo todo. Quando ela tinha 5 anos, fui buscá-la na França, onde ela estava vivendo com minha mãe. Não foi fácil, mas nós fizemos dar certo. Ela é uma menina bem legal.

— E a mãe dela também. Sempre fico admirado com pessoas que têm empregos como o nosso e ainda conseguem ter filhos. Como eram os seus pais?

— Meu pai era Sir Alex Phillips, o jornalista britânico que foi morto por uma bomba do IRA quando eu era pequena. Minha mãe é francesa, uma mulher incrível. Se eu sou uma mãe no mínimo decente, devo isso a ela. Ela sempre me incentivou a fazer e a ser o que eu quisesse. Tenho certeza de que o fato de eu ter seguido os passos do meu pai a deixa louca, e nós sabemos no que isso deu, mas ela nunca reclama. Se um dia acontecer alguma coisa comigo, sei que ela será maravilhosa com a Faye. Minha mãe já tem mais de 60 anos, mas continua ativa e feliz. Ela viaja, sai com os amigos e não espera que eu preencha a vida dela. É uma mulher notável, e Faye é louca por ela. Em certos aspectos, ela é mais próxima da avó do que de mim. As duas têm uma ligação especial.

— Eu também amava minha avó. Ela era uma mulher grande, corpulenta e bonachona. Achava que tudo o que eu fazia era correto, me considerava um gênio. E também cozinhava muito bem. Ficou orgulhosa quando eu entrei para a equipe SEAL. O restante da família achava que eu estava perdendo meu tempo na Marinha. Eles queriam que eu fosse trabalhar na gráfica da família. Mas aquilo simplesmente não era para mim. É incrível como nossos avós são importantes na nossa vida. É maravilhoso o apoio que eles nos dão.

— Eu nunca tive avós. Os meus morreram antes de eu nascer, e meus pais eram ambos filhos únicos, portanto a família resumia-se a mim e minha mãe, e é por isso que também não há muitas opções para a Faye. Ela não tem ninguém no mundo além de mim e da avó.

— Mas ela parece estar se saindo bem. Meus pais vieram ambos de famílias grandes, e faz anos que eu não vejo nenhum parente. Mal vejo meus irmãos, na verdade. Não temos nada em comum. Eles ainda vivem em Michigan e têm uma "vida normal", como você mesma disse. É difícil eles se identificarem comigo, depois da Marinha e do que eu faço agora. E é ainda mais difícil eu me identificar com eles. Quando vou visitá-los, sinto como se tivesse chegado de outro planeta, e é assim que eles me tratam. Todos são casados e têm filhos. Minha ex-mulher e eu éramos namorados desde a adolescência, e ela voltou para Michigan depois do divórcio. Acabou se casando de novo e teve filhos. Sou o único renegado da turma.

Alix sentiu que havia mais coisas que ele não estava contando, mas não queria parecer indiscreta.

— Às vezes, isso não é ruim — disse ela, numa voz simpática.

— Não sei bem se eles concordariam com isso — comentou Ben enquanto os dois entravam no hotel. Havia sido uma noite prazerosa, e ambos estavam se sentindo relaxados.

— Não consigo me imaginar largando isso tudo um dia. Você consegue? — perguntou ela.

O cinegrafista concordou com a cabeça e deu uma risada.

43

— Não. Mas também não consigo ver você desviando de minas e balas para sempre. Um dia vamos ter que fazer algo mais tranquilo. — No entanto, eles tinham gostado da missão em Nova Deli, que fora menos perigosa que de costume.

— Mas ainda não está na hora. Não estou pronta para ficar sentada à minha mesa, nem sei se algum dia estarei. Eles vão ter que me enterrar primeiro.

— Espero que isso não aconteça. Pelo menos não no meu turno. — Ela era uma dor de cabeça e um desafio para ele, mas Ben adorava aquele trabalho. Alix o mantinha ocupado o tempo todo, pois ele precisava correr atrás dela, tentando protegê-la do perigo. — Você precisa de mais do que um oficial da Marinha para impedir que entre em apuros.

Ela agradeceu a Ben antes de ambos se dirigirem para seus quartos. Havia sido uma noite agradável. Alix já estava com as malas prontas para partir no dia seguinte. Então, de manhã cedo, eles pegaram um voo de volta para Nova York. Já era tarde quando desembarcaram nos Estados Unidos, e desta vez ela foi para casa e disse a Ben que ficaria por lá pela manhã seguinte para dar uns telefonemas.

— Sobre o Tony Clark? — perguntou Ben.

Alix assentiu e acenou enquanto entrava em seu prédio, e ele seguiu para o Brooklyn. Ela mandou uma mensagem para Faye dizendo que tinha chegado em casa, mas não recebeu resposta. A filha provavelmente estava ocupada estudando ou tinha saído com os amigos. A repórter não ficou preocupada.

De manhã, Alix analisou sua lista de contatos em Washington e escolheu algumas pessoas para quem telefonar. Mas havia uma pessoa que ela tentaria encontrar primeiro. Fazia dias que estava remoendo aquilo. Tinha procurado essa pessoa na internet e ficou surpresa por encontrar seu número tão depressa. Alix não sabia se era um número residencial ou comercial, mas ligou assim mesmo, e quem atendeu foi uma mulher que parecia eficiente e objetiva.

— Jennifer MacPherson — disse ela com clareza.

Alix lhe perguntou se era do escritório de Olympia Foster, e a mulher do outro lado da linha confirmou. A jornalista disse que queria marcar uma reunião com a viúva sem mencionar a emissora, mas a mulher ao telefone reconheceu seu nome e perguntou qual era o assunto.

— Eu queria conversar com ela sobre seu falecido marido. Sou uma grande fã do livro dela.

Ela não podia dizer que queria encontrar Olympia para perguntar se Tony Clark era corrupto. E tinha esperança de que o livro servisse como um pretexto. A assistente anotou as informações de contato de Alix e disse que daria um retorno caso a Sra. Foster estivesse disponível, ou seja, caso concordasse em recebê-la. Era o máximo que Alix podia fazer, por ora. Ela não podia forçar um encontro e não tinha nenhum outro acesso à viúva, por isso precisava passar pela guarda do palácio, na pessoa de Jennifer MacPherson, que parecia uma mulher intimidadora e não muito simpática.

Quando desligou, Alix pensou em Olympia por um instante e se perguntou se a mulher concordaria em recebê-la. Então deu outros telefonemas para Washington e, curiosamente, ninguém parecia surpreso por ela querer saber sobre Tony Clark e sua ligação com diversos lobistas. Ninguém parecia surpreso com a pergunta, mas todos diziam que não tinham informações sobre ele, embora dois tenham dito que também já haviam pensado no assunto. Todos prometeram que tentariam descobrir alguma informação e disseram que dariam um retorno. Ela ficou intrigada com o fato de que vários de seus contatos políticos legítimos também tinham dúvidas sobre a integridade de Clark. Talvez Felix estivesse certo. Tudo o que ela podia fazer agora era esperar que eles retornassem a ligação, e insistir um pouco se demorassem muito. Mas a investigação sobre as atividades de Tony Clark havia começado. E ela entrara em contato com Olympia Foster, uma amiga íntima dele, embora não tivesse mencionado o nome de Clark. Alix tinha dado o pontapé inicial, agora restava saber o que aconteceria em seguida. Depois que alguém começava a fazer perguntas, não havia como saber aonde isso daria. As respostas quase nunca eram o que se esperava, o que, em parte, era justamente a graça de seu trabalho. Havia novas surpresas todos os dias. Como ela poderia abrir mão disso por uma vida "normal" e um trabalho comum?

Capítulo 3

Alix informara seu número de celular à assistente de Olympia Foster, para quando ela fosse retornar o contato. Três dias depois, ninguém havia telefonado, e ela não queria ser inconveniente nem insistir. Sabia que Olympia teria de ser tratada com luvas de pelica. Isso se Alix sequer tivesse a oportunidade de falar com ela, pois, segundo boatos, Olympia nunca falava com a imprensa, ou apenas em raras exceções. Alix não sabia, mas a assistente de Olympia recomendara enfaticamente que ela não a recebesse. Afinal, Alix era da imprensa, uma repórter investigativa de uma grande rede de TV. E sabia ser persuasiva ao abordar seus entrevistados. Jennifer não confiava nada nela.

— Mas você disse que era sobre o livro — argumentou Olympia, hesitante.

Ela sabia quem Alix era e sempre admirara seu trabalho na TV. Achava a jornalista uma mulher inteligente, atenciosa e respeitosa com seus entrevistados, mesmo que os levasse a admitir coisas impressionantes. Mas Olympia não tinha nada a esconder.

— Ela disse que é uma "grande fã" do seu livro. Não falou que queria conversar sobre o seu livro. E é isso que ela vai falar para ser recebida, para ganhar você. Mas não quer dizer que seja verdade.

— Que outro assunto poderia ser? — Olympia parecia confusa.

— Com a imprensa, nunca se sabe. Poderia ser sobre algum escândalo que ainda não foi revelado para o público.

— Nunca estive envolvida em escândalo nenhum, nem Bill — rebateu ela calmamente.

O encontro parecia inofensivo para Olympia. Todos sabiam que ela era uma mulher ingênua, e Jennifer vinha protegendo-a fazia uma década, inclusive quando o senador ainda era vivo. E a assistente tivera de redobrar seus esforços para blindar Olympia quando ele morrera.

Mas apesar de tudo o que Jennifer disse, Olympia decidiu receber Alix. Era uma oportunidade de falar sobre seu segundo livro, outro sobre Bill. Esse era mais sutil e não abordava tanto seus atos. Um livro mais focado em sua filosofia, o papel do governo no futuro, em um mundo em transformação. Ela ainda não tinha recebido muito apoio para o livro, e ele também não tinha sido contratado pela editora do primeiro. Eles queriam ver o livro finalizado para ter certeza de que não era repetitivo demais em relação ao anterior, nem teórico demais. Ela usara o primeiro livro como desculpa para ficar trancada em casa durante três anos, corrigindo, editando e lapidando o texto, e agora estava fazendo isso de novo. Seus filhos estavam incomodados porque a mãe se tornara uma reclusa, e achavam que ela deveria voltar à sociedade. Preocupavam-se com ela. Mas Olympia continuava decidida a transmitir a mensagem de Bill ao mundo. Aquilo se tornara sua missão sagrada.

Josh e Darcy, seus filhos, haviam dito à mãe que ela usara todas as desculpas possíveis para ficar longe do mundo dos vivos, e que esse livro só estava adiando o processo. Achavam que ela deveria sair mais, encontrar velhos amigos que passara anos sem ver, fazer alguma atividade, arranjar um emprego ou até mesmo voltar à faculdade. Argumentaram que já fazia seis anos que o pai deles havia falecido, e, para os dois, o novo livro significava mais uma forma de prorrogar seu período de luto e fazer disso seu estilo de vida. Ela insistia que não era essa a motivação por trás do livro, mas o resultado era o mesmo, quaisquer que fossem suas razões para escrevê-lo. Jennifer achava que os filhos tinham razão, por isso, uma conversa com Alix sobre um segundo livro sobre Bill Foster não lhe parecia uma boa ideia. E sabe-se lá o que Alix realmente queria, ou o que diria.

Olympia ouviu as objeções de Jennifer com polidez e telefonou pessoalmente para Alix. A repórter estava ocupada na redação e havia acabado de sair de uma reunião quando atendeu a chamada de um número confidencial. Ouviu a voz distinta e gentil do outro lado, reconheceu-a na mesma hora e ficou atordoada.

— Sra. Phillips? — perguntou Olympia, com sua dicção impecável e sua voz ligeiramente rouca. — Aqui é Olympia Foster. Creio que você me telefonou sobre o meu livro. Na verdade, estou trabalhando em outro. Ainda não está pronto, mas espero concluí-lo daqui a um ano, se eu encontrar uma editora para publicá-lo. É um pouco mais complexo que o primeiro. Bill tinha ideias tão maravilhosas para o futuro do país que não consegui fazer jus a elas no último livro. Havia muito a dizer.

Ela estava obviamente muito ansiosa para falar sobre o projeto.

— Eu entendo, é claro — disse Alix, sem saber como reagir por um instante, o que não era do seu feitio. Mas parecia extraordinário estar falando com Olympia Foster. Tinha sido tão fácil, a mulher estava do outro lado da linha. — A senhora aceitaria me encontrar para conversar sobre o assunto? — perguntou Alix respeitosamente.

Não queria dizer à viúva que não pretendia falar sobre seu falecido esposo, e sim sobre Tony Clark. Imaginou que seria mais produtivo dizer aquilo pessoalmente. O importante agora era ser recebida. Ela decidiria o que fazer depois. De repente se deu conta de que seu coração estava batendo mais rápido com a possibilidade de encontrá-la, o que parecia ridículo, mesmo para ela. Porém Olympia se tornara uma espécie de ícone, um símbolo da boa esposa, carregando a chama eterna de seu finado marido, que morrera como um mártir. O nome dela era pronunciado com compaixão, em voz baixa e com profundo respeito. Ela agora era mais do que uma simples viúva.

— Seria um prazer me encontrar com você — disse Olympia. — Sempre admirei seu trabalho. Suas matérias, em especial as das zonas de guerra, são simplesmente formidáveis. Você é uma mulher muito corajosa.

— Obrigada — disse Alix, corando. Ela se sentia como uma criança intimidada. Olympia parecia uma pessoa gentil, era oito anos mais velha que Alix e tinha uma espécie de ar místico, etéreo. Tornara-se uma lenda.

Dois dias depois, Jennifer abriu a porta do casarão para Alix com um olhar severo. Alix usava uma saia e uma blusa cinza e sapatos de salto alto, e tinha seus longos cabelos loiros presos para trás, em um rabo de cavalo bem-feito. Estava elegante e sorriu para Jennifer ao entrar. A assistente continuou fria e controlada. Alix sentia que Jennifer não aprovava sua presença ali, mas estava claro que fora Olympia quem tomara a decisão, e só restava a ela aceitar, gostando ou não.

Ela conduziu Alix até uma saleta decorada com belas antiguidades inglesas e lhe pediu que aguardasse. Voltou alguns minutos depois, pedindo a Alix que a acompanhasse até o andar de cima, o que ela fez com solenidade. Havia uma estranha sensação de estar em um lugar sagrado, e a casa era extremamente silenciosa. Quase dolorosamente silenciosa. Alix sabia que os Fosters tinham morado em Chicago e em Washington quando Bill foi senador, pois ele era de Illinois, e que Olympia e os filhos acabaram se mudando para Nova York depois que ele morreu. Fazia seis anos que ela morava ali, mas parecia fazer mais tempo. Alix seguiu Jennifer até um cômodo que era praticamente um santuário para Bill. As paredes eram decoradas com livros, e havia uma linda mesa inglesa antiga que pertencera a ele. Também havia troféus, recordações e fotografias dele espalhados por todo o recinto, além de um retrato pintado pendurado acima da lareira. Podia-se sentir sua presença e seu espírito naquele lugar.

50

Olympia se levantou da mesa na qual estava trabalhando e andou na direção dela, com o sorriso que Alix recordava tão bem. Era ao mesmo tempo tímido e caloroso, e ela a convidou a sentar-se em uma poltrona confortável, sob o olhar do retrato pintado. O cômodo não era deprimente, e sim fascinante, já que tudo ali dentro parecia ser do senador ou estar relacionado a ele. Ali Olympia passava todo o seu tempo, o lugar onde ficava mais à vontade. Todos os pertences mais preciosos do finado marido estavam à sua volta, e fotos dele, junto com ela, com os filhos, no Senado, durante a campanha. O livro em homenagem a Bill Foster estava na mesinha de centro, com a foto dele na capa. E Olympia era uma mulher discreta, cordial, serena e tão etérea quanto Alix sempre imaginara. Havia nela algo de muito vulnerável.

Olympia lhe ofereceu café ou chá, que Alix recusou educadamente e, um instante depois, Jennifer lançou às duas um olhar austero e retirou-se, contrariada. Olympia não via necessidade de ter a assistente presente. O fato de já ter visto Alix tantas vezes na TV dava a Olympia a falsa sensação de que elas se conheciam, e a viúva pareceu simpática e acolhedora ao sentar-se em uma poltrona diante da jornalista. As duas conversaram por alguns minutos sobre amenidades, e Alix elogiou o recinto e disse que o retrato era muito fiel a Bill. Ela notou, pela data sob a assinatura, que o quadro havia sido pintado após a morte dele, obviamente encomendado pela esposa.

Alix agora entendia por que Olympia se afastara da esfera pública. Ela estava imersa em suas memórias e continuava de luto por seu marido como se ele tivesse morrido ontem. Seu olhar era triste e sério, o que revelava a imensidão de sua perda. Ela envelhecera um pouco nos últimos seis anos, mas não mudara significativamente. Aos 47 anos, ainda era uma mulher bonita e parecia mais jovem do que a idade. E Alix achava que ela pareceria ainda mais jovem se seus olhos não fossem duas poças profundas de dor.

Ela vestia-se de preto dos pés à cabeça, com um suéter simples, saia e meias-calças. Em certo momento, Alix começou a abordar com cuidado o motivo de sua visita. Alegou estar interessada no novo livro de Olympia sobre o marido e sentiu-se uma mentirosa ao dizer isso. Por fim, mencionou Tony Clark.

— O vice-presidente era muito próximo do seu marido — comentou, esperando ver a reação de Olympia.

— Era mesmo — concordou a viúva, numa voz doce, enquanto Alix observava seus olhos azul-escuros. Ela tinha cabelos escuros que iam até os ombros e pele branca feito porcelana, imaculada e quase translúcida. Era como se não saísse de casa havia anos, o que Alix esperava que não fosse verdade. Tudo nela parecia delicado e triste. — Tony e Bill cresceram juntos em Lake Forest, um subúrbio de Chicago — explicou Olympia. — Estudaram juntos na escola e depois em Harvard, e sempre foram próximos. Bill sempre esteve mais envolvido no cenário político, por causa do pai dele, mas Tony queria entrar para a política desde que era menino. Ele se mudou para Nova York depois de se formar em Harvard, para ir em busca de suas ambições políticas. — E, de fato, Clark havia sido senador por Nova York antes de se tornar vice-presidente. — Ele tem sido incrivelmente generoso comigo e com os meus filhos desde... desde que Bill... — Sua voz ficou hesitante por um instante, e Alix assentiu com a cabeça para mostrar que compreendia, para que Olympia não precisasse terminar a dolorosa frase referindo-se à morte do marido. — Ele é padrinho do meu filho mais velho e sempre foi como um tio para as crianças, principalmente agora.

— Como eles estão, aliás? — perguntou Alix educadamente, curiosa para saber sobre os filhos. Ela sabia que eles agora tinham 20 e poucos anos.

— Estão ótimos — respondeu Olympia com um sorriso. — Josh tem 24, é formado em agronomia e está trabalhando em uma fazenda orgânica em Iowa. Ele é um verdadeiro homem do Centro-Oeste, assim como o pai. Adora viver perto das raízes de Bill. Darcy fez 22, está no Zimbábue, trabalhando em uma organização que presta assistência aos habitantes locais da vila onde mora. Eles estão plantando alimentos, levando água para lá e construindo encanamentos na vila. Ambos estão fazendo o que sempre quiseram. Nós os incentivamos muito a seguir seus sonhos.

— Você acha que algum deles pretende um dia entrar para a política? — perguntou Alix.

Olympia fez que não com a cabeça.

— Acho que não há a menor chance de isso acontecer. Nenhum deles gosta da vida pública, e eles viram o preço que se paga por isso. Escolheram outros caminhos.

Alix queria perguntar o que Olympia fazia da vida além de escrever sobre o falecido marido esse tempo todo, mas não teve coragem.

— São caminhos muito nobres — acrescentou Alix. — Minha filha está no segundo ano da faculdade, em Duke. Ela quer fazer pós-graduação em Direito. Tem muito interesse pelos direitos das mulheres e diz que quer atuar no Oriente Médio, em algum momento. Hoje em dia, todos parecem estar muito decididos a fazer do mundo um lugar melhor. Acho que eu não era tão altruísta nessa idade.

— Nem eu. — Olympia riu. — Eu também estudei Direito, mas estava interessada em assuntos mais triviais, como leis antitruste, impostos e direito comercial.

Alix sabia que Olympia também atuara em causas a favor das mulheres quando seu marido era senador, mas havia saído de cena nos últimos anos e se aposentara da advocacia quando os filhos ainda eram crianças e o marido se dedicava à política. Fora uma esposa e uma mãe zelosa e abrira mão da própria carreira.

— Preciso confessar uma coisa — disse Alix cuidadosamente, conduzindo a conversa mais uma vez para o assunto que a levara até ali, embora parecesse não haver relação nenhuma. — Estou intrigada com o fato de o vice-presidente aparentemente estar frequentando tantos eventos beneficentes apoiados por lobbies e se reunindo com tantos lobistas conhecidos. Fiquei me perguntando se você saberia o motivo disso, já que o conhece tão bem.

Olympia pareceu surpresa com a pergunta e hesitou antes de responder.

—- Com certeza é mais um envolvimento social do que qualquer coisa mais significativa — afirmou Olympia Foster, com toda a segurança. — O vice-presidente tem amigos em todos os setores e é muito admirado por todo mundo em Washington. — Isso não era totalmente verdade. Tony Clark era conhecido por sua personalidade abrasiva, apesar de seu trato social. Mas Alix não discutiu com ela. — Certamente ele não pretende ofender ninguém. Os lobbies têm um propósito útil, e ele ajuda muito o presidente, estendendo a mão para todos. Ele ajudava muito o Bill, por conhecer tanta gente. Os dois formavam uma dupla maravilhosa, assim como ele e o presidente agora. — Ela então continuou a exaltar as virtudes de Tony Clark, e ficou claro para Alix que não descobriria nada de útil por intermédio de Olympia. Ela era a maior fã dele e uma amiga fiel. Era quase tão devota ao vice-presidente quanto a Bill. — Realmente acho que não há nada de preocupante no fato de ele ter relações amistosas com alguns lobistas. Imagino que seja mais uma coincidência do que qualquer outra coisa.

— Você acha que ele vai se candidatar à presidência?

— Não faço a mínima ideia — respondeu ela, sorrindo.

Olympia havia sido encantadora e amável o tempo todo e, quando ela se levantou, Alix entendeu que essa era sua deixa para ir embora. Agradeceu-lhe então a atenção.

— Foi uma grande honra conhecê-la e poder conversar com você — disse Alix em um tom caloroso, olhando outra vez para o retrato pintado ao sair e notando que os olhos a acompanhavam, como o artista pretendera que fizessem. Era uma técnica artística da qual Alix jamais gostara e, naquele caso, tinha algo de sinistro. — Eu era uma das maiores fãs do seu marido. Ele teria sido um presidente maravilhoso.

— Teria mesmo — concordou Olympia numa voz triste.

Jennifer apareceu de repente e conduziu Alix pela escada, depois que ela e Olympia trocaram um aperto de mãos. A viúva dissera que também havia gostado de conversar com ela.

Quando saiu da casa, Alix chamou um táxi para voltar à redação. Não havia conseguido nada com aquela entrevista. Não sabia ao certo se Olympia estava protegendo Tony Clark, se não sabia das atividades dele ou se realmente dizia a verdade. De acordo com Olympia, ele era uma pessoa extrovertida e tinha muitos amigos em todos os setores. Mas Alix não havia engolido aquele papo. Era perfeito demais e genérico demais, parecia um discurso político. Ela começou a se perguntar se as suspeitas de Felix tinham fundamento. Ninguém podia ser tão inocente quanto Olympia alegava que Clark era. Ela dissera várias vezes que ele era um homem irrepreensível, embora certamente muitas pessoas tivessem inveja dele. Ele era um alvo fácil.

Alix ainda estava no táxi, voltando para a redação, quando Olympia pegou o telefone em seu escritório e ligou para o vice-presidente. Foi transferida para ele na mesma hora, como sempre. As instruções de Tony Clark para seus funcionários eram claras. Qualquer telefonema da Sra. Foster deveria ser repassado imediatamente, não importava o que ele estivesse fazendo, a menos que estivesse com o presidente. Estava disponível para ela o tempo inteiro, caso Olympia tivesse qualquer tipo de problema. Falara com ela na noite anterior e ficou surpreso com a ligação dela hoje.

— Oi, Olympia. Aconteceu alguma coisa?

— Não, não é nada. Recebi uma visita hoje cedo e achei que talvez fosse do seu interesse. Alix Phillips. Saiu agora há pouco daqui.

— A repórter? O que ela queria? — Tony Clark parecia desconfiado e preferia que Olympia não a tivesse recebido. Não havia motivo para isso, não via nada de positivo naquele encontro, e ele não gostava da ideia de a imprensa ir abordá-la em sua própria casa.

— Na verdade, ela veio falar sobre o meu livro, mas mencionou você antes de ir embora. Estava curiosa sobre o fato de você ter sido visto em público com alguns lobistas recentemente. Também queria saber se você vai se candidatar à presidência. Eu disse que não sabia sobre os seus planos para o futuro. E garanti a ela que você tem um milhão de amigos, e que ser visto em contextos sociais com alguns dos lobistas não quer dizer absolutamente nada.

— Resposta perfeita — elogiou ele, parecendo um pouco aliviado, mas não estava feliz com o fato de Alix Phillips ter perguntado aquilo. — Bom, por acaso eu jogo golfe com vários deles. Não é nada de mais. — Ele falava num tom jovial, como se achasse graça. — Tem certeza de que ela foi para falar sobre o seu livro? — perguntou ele, tendo mais prática do que ela em despistar a imprensa e desconfiando dos motivos da visita de Alix. — Ela parecia interessada demais em mim. — Ele não estava satisfeito, mas não queria dar a impressão de estar criticando Olympia. Sabia que ela era sensível.

— Acabamos mencionando você, mas não foi por isso que ela me procurou. E ela não mencionou você de novo depois disso. Ela adorou o primeiro livro.

Olympia parecia contente.

— Não, ela não mencionaria meu nome de novo. É inteligente demais para isso. Só tome cuidado se ela ligar outra vez. Esses repórteres são ardilosos, e ela é muito boa no que faz. Você precisa tomar cuidado. Existem lobos à solta por aí, esperando para emboscar você. E você não tem condições de lidar com isso, depois de tudo o que sofreu. — Ele enfatizava a vulnerabilidade dela, e não sua força. — Não quero que você acabe magoada.

— Alix Phillips não faria isso. Parece uma pessoa honrada. Sempre admirei as entrevistas dela — disse Olympia, defendendo-a.

— Ela é jornalista. Não tem nada de honrado nisso. Ela seria capaz de devorar você viva, se fosse necessário para uma reportagem. A imprensa não é amiga de ninguém. Eu ligo amanhã. Vou tentar aparecer por aí para jantar algum dia da semana que vem. Enquanto isso, fique longe da imprensa. Você não precisa dessa dor de cabeça, nem eu. Bill iria querer que eu protegesse você dessas pessoas.

— Acho que não era nada de mais — afirmou Olympia calmamente.

Ele não discutiu com ela, mas não tinha tanta certeza disso. Havia pessoas sondando em Washington também. Ele fora avisado. Optara até por cancelar seu jogo de golfe com um dos maiores nomes da cena dos lobbies naquela semana por causa disso. Não queria que a imprensa lançasse os holofotes sobre ele, mesmo em um jogo de golfe, ou transmitisse alguma imagem deturpada dele, de alguma forma. O vice-presidente agora se deu conta de que teria de ser mais cauteloso. E nunca havia ocorrido a Tony Clark que a imprensa podia ir atrás de Olympia para extrair informações sobre ele. Esses jornalistas eram muito espertos, principalmente essa tal de Alix Phillips. Ela era inteligente demais para o próprio bem. Ele se perguntou quem a mandara fazer aquilo, se haviam sido seus produtores ou se fora ideia dela própria visitar Olympia. Mas de uma coisa ele tinha certeza: não havia sido para falar sobre o livro. O truque tinha funcionado. Ele só esperava que não tão bem. Se Olympia tinha mesmo dito o que relatara para ele, não havia muito motivo para se preocupar. Ele só não gostava da ideia de ter Alix bisbilhotando por aí. Tinha um profundo ódio pelos meios de comunicação e não os julgava confiáveis. Olympia deveria ficar com o pé atrás também, mas não agia dessa forma. Era uma mulher ingênua e havia sido protegida durante a vida toda. E o relacionamento deles era um assunto particular, que só dizia respeito aos dois.

Olympia ficou arrasada quando Bill morreu. Foi então que Tony entrou em cena. Ela era mais próxima de Tony do que do próprio irmão, com quem nunca se dera bem e que tinha uma esposa entediante e ciumenta de quem Olympia gostava ainda menos. Ela ficara mais vulnerável e perdida do que nunca depois da morte do marido. Tudo acontecera tão de repente, e ela ficara tão traumatizada no começo, mas Tony estava lá para apoiá-la. Ele e a esposa haviam se divorciado pouco antes de Bill morrer. Tony Clark podia facilmente imaginar um futuro com Olympia quando ela tivesse se recuperado da perda do marido, o que seria benéfico para ambos. Ele a considerava a esposa ideal para um político, e as ambições dele de chegar à Casa Branca não haviam morrido com Bill. Ele passara um ano preparando o terreno, e pretendia abordar o assunto com ela quando achasse uma ocasião oportuna. Tony não tinha filhos e arranjava tempo para ela sempre que podia. Ele a visitava em Nova York pelo menos uma vez por semana, mesmo que às vezes fossem visitas breves. E passava horas ao telefone com ela toda noite.

Um ano após a morte de Bill pareceu o momento propício para pedi-la em casamento, e ele lhe disse que achava que seria uma decisão sábia para os dois e que inclusive beneficiaria os filhos dela. Ele era divorciado, ela era viúva, e precisava do apoio dele para cuidar da vida e dos filhos. Havia inúmeras questões para resolver em relação ao patrimônio de Bill. Fazia sentido os dois ficarem juntos, em todos os aspectos.

Olympia prometera a Tony que ia pensar a respeito, e ele disse que achava que Bill teria ficado contente em saber que ela estava em boas mãos. E, na cabeça dele, não havia dúvidas de que ela tivera um papel importante nas campanhas de Bill. Ela era iluminada, atraía as pessoas e tinha uma bondade que vinha de dentro. Bill sempre dizia, brincando, que ela era sua arma secreta e que ele não tinha como perder uma eleição se estivesse casado com Olympia. Tony tinha planos grandiosos, estava de olho na presidência e queria Olympia ao seu lado como sua mulher, não só como amiga. Os filhos dela o adoravam, e virar padrasto dos filhos de seu melhor amigo o mostraria como um homem compassivo e responsável aos olhos dos eleitores. Ele certamente venceria a eleição. Olympia com toda certeza também reconheceria o valor de um futuro para eles dois.

Ele estava certo de que ela aceitaria e ficou devastado quando Olympia recusou. Ela argumentou, com pesar, que seria uma traição a Bill, e que ainda não estava pronta para outro relacionamento. Talvez nunca estivesse. Porém, acima de tudo, ser esposa de político outra vez era justamente a última coisa que ela queria. O que acontecera com Bill a deixara convencida a nunca mais se sujeitar a esse tipo de loucura. Ela não queria nenhum envolvimento com a vida política, muito menos ter os holofotes voltados para sua família e seu casamento. Não conseguiria sobreviver a outra tragédia. E sabia como as aspirações políticas de Tony eram importantes para ele. Tony havia corrido atrás disso a vida inteira, e ela não podia tirar isso dele. Mas, para seu próprio bem e de seus filhos, Olympia pretendia ficar de fora da arena política e dos olhares do público para sempre. Fora irredutível a esse respeito e queria continuar amiga dele, nada além disso. Tony não estava, de modo algum, preparado para essa resposta, e acabou fazendo uma leve pressão para convencê-la de que não poderia viver sem ele, e que se expor ao mundo sozinha seria arriscado demais. Ela foi ficando cada vez mais isolada e reclusa, enquanto ele se tornava seu único amigo, mas isso ainda não bastou para convencê-la a se casar com ele.

Ele passara um ano tentando persuadi-la de que um futuro juntos seria a melhor opção, mas sem sucesso. Olympia se manteve firme na decisão de não se casar de novo. E Tony sabia que precisava de uma família para uma campanha de sucesso. Então se casou com Megan após um breve namoro, e ela engravidou já na lua de mel. Megan não era Olympia, mas era muito jovem, muito rica e tinha exatamente a imagem de que ele precisava. Era uma mulher bonita, e os bebês eram prova de que ele era um homem de família, o que lhe renderia votos. Tudo o que Tony fazia era meticulosamente calculado.

Olympia era a mulher com quem ele quisera se casar e que nunca pudera ter. Era uma tortura e uma angústia tê-la fora de alcance, apesar de tão próxima, e ele passava todo o tempo que podia com ela, sem deixar que essa intimidade chamasse atenção. Megan compreendia isso e não fazia objeções. Sentia pena de Olympia depois do que acontecera com ela e pensava nela como uma figura trágica, não como uma ameaça. E Tony queria manter as coisas assim. Ter a imprensa bisbilhotando seu relacionamento íntimo só criaria problemas para ele, algo que pretendia evitar a todo custo e que havia conseguido até agora. Passara a ver Olympia como a mulher sagrada que abençoaria sua campanha um dia. Ela havia se tornado completamente dependente dele, e Tony tinha pleno controle sobre ela e a aconselhava a continuar reclusa, o que lhe dava mais influência sobre a viúva.

A última coisa que ele queria era que Alix Phillips tivesse contato com Olympia. Quando desligou o telefone, parecia apreensivo e incomodado. Não estava bravo com ela por ter recebido Alix, e sim furioso com a jornalista por ter armado esse encontro, que definitivamente não era para falar dos livros dela, por mais que Olympia pensasse o contrário.

— E então, como foi? — Felix perguntou a Alix engolindo duas pastilhas de antiácido, quando ela voltou à redação após o encontro com Olympia.

O produtor havia tido uma manhã estressante, e fazia anos que seu estômago era vítima da sua carreira. Alix lhe dera quinhentos tubinhos de antiácido no Natal, de brincadeira, e ele disse que fora o melhor presente de todos.

— Não descobri nada. Ela é uma mulher encantadora e leal até o osso, tanto a Bill Foster quanto a Tony Clark. Disse que o vice-presidente é só um cara amigável e simpático que conhece muita gente mas que não está envolvido com os lobbies nem nunca esteve. Acho que ela acredita nisso, mas eu não. Perguntei se Clark pretendia se candidatar à presidência, e ela disse que não fazia ideia. Acho que talvez ela saiba, mas, mesmo se souber, nunca iria me dizer. E ela não tem contato com o mundo real. Está vivendo enclausurada, e não pisou mais em Washington desde que o marido morreu. Está escrevendo um segundo livro sobre ele e age como se Bill Foster tivesse morrido ontem. Pensando bem, sinceramente, talvez ela de fato não saiba o que está acontecendo, nem com Tony Clark nem com mais ninguém. Tony Clark é o amigo mais próximo que Olympia tem. Ela o vê como uma espécie de santo, depois do "são Bill". Estou seguindo outras pistas em Washington, mas, tirando o mero prazer de encontrá-la, porque ela é uma pessoa maravilhosa, foi uma perda de tempo como fonte de informações sobre o vice--presidente.

— Imaginei que talvez fosse esse o caso, mas valia a pena tentar — disse ele, parecendo desanimado.

— Sim, valeu. Acho que Tony faz com que Olympia acredite em qualquer coisa que ele diz. Ele é muito convincente, e tenho a sensação de que é o único amigo íntimo que ela tem. Os dois filhos dela já saíram de casa, por isso ela não tem ninguém além dele com quem conversar nem alguém que lhe dê apoio emocional.

— Engraçado que ele não tenha se casado com ela. Teria sido ótimo para a carreira dele, teria dado o impulso de que ele precisava para chegar ao topo — comentou Felix, pensativo.

— Não acho que ela teria se casado com ele. Tenho a sensação de que ela não quer ter mais nenhuma relação com a política. Ela culpa a política pela morte do marido. E tenho o pressentimento de que Clark quer chegar à Casa Branca, a qualquer preço.

Ele ainda não havia admitido isso publicamente, mas era óbvio.

— Também acho — concordou Felix, colocando outro antiácido na boca ao sair da sala.

Tudo o que Alix dissera era verdade: Olympia era inútil como fonte de informações, e estava sob o feitiço de Tony Clark. Mas, de qualquer forma, a jornalista gostou de ter conhecido Olympia. Alix sentia uma imensa pena daquela mulher. Tudo o que lhe restava eram as sombras de sua vida passada. E via Tony Clark como seu único amigo.

Capítulo 4

Uma semana depois da visita de Alix a Olympia, a jornalista estava sentada à sua mesa, trabalhando em várias matérias. Um escândalo sexual envolvendo um deputado que acabara de renunciar, uma ameaça nuclear da Coreia do Norte, a Suprema Corte analisando questões relacionadas a aborto e um novo caso de resistência ao casamento entre pessoas do mesmo sexo em um dos estados do Sul. Fazia quase duas semanas que ela e Ben estavam em Nova York. Alix olhou de relance para o monitor em sua mesa, como sempre fazia, e imediatamente notou a chamada de uma notícia cruzando a tela. Parou de escrever por alguns instantes para assistir às cenas de um tumulto em Teerã. Todas as pessoas que estavam na manifestação eram mulheres.

Uma seita extremista estava pressionando o governo iraniano para endurecer as regras de novo, após um longo período de abrandamento em que as mulheres tiveram empregos melhores e mais oportunidades de educação e que as condições no Irã haviam melhorado bastante para elas. Agora, as velhas leis e tradições milenares estavam sendo aplicadas novamente, mulheres escolarizadas eram expulsas dos locais de trabalho e muitas haviam sido demitidas recentemente. As manifestantes se recusavam a aceitar aquilo e estavam fazendo protestos em massa. As cenas que Alix viu na tela eram de mulheres sendo arrastadas, jogadas em furgões da polícia e levadas para a cadeia. Uma jovem até levara um tiro durante um protesto naquela manhã. Assim que o noticiário voltou à transmissão normal, Alix pegou o telefone em sua mesa e ligou para a sala de Felix. Ele também estava acompanhando tudo.

— Parece que a coisa está feia em Teerã — disse ela.

Eles haviam mostrado uma foto da garota que morrera baleada. A jovem tinha 22 anos e era professora. Diziam que era uma pessoa muito querida por todos. Logo após sua morte, ela se tornou um símbolo dos protestos pelos direitos das mulheres.

— Parece que sim.

Fazia um tempo que as coisas estavam relativamente calmas no Irã, mas agora o caos dominava as ruas. Esse tipo de notícia era a especialidade de Alix, o tipo de reportagem que ela fazia melhor, era disso que ela realmente gostava.

— O que estamos esperando? — perguntou ela.

— Quero ver aonde isso vai dar — respondeu Felix.

Felix sempre parecia inabalado e impassível, mesmo com os nervos à flor da pele. Sua mulher o deixara havia cinco anos, depois de um casamento de vinte anos, alegando que ele era, na verdade, casado com o trabalho e que não precisava dela. Então o trocou por um professor universitário de Dartmouth que conheceu pela internet. Cinco anos depois, eles ainda estavam morando juntos, e Felix permanecia sozinho. Não tinha tempo para ninguém, só para notícias sobre tudo o que ia mal no mundo. O produtor quase nunca via os filhos. As pessoas que trabalhavam para ele haviam se tornado sua família, e ele tinha uma intuição infalível para detectar histórias relevantes, como ficava claro por seus altos índices de audiência. Seu noticiário noturno estava muito à frente dos demais, mas aquilo tinha um alto preço, para todos naquela área. Os que trabalhavam mais arduamente não tinham vida pessoal. Era a natureza do trabalho, um fato aceito por todos.

— No que você está trabalhando agora? — perguntou ele.

— No escândalo sexual do deputado. Falei com a mulher dele por telefone ontem. Não há nada de extraordinário nessa pauta, você não precisa de mim para cobrir isso. A Suprema Corte analisando decisões sobre aborto. Resistência ao casamento homoafetivo em alguns estados do Sul, e a questão da Coreia do Norte, mas a poeira parece estar baixando, e estou aguardando o retorno de um cara da Associação Nacional de Rifles que joga golfe com Tony Clark.

— Alguma novidade?

— Por enquanto parece que Olympia Foster está dizendo a verdade. Ele só é amigo de um monte de gente.

— Você acredita nisso? — Felix parecia surpreso. Alix ouviu-o mastigando os antiácidos, que ele consumia como se fossem balas. Já havia experimentado todos.

— Não, não acredito, mas por enquanto não tenho nenhuma pista para seguir, a não ser minha intuição. Acho que tem coisa aí, mas talvez não seja suficiente.

— Concordo com você.

Felix tinha o pressentimento de que o vice-presidente estava envolvido em algum esquema, mas nem sabia ao certo o motivo dessa suspeita. Tudo ao redor de Clark estava relacionado a dinheiro. De repente ele era amigo de várias pessoas envolvidas em lobbies importantes, algumas delas de reputações duvidosas, e a imagem pública dele parecia perfeita demais para ser real. Mas era um tanto arriscado deduzir que ele vinha aceitando propinas de grandes lobistas. Talvez não estivesse fazendo isso, mas algo nele sempre parecera errado para Felix. Talvez eles nunca conseguissem provar nada, nem trazer à tona os podres dele, se houvesse algum. Clark era um cara inteligente e dificilmente deixaria algum rastro que o incriminasse. Mas, se ele iria anunciar sua candidatura à Casa Branca no futuro, era importante que Felix investigasse tudo o que fosse possível, caso houvesse atividades ilegais em seu presente ou no passado. Alix compartilhava da mesma opinião. O público tinha o direito de saber. Mas a urgência dos protestos em Teerã tinha precedência sobre tudo isso. Tony Clark podia esperar, e, como quase todos os manifestantes em Teerá eram mulheres, e uma delas havia sido baleada, Alix estava ansiosa para ir para lá.

— O que você acha? — perguntou ela a Felix. Mas ele sabia o que Alix queria.

O produtor andava se perguntando se devia enviá-la ou não para Teerá quando ela ligou. Alix havia sido rápida. Não fazia nem uma hora que a notícia fora divulgada, mas ela não costumava perder tempo. Os repórteres locais estavam cobrindo tudo, e a emissora usava imagens e transmissões ao vivo da BBC, algo de que Felix não gostava muito. Ele preferia ter os próprios repórteres in loco.

— Não tenho certeza. Eles podem conter a manifestação enquanto você ainda estiver no avião. — Era uma arte decidir quando enviar uma equipe e quando esperar. Ele não queria perder um registro importante, mas também não podia desperdiçar dinheiro, mão de obra e tempo. — Minha intuição diz para esperarmos mais uma noite.

— É um voo longo, e muita coisa pode acontecer numa noite. Melhor não esperarmos muito mais do que isso.

— Vamos pedir um visto de imprensa de emergência hoje, assim você estará pronta para ir, se a situação piorar. De qualquer modo, você não pode ir antes disso.

Parecia razoável para ela. E Alix sabia que eles também conseguiriam um visto para Ben. Ele entrou na sala dela naquela tarde, parecendo aflito e entediado. Os dois eram como bombeiros de plantão, sempre esperando que algum outro lugar do mundo começasse a pegar fogo.

— Você acha que nós vamos? — perguntou ele, e Alix apenas deu de ombros. Ela passara a tarde resolvendo todas as suas pendências, só por via das dúvidas.

O lobista da Associação Nacional de Rifles que jogava golfe regularmente com Tony Clark telefonara para ela, mas não tinha nada de relevante a dizer. Ele conhecia o vice-presidente fazia um ano e lhe contara que o achava um cara ótimo. Dissera que

Tony só queria se manter a par do que estava acontecendo, pois gostava de estar sempre informado. Não havia nada além disso. Um lobista da indústria farmacêutica dissera o mesmo, no dia anterior. Todos gostavam do vice-presidente e o consideravam um amigo. Alix se perguntou se ele estaria apenas garantindo contribuintes poderosos para a campanha seguinte, uma vez que não havia nenhuma lei contra isso.

Alguns deles, na verdade, não se enquadravam legalmente como lobistas, porque não passavam vinte por cento de seu tempo fazendo lobby para um único cliente, o que era o padrão mínimo para lobistas federais, de acordo com a lei. Se eles dedicavam menos tempo do que isso à função, ou se não trabalhavam para um único cliente, tecnicamente não podiam ser considerados lobistas, portanto não eram controlados pela lei federal. Havia vários detalhes ambíguos que dificultavam a identificação de quem era lobista e quem não era. E Tony parecia conviver indiscriminadamente com os lobistas oficiais e com os informais. Nenhuma das pesquisas que Alix fizera sobre o vice-presidente rendera frutos até agora, e o palpite de Felix não dera em nada. Não havia evidências, nem mesmo um indício de uma transação financeira em benefício de Clark. Talvez eles estivessem trocando favores, ou Tony estivesse preparando o terreno para receber os dividendos depois. Ela ainda não tinha certeza de nada, mas estava atenta a tudo.

Alix então colocou Ben a par dos acontecimentos mais recentes enquanto eles assistiam a outro boletim de Teerã. As coisas estavam se acalmando. Outro protesto havia sido contido naquela noite, sem nenhuma pessoa ferida ou morta.

— Pelo jeito, nós não vamos — comentou ela, depois de ver as notícias.

Ben pareceu decepcionado e foi embora meia hora depois. Ele ficou de sobreaviso e Alix voltou ao trabalho.

Ela nem se preocupou em deixar uma mala pronta quando voltou para casa e tentou ligar para Faye, que não atendeu o telefone, mas mandou uma mensagem da biblioteca depois. Assim como a mãe, ela era dedicada às suas tarefas. Era boa em inglês, história e economia e andava pensando em cursar uma combinação de MBA e pós-graduação em Direito depois que se formasse em Duke. Faye estava sempre focada em seus objetivos, exatamente como a mãe. Se conseguisse entrar na pós em Direito em Harvard, conciliando-a com o MBA, não seria nenhuma surpresa.

Alix foi para a cama cedo, depois de assistir ao noticiário. Nada mudara, mas Felix a acordou com um telefonema às quatro da manhã.

— Acabaram de matar duas jovens a tiros. A polícia alega que foram outros manifestantes, mas alguém gravou um vídeo no celular. Foi a polícia que matou. Faça as malas. Acabei de ligar para o Ben. O voo de vocês é às nove, e vocês têm que sair de casa às seis. Alguém da redação vai levar o seu visto e o do Ben, além de dinheiro para a viagem, daqui a uma hora. — O produtor já tinha cuidado dos preparativos. Tudo o que ela precisava fazer era arrumar as malas e mandar uma mensagem para Faye.

— Você nunca dorme? — perguntou Alix a Felix.

Um produtor assistente poderia ter resolvido tudo para ele, mas Felix era obcecado pelo trabalho. Sua ex-mulher tinha razão.

— Só quando não consigo evitar — respondeu ele, referindo-se a seus hábitos de sono.

Felix tratava todos como se fossem seus filhos, embora fosse apenas dez anos mais velho que Alix. A verdade é que ele parecia ter vinte anos a mais que ela. O fato de ele ser careca e gordinho não ajudava em nada. Ele vivia à base de donuts e comida chinesa, o que só piorava sua indigestão e azia constantes. Havia momentos em que nem os antiácidos funcionavam, e a isso se somava o estresse do trabalho. Para ele, era como se a vida de sua equipe estivesse sempre em suas mãos, e às vezes estava mesmo.

— Boa viagem. Vamos atualizar vocês assim que o voo pousar e dizer quem nós queremos que você entreviste. Procure pessoas do mais alto escalão do governo, se elas estiverem dispostas a colaborar. E cubra a cabeça, pois não queremos que você seja presa. Ah, use sua credencial de imprensa o tempo todo. E o Ben também — aconselhou Felix.

Era como receber instruções de um pai antes de sair para acampar. Ela sorriu ao desligar o celular. Ben ligou dois minutos depois e parecia empolgado.

— Vamos pôr o pé na estrada outra vez.

Ficara óbvio para Alix, desde que eles começaram a trabalhar juntos, que Ben preferia estar em qualquer lugar do mundo, sob quaisquer condições, por mais perigosas que fossem, a ficar em casa. Isso fazia com que ele se lembrasse de seus tempos na equipe SEAL quando eles eram enviados em uma missão, e Ben havia participado de algumas bem difíceis, na época. Adorava a injeção de adrenalina que aquilo lhe dava, e às vezes Alix também, e ela sabia muito bem disso. A repórter agora não tinha motivo nenhum para ficar em casa, com Faye estudando em Duke. Podia passar o tempo todo viajando, se quisesse.

— Eu te encontro no aeroporto às sete. Felix disse que eles vão trazer os nossos vistos e o nosso dinheiro.

— Ele me falou a mesma coisa.

Alix agora estava completamente acordada. Ambos estavam, na verdade. Ela e seu fiel cinegrafista estavam prestes a partir mais uma vez para a guerra, para cobrir crimes contra a humanidade. Neste caso, contra as mulheres. Eles eram os defensores da paz, da justiça e dos direitos humanos. Às vezes parecia uma causa nobre; outras, apenas um trabalho.

— Uma das meninas que mataram ontem à noite tinha 16 anos — disse Ben, parecendo abalado. Ele tinha um coração mole, mais do que Alix, às vezes. — Ela era só uma criança — continuou, num tom emocionado.

— Não no mundo dela — rebateu Alix, e ambos sabiam que era verdade.

Depois disso, ela foi arrumar suas coisas em sua pequena mala de rodinhas. Eles não faziam ideia de quanto tempo ficariam fora — mas isso não era novidade — nem para onde poderiam ser mandados depois. Talvez ficassem viajando por semanas ou até meses. Pelo menos Alix sabia que Faye estava segura na universidade. Não precisava mais sentir remorso por estar ausente, embora tivesse se sentido culpada por muitos anos. Ben também não precisava pensar nisso, pois não tinha namorada, nem mulher ou filhos, e nunca via a família. Era livre como um pássaro.

Um dos produtores assistentes levou os vistos e o dinheiro para Alix pouco antes de ela partir para o aeroporto em um carro com motorista particular. Ela chegou dez minutos antes de o check-in começar, e Ben já estava esperando, com um brilho no olhar e segurando um cappuccino para ela.

— Você está com os vistos? — perguntou ele.

Ela fez que sim com a cabeça.

— E o dinheiro. — Alix lhe entregou um envelope com a quantia dele, e os dois despacharam suas malas e foram para o lounge aguardar o início do embarque. Havia uma TV ligada em uma salinha no lounge, e eles assistiram às últimas notícias junto com um grupo de executivos. Os tumultos em Teerã haviam se agravado, e Alix estava ansiosa para chegar ao local dos conflitos, assim como Ben. Ela levava na bolsa um xale que usava para cobrir a cabeça em países muçulmanos. Sair com a cabeça descoberta era um erro que ela nunca cometera. Também levara uma burca na mala, só por via das dúvidas, para cobrir-se até os tornozelos, e sabia que devia pôr o xale quando entrasse no espaço aéreo e não esperar até que o avião pousasse. Já fizera tudo aquilo inúmeras vezes antes.

Ela queria dar alguns telefonemas assim que eles tivessem notícia de Felix quando desembarcassem em Teerã, para marcar entrevistas para a reportagem. Além disso, pretendia entrevistar as famílias das três garotas que tinham morrido, mas sua prioridade era falar com os governantes responsáveis pelas decisões que afetavam diretamente as mulheres iranianas, revertendo uma tendência anterior de modernização, que chegaria ao fim, se eles continuassem seguindo as exigências do setor religioso extremista. Os homens no poder alegavam que não tinham escolha. A facção religiosa era quem ditava as regras e era preciso cumpri-las. As manifestantes teriam de obedecer, como todo mundo, senão seriam presas ou mortas.

O governo atual havia adotado uma postura moderada até então e também não parecia contente com as mudanças, mas os líderes religiosos tinham de ser respeitados. Pouco importava se as jovens iranianas gostavam ou não. Aquilo era sempre um problema em países do Oriente Médio com facções poderosas ou extremistas. As mulheres nas áreas rurais e mais remotas estavam ainda mais subjugadas às antigas leis do que as das cidades, que agora conheciam um modo de vida mais livre e não queriam perdê-lo. Mas Felix dissera a Alix que não estava interessado nesse contexto mais amplo e queria que ela se focasse nas manifestantes em Teerã, que era exatamente o que a jornalista pretendia fazer.

Eles embarcaram às oito e meia e decolaram pontualmente no primeiro voo para Frankfurt, onde fizeram uma escala de longas horas e enfim embarcaram no voo para Teerã. Só havia três filmes para assistir no avião, um da Disney e os outros para adolescentes, que não interessavam nem a ela nem a Ben. Alix avançou na leitura do material de pesquisa que imprimira em casa. Ben dormiu durante a maior parte do voo, pois não havia descansado o suficiente depois que Felix o acordara; acabou se levantando para lavar roupa e arrumar a mala. Ele não era tão organizado quanto Alix quando precisavam partir em uma missão em cima da hora. A repórter era perita em estar pronta em um piscar de olhos. Ben sempre esquecia algo essencial em casa. Alix tinha uma lista, que havia desenvolvido ao longo dos anos, para não se esquecer de nada, assim como em suas reportagens. Era uma pessoa meticulosa.

Ela cobriu a cabeça com o xale cinza que levara assim que o piloto anunciou que o avião havia entrado no espaço aéreo iraniano. Alix e Ben foram dos primeiros a desembarcar e a passar pela alfândega. Os documentos de ambos estavam em ordem, os funcionários foram simpáticos com eles e a dupla não teve nenhum problema. Então tomaram um táxi até o Laleh Hotel e se instalaram nos pequenos quartos adjacentes que lhes haviam sido reservados. Eles já tinham dormido no mesmo quarto, em situações de emergência. Alix não se incomodava com isso e não era tímida. Em uma situação de crise, fazia o que era preciso. Mas as acomodações naquele hotel eram confortáveis. Eles ligaram para Felix quando chegaram a seus quartos, e Alix começou a dar telefonemas assim que ele lhe passou a lista.

Ela já dispunha de alguns dos números necessários. Deu sorte na terceira ligação e descobriu que agentes do governo haviam designado duas pessoas para falar sobre a situação com a imprensa internacional. Era evidente que o governo não estava feliz com a imagem que aqueles acontecimentos estavam passando. Orgulhavam-se de ter conseguido tornar as leis para as mulheres menos rígidas nos últimos anos e não pareciam contentes de revogá-las, muito menos satisfeitos com o número crescente de vítimas dos tumultos. Mais uma jovem havia sido morta enquanto eles estavam no avião, desta vez pisoteada por outros manifestantes fugindo da polícia, que jogava gás lacrimogêneo neles. A tensão e a violência só aumentavam.

Ben e Alix tomaram banho, trocaram de roupa e fizeram uma refeição leve antes de sair para o encontro com agentes do governo. As entrevistas correram bem, embora a repórter estivesse ciente de que eles estavam ouvindo apenas o discurso oficial do partido, mas não havia mais nada que pudessem fazer.

Naquela tarde, eles se encontraram com os familiares de duas das garotas mortas, que falavam inglês, e as entrevistas foram de partir o coração. As vítimas eram garotas respeitáveis e escolarizadas, que não queriam ver seu país voltar à idade das trevas e estavam dispostas a arriscar a própria vida para proteger os ideais nos quais acreditavam e que sentiam que mereciam. As famílias estavam arrasadas com o que acontecera.

Ben e Alix se aproximaram da área do protesto com bastante prudência naquela noite. Ben filmou a aglomeração de longe. Mesmo com suas credenciais de imprensa lhes permitindo acesso ao local, Alix foi cautelosa, observando a multidão agitada. O conflito chegara a um impasse, sem que nenhum dos lados cedesse nem tomasse a ofensiva desde aquela tarde, mas ela sabia que tudo podia mudar em um instante e tornar-se violento outra vez. Ela se afastou dos manifestantes, depois de entrevistar algumas pessoas com uma tradutora de persa que eles haviam contratado. Ela e Ben combinaram uma rota de fuga para o caso de precisarem recuar rapidamente, mas ele ficou ao lado dela, como sempre, pronto para protegê-la, se fosse necessário. Suas antigas habilidades militares eram instintivas, e ele havia avaliado o melhor plano de fuga possível assim que chegaram.

Os dois acompanharam o protesto até depois da meia-noite, e não houve mortes naquela noite. Alix e Ben voltaram para o hotel, mas, bem cedo na manhã seguinte, já estavam de volta ao local das manifestações. Ela ouvira a chamada para a oração sendo entoada ao amanhecer e, como sempre, ficara impressionada com a beleza misteriosa do mundo islâmico, apesar de tudo aquilo representar um terrível retrocesso para as mulheres de Teerã. Era difícil entender aquele contraste em um lugar que podia ser ao mesmo tempo tão sedutor e tão cruel. Era um conflito que a comovia em seu âmago, e ela expressou isso em sua reportagem, que Ben reconheceu imediatamente como merecedora de um prêmio. Alix era sempre mais modesta e nunca via o mesmo que ele, só estava fazendo seu trabalho, mas o que ela falou durante a transmissão foi direto ao cerne da questão e aos temas fundamentais ao ser humano. E ela falava daquilo com eloquência.

Não aconteceu muita coisa na semana seguinte. Como uma guerra de infantaria à moda antiga, as manifestantes e as tropas do governo avançavam e recuavam alternadamente, sem ganhar nenhum terreno físico e sem resolver nada. Outra jovem foi morta pelo coice de um cavalo quando a tropa militar montada tentou deslocar a multidão. Foi uma morte estúpida, como as outras, e não provou nada, exceto que a jovem estava disposta a morrer por uma causa em que acreditava. Era uma mulher de 25 anos que tinha três filhos pequenos. Alix entrevistou o marido dela, que chorou o tempo todo, com os filhos nos braços, enquanto Ben filmava. A mãe e as irmãs da jovem gemiam, desoladas, atrás dele. Aquilo ilustrava perfeitamente a estupidez da batalha e a perda de uma jovem vida. Para defender seus direitos como uma mulher moderna, ela deixara três criancinhas órfãs, e seu marido, sua família e todos que a conheciam ficaram devastados. Ideologicamente, aquilo fazia sentido e era uma luta digna, mas, em termos humanos, não, e o governo também entendia isso.

No fim da semana que Alix e Ben haviam passado cobrindo o conflito, o governo concordara em designar um grupo de oito mulheres dentre as manifestantes para se reunir com alguns de seus representantes a fim de tentar encontrar uma solução, que eles então apresentariam aos líderes religiosos, na esperança de chegar a um meio-termo que deixaria todos, de certa forma, satisfeitos. Aquilo era uma tremenda vitória para as mulheres corajosas que haviam protestado e honrava as outras cinco que tinham perdido suas vidas. O governo também não queria que a luta continuasse para sempre, e Alix tinha certeza de que, em algum momento, haveria mais, se os acordos feitos não fossem perfeitamente implementados. Mas já significava um avanço e uma tentativa de trazer a normalidade de volta a Teerã.

— Você acha que eles pretendem mesmo fazer isso? — perguntou Ben, na volta ao hotel depois do anúncio.

— Acho que sim. Agora, se eles vão conseguir convencer os líderes religiosos já é outra história. E não acho que o governo queira voltar para a idade das trevas. É uma situação complicada, eles têm que respeitar os líderes religiosos, mas, ao mesmo tempo, querem um país moderno que funcione. E as mulheres sempre tiveram uma boa educação e foram uma parte importante da força de trabalho em altos escalões, em vários períodos da história. Elas não querem perder isso de novo.

Aquilo servira como um lembrete, nos últimos dias, de como Alix tinha sorte.

Eles pediram comida pelo serviço de quarto quando chegaram ao hotel, e Alix enfim tirou o xale que estava usando na cabeça desde que havia chegado, escondendo os cabelos loiros. Estava cansada de usar aquilo. Não conseguia nem imaginar viver assim todos os dias, coberta da cabeça aos pés, como as mulheres de famílias religiosas ortodoxas. Havia várias delas entre as manifestantes. Era um mundo bem diferente daquele onde ela e Ben viviam. Em Teerã havia um lindo museu e uma universidade, e as orações entoadas na cidade inteira cinco vezes ao dia pareciam místicas e exóticas, o que lembravam Alix de como a vida era misteriosa ali.

Ligaram para Felix, que sugeriu que os dois ficassem lá por mais um dia, para registrar as mulheres indo à reunião com representantes do governo e assim dar um fechamento à matéria. Depois disso, eles poderiam voltar a Nova York. O produtor, mais uma vez, era só elogios à dupla. Alix e Ben tinham conseguido capturar o genuíno interesse humano, além de terem produzido notícias exclusivas do protesto e feito algumas entrevistas excelentes com funcionários do governo. Havia sido exatamente o que ele queria. Àquela altura, fazia oito dias que a dupla estava em Teerã, trabalhando sem parar. Felix mandou renovar os vistos de uma semana que os dois tinham conseguido, e ambos estavam cansados porém satisfeitos com a produção, e achavam que a reunião entre representantes do governo e as manifestantes talvez pudesse render alguma coisa. As mulheres ali eram de fato militantes, mas Alix tinha a sensação de que elas poderiam ceder um pouco em suas exigências. Não podiam se dar ao luxo de continuar aquela luta para sempre. Afinal, cinco delas já haviam perdido a vida.

As manifestantes pretendiam ficar no local até a reunião, no dia seguinte, mas algumas já tinham debandado e voltado para suas casas, suas famílias e seus filhos. Ben e Alix fizeram um passeio a pé naquela tarde, no primeiro momento de descanso que tiveram desde que chegaram ao Irã. Quando pararam para tomar um café, ela lhe contou que queria telefonar para uma pessoa antes de ir embora.

— Você tem amigos aqui?

Ben ficara surpreso. Sabia que Alix já havia estado em Teerã em trabalhos anteriores, mas achava que era apenas isso. Ela respondeu que não com a cabeça.

— Não necessariamente. Há alguns anos conheci um homem aqui. Fomos apresentados por um repórter da BBC que me disse que ele poderia ser um bom contato. Ele é discreto e bem relacionado, parece conhecer todo mundo e fica fora do radar. Ele descende de sauditas e iranianos, por isso tem contatos de ambos os lados da cerca, digamos assim. Ele já me ajudou uma vez, conseguindo informações às quais eu não conseguiria ter acesso através dos canais oficiais. Parece saber de tudo o que acontece por aqui, então pensei em ligar para ele.

— Para falar dos protestos? — perguntou Ben, intrigado para entender o que mais ela queria.

Alix sempre levava suas reportagens a outro nível, investigando as camadas mais profundas, mesmo quando não precisava. Era exatamente essa característica que a tornava uma jornalista tão boa. Era incansável na busca pela verdade e não fazia apenas o que lhe mandavam. Eles já dispunham do material necessário, mas, pelo visto, ela ainda não estava satisfeita.

— Nunca se sabe o que podemos encontrar — respondeu ela. — Pensei em ver se ele ainda está por aqui e tentar descobrir o que sabe. Sei lá, talvez surja outra história disso. Muita gente passa por essa cidade. Ele é um cara inteligente, talvez seja um bom investimento.

Ben sorriu ao ouvir aquilo.

— E como você vai incluir isso no seu relatório de despesas? No item "propinas"?

De qualquer forma, Ben achava a ideia dela boa. A famosa repórter tinha razão. Nunca se sabia no que aquilo podia dar.

— Eu geralmente coloco como "motoristas" ou "tradutores" — respondeu ela, sorrindo. — É uma despesa legítima, mesmo que não caia muito bem num relatório. Já recebi ótimas pistas de fontes pouco ortodoxas, principalmente nessa parte do mundo.

— Não sou eu que vou discutir com você. — Ele parecia impressionado, achando aquilo tudo muito curioso.

Ela ligou para a fonte do telefone em seu quarto assim que voltou para o hotel, e Ben Tarik Saleh atendeu no quarto toque. Alix disse seu nome, e ele a reconheceu imediatamente, cumprimentando-a como se fosse uma velha amiga e lhe perguntando sobre sua família, o que quis dizer que ele não achava aquela linha segura, muito menos ela. A jornalista conhecia as regras do jogo, era uma profissional. E o homem certamente também, com contatos escusos de todos os lados e informações à venda.

Ela convidou Tarik para tomar um café, e ele sugeriu a casa de sua tia, onde os dois haviam se encontrado bem antes. Esse era o codinome para um café que ele frequentava, um dos vários locais onde se encontrava com as pessoas que lhe pagavam pelo que queriam saber. Alix parecia satisfeita ao desligar o telefone. Eles se encontrariam dali a uma hora, embora ele tivesse sugerido um horário três horas depois. Ela também estava a par desse código.

— Você vai se encontrar com ele hoje à noite? — perguntou Ben quando ela desligou. Ele também estava no quarto, mas só ouviu o que Alix falou. Ele fora enganado pelo horário que ela havia agendado.

— Não, daqui a uma hora. É melhor eu me apressar, é bem longe daqui.

— Eu vou com você — disse ele, na mesma hora. — Você não deve ir sozinha.

77

Alix fora sozinha da última vez, embora soubesse que não havia sido muito inteligente de sua parte, mas não conhecia direito o cinegrafista que trabalhava com ela na época e não queria que ele soubesse aonde estava indo, nem por quê. Dessa vez ela não fez objeções à oferta e pôs novamente o xale na cabeça. Alguns minutos depois, eles chamaram um táxi em frente ao hotel e Alix deu o endereço ao motorista.

Ficava perto do Grande Bazar de Teerã, onde havia muito trânsito e uma grande confusão de pessoas andando de um lado para o outro. O barulho era ensurdecedor, e eles levaram quase uma hora para chegar até lá. O café resumia-se a um buraco na parede que eles dificilmente teriam notado se não estivessem se dirigindo para lá. Era um dos poucos cafés que permitiam a presença de mulheres. Alix reconheceu o lugar imediatamente. Ben entrou logo atrás dela e sentou-se a uma das primeiras mesas, enquanto Alix foi caminhando até os fundos do pequeno restaurante, onde viu o informante, já acomodado, à sua espera. Ele lançou-lhe um olhar casual e indiferente quando ela se sentou, como se a visse todos os dias.

— Obrigada por ter vindo me encontrar — disse ela, enquanto os olhos dele inspecionavam o restaurante e os transeuntes.

O informante pareceu se convencer de que a barra estava limpa. Percebera que Ben estava com ela, mas não se importara. Alix tinha três cédulas dobradas na palma da mão, que roçou na mão dele sob a mesa tão depressa que ninguém notou. A repórter havia acabado de lhe pagar o equivalente a 300 dólares na moeda local pelo que quer que ele tivesse a dizer. A quantia representava muito dinheiro no Irã, e ela sabia que ele avisaria se quisesse um valor maior por alguma informação importantíssima que tivesse para compartilhar. Ele fora justo com ela antes, e suas pistas haviam sido confiáveis e produtivas.

— O que você está procurando? — perguntou ele, sorvendo seu café. Ele havia pedido um para ela também.

O informante era um homem de 30 e poucos anos e parecia pobre, algo que ela suspeitava que ele talvez não fosse mais, pois fazia anos que vendia informações. Ele tinha bons contatos no governo, de acordo com o repórter que os apresentara, e nunca havia sido pego. Alix achava que ele devia ser parente de alguém nos altos escalões. Sendo filho de saudita e iraniano, possuía contatos nos dois mundos e vivia em Teerã fazia anos, mudava-se frequentemente de endereço e conseguia não chamar atenção porque não se aliava completamente a nenhum dos lados. Os sauditas não eram muito bem-vindos no Irã.

— Não sei exatamente — respondeu ela. — Qualquer coisa que você saiba que possa nos render uma boa história. Alguém importante esteve em Teerã recentemente?

— Não recentemente. Há uns seis meses, talvez — disse ele, depois de refletir por um momento, estreitando os olhos enquanto tomava outro gole do café forte.

Alix não falou nada, apenas ficou aguardando.

— O vice-presidente dos Estados Unidos — continuou ele, numa voz abafada, para que ninguém ouvisse. Seus lábios mal se mexiam, então ele acendeu um cigarro e soprou a fumaça no ar. — Ninguém ficou sabendo que ele esteve aqui. E não foi a primeira vez, mas fazia alguns anos que não aparecia. Costumava vir com certa frequência há um tempo, pois tem amigos sauditas. É complicado, mas ele conhece pessoas importantes que possibilitam essas visitas. Ele vem muito discretamente.

Alix ficou atordoada ao ouvir aquilo, e tinha sido tão fácil conseguir a informação. Quase não parecia verdade, mas ela acreditou em Tarik, pois ele havia se mostrado uma fonte confiável antes.

— Ele esteve aqui em alguma visita oficial?

Tarik fez que não com a cabeça.

— Não dessa vez. Da última, sim, talvez dois anos atrás. Ele costumava vir com mais frequência, há oito ou dez anos. Normalmente se encontra com quatro sauditas, homens importantes. São os maiores exportadores de petróleo da Arábia Saudita, ligados à família real. Antigamente, ele vinha todo mês, depois passou a vir com menos frequência. Agora ele é mais cuidadoso. Posso perguntar se ele encontra esses homens em algum outro lugar. Em Dubai, talvez. Era isso que você queria saber? — perguntou ele, e Alix fez que sim com a cabeça, tentando não demonstrar sua surpresa.

Vir a Teerá não era fácil para um americano, mas Tony Clark claramente conhecia as pessoas certas para possibilitar as visitas. Com dinheiro suficiente, tudo era possível, mesmo ali. Ela se deu conta de que Tony provavelmente chegou e partiu em um avião particular, sem dúvida providenciado por seus "amigos" sauditas.

— Acho que sim.

— Me encontre aqui amanhã às seis. Verei o que mais consigo descobrir. Se ele faz negócios com esses homens, eles pagam bem. Muitos milhões. Dinheiro não é problema para eles.

Se Tony Clark estivesse recebendo dinheiro dos sauditas, isso explicaria parte da fortuna que havia acumulado ao longo dos anos. Nem os mais polpudos investimentos explicariam o patrimônio dele, mas dinheiro de petróleo saudita, sim. Alix não esperara que o vice-presidente estivesse envolvido nisso. Aceitar propinas de lobistas em Washington era uma coisa, mas fazer acordos com os sauditas envolvendo petróleo era uma informação quentíssima.

— Até amanhã — disse Tarik ao ficar de pé, colocando algumas moedas em cima da mesa.

Ela o acompanhou até a rua sem falar mais nada, e Ben se levantou e foi ao seu encontro. Tarik pegou uma bicicleta que havia deixado encostada ali perto e partiu. O cinegrafista e Alix andaram até a esquina e chamaram um táxi. Entraram no carro sem dizer nada. Ela estava distraída, pensando no que Tarik lhe dissera. Era uma revelação chocante e confirmava suas suspeitas de que havia algo de "estranho" relacionado ao vice-presidente, que ela e Felix Winters não conseguiam saber exatamente do que se tratava. Talvez fosse isso. Mas, nesse caso, onde entravam os lobistas? Ou será que Clark estava recebendo dinheiro de todo mundo, tentando juntar o máximo possível para uma campanha presidencial? Será que era apenas ganância ou todas as opções anteriores? E ele também havia se casado com uma mulher bastante endinheirada.

— Conseguiu o que queria? — perguntou Ben em voz baixa.

— Acho que sim. Não sei muito bem. Foi uma boa ideia falar com ele — disse ela vagamente, olhando pela janela do táxi no caminho de volta até o hotel.

Então Alix pensou em Olympia Foster. A pobre mulher não fazia ideia da pessoa com quem estava lidando. Se aquilo fosse verdade, se os sauditas estivessem dando dinheiro a Tony Clark, o vice-presidente era um corrupto de marca maior, e havia convencido a viúva de sua inocência. Ela se perguntou se Bill Foster sabia, ou sequer suspeitava, do que Clark andava fazendo. Mas Alix tinha certeza de que Olympia nunca lhe contaria se fosse esse o caso. Ela protegia os dois. E Alix achava pouco provável que Foster estivesse envolvido nos esquemas de Tony, se isso fosse mesmo verdade. Foster parecia honesto demais para isso. Alix não suspeitava de Bill Foster. Ninguém nunca cogitara que Foster tivesse renda duvidosa de fontes desconhecidas ou que cometesse algum ato ilegal. Ele morrera como vivera, puro como um cristal, com uma reputação imaculada.

Alix foi se deitar cedo naquela noite e não disse mais nada a Ben sobre o que o informante lhe contara. Eles filmaram as mulheres indo à reunião com o governo no dia seguinte, concluíram a história e voltaram para o hotel no fim da tarde. Ela disse a Ben que havia marcado outro encontro com Tarik no mesmo lugar. Ele não pareceu surpreso, e os dois pegaram um táxi até o mesmo café, seguindo a mesma rotina do dia anterior. Dessa vez, Tarik parecia estar com pressa. Disse que tinha uma reunião do outro lado da cidade dali a uma hora e que o trânsito estava ruim.

— Ele tem se encontrado com os sauditas em Dubai — revelou o homem na mesma hora. — Parou de fazer negócios com eles tem quatro anos, quando se tornou vice-presidente. Agora quer voltar.

Provavelmente se preparando para uma campanha presidencial daqui a dois ou três anos, Alix especulou, mas não comentou nada.

81

O presidente acabara de ser eleito para seu segundo mandato, por isso Clark precisava fazer planos agora, e colocar dinheiro no cofre.

— O dinheiro que eles dão ao vice-presidente vai para contas na Suíça. Essas contas não são mais seguras, por isso o governo dos Estados Unidos provavelmente consegue descobrir alguma coisa, se souber fazer as perguntas certas. Ele conheceu dois desses homens na faculdade, em Harvard, eram dois irmãos, e eles continuaram amigos. Tony Clark tem feito negócios com eles há muitos anos — contou Tarik e então entregou a Alix um pedacinho de papel com os nomes dos dois. — Ele não vai mais voltar a Teerá. Não é seguro para ele. Só veio visitá-los pessoalmente uma vez desde que assumiu a vice-presidência. Acho que eles irão se encontrar em Dubai com mais frequência. Ele tem interesse em fazer um acordo com esses caras.

— Por acaso um homem chamado Bill Foster participou disso alguma vez? William Foster? Ele veio junto? — Ela esperava que não, mas precisava ter certeza. Não podia proteger ninguém em sua busca pela verdade.

— Não, ele sempre vinha sozinho. Minha fonte tem certeza disso. E nunca ouvi esse nome. Mas seu vice-presidente está acostumado a grandes negócios e quer muito dinheiro deles. Então vai ficar devendo aos sauditas muitos favores depois, quando ele assumir a presidência. Ele disse que com certeza vai ganhar a próxima eleição. Isso é verdade? — Agora ele estava pedindo a Alix informações em troca.

— Não sei — respondeu ela, com sinceridade. — Ele poderia ganhar, com o vice certo e dinheiro suficiente para bancar a campanha.

Clark tinha uma bela esposa, pensou Alix, e uma família de capa de revista, e carregava a aura de Bill Foster consigo, como seu melhor amigo, mesmo que não tivesse o mesmo carisma do falecido. Homens com menos que isso já haviam vencido eleições. Ele tomava o cuidado de não ofender ninguém como vice-presidente.

E, se tivesse o apoio dos lobistas importantes, agiria como um mercenário, vendendo sua alma para pessoas muito poderosas antes até mesmo de ganhar a eleição. Mas, com o peso de sua reputação e seu dinheiro na balança, essas pessoas talvez fizessem a diferença para garantir sua vitória. Aquilo era um ultraje à memória de Bill Foster e a tudo o que ele representava. Ela não pôde deixar de se perguntar, mais uma vez, quanto disso Foster sabia, caso soubesse de alguma coisa. Ele provavelmente não suspeitava de nada, senão nunca teria escolhido Tony Clark para concorrer junto com ele. Essa simples ideia deixava Alix enojada.

— Acho que ele poderia vencer — disse ela a Tarik. — Mas não seria bom ter um presidente corrupto na Casa Branca, vendido para os sauditas.

— É o que eles querem — alertou-a Tarik. — O vice-presidente está lidando com homens importantes, e isso lhes daria muito poder nos Estados Unidos. — Esse era justamente o problema. Um presidente que recebe um enorme financiamento das pessoas erradas. — Ele é que foi procurá-los. Ele precisa de dinheiro, muito dinheiro. E sabia onde procurar. Agora preciso ir embora. Foi bom fazer negócios com você outra vez.

Alix então colocou na mão dele novamente uma quantia equivalente a 300 dólares, e Tarik ficou contente. A parceria de negócios havia sido produtiva. Já fazia muito tempo, e ele ficara surpreso quando ela entrara em contato. Ele estava feliz de ter conseguido descobrir as informações que ela queria. Gostava de pensar que era um instrumento da paz mundial. Isso fazia com que sua atividade lhe parecesse mais nobre. Porém, quaisquer que fossem os motivos dele, Alix estava satisfeita. Agora tinha de decidir o que faria com as informações e quais seriam os passos seguintes. Precisava pensar nisso, e queria discutir com Felix quando voltasse a Nova York. Ela e Ben partiriam no dia seguinte.

Alix seguiu Tarik para fora do café mais uma vez, e ele foi embora em sua bicicleta. Ben se juntou a ela na rua, e os dois seguiram para o hotel em silêncio. Ele percebeu que Alix não queria falar sobre o que acabara de descobrir e que parecia abalada. Ela confiava nele, mas, por ora, não sabia o que dizer. Era uma informação difícil de assimilar, até mesmo para ela.

Os dois saíram para uma caminhada depois do jantar, e Alix finalmente revelou a Ben o que havia descoberto.

— Segundo a minha fonte, Tony Clark vem recebendo dinheiro dos sauditas há anos. É daí que vem toda a grana, depositada em contas na Suíça. Ele parou quando foi eleito vice-presidente e agora está tentando fazer um acordo com os sauditas de novo, provavelmente para ajudar a financiar sua próxima campanha.

— Isso além dos lobbies? — Ben parecia chocado. — Esse cara não perde tempo. — Ele gostou de ter uma confirmação de que suas suspeitas sobre Clark estavam certas. Por baixo daquela aparência impecável, o vice-presidente não passava de um corrupto. — O que você vai fazer com essas informações? — quis saber ele.

— Não sei. Vou contar para o Felix, mas agora estou me perguntando se não deveríamos denunciar isso para alguma agência de controle do governo. Essa é uma questão muito séria.

— É mesmo. Tenho alguns contatos na CIA. São eles que lidam com esse tipo de coisa. Têm equipes especiais para isso. Esse seria um caso para o Serviço Nacional de Operações Clandestinas, e vai acabar indo parar nas mãos da Diretoria de Inteligência Nacional, ou do diretor de Operações. A CIA presta contas a eles em casos importantes. Você não pode guardar informações dessa natureza apenas para uma reportagem. Se o que sua fonte disse for verdade, é uma questão de segurança nacional. Você confia nesse cara?

— Sim, confio, mas alguém deveria checar a informação. E estou falando da CIA ou do FBI. Mesmo se ocultarmos isso só por um tempo, enquanto tentamos conseguir alguma prova, ainda seria obstrução da justiça?

— Talvez. Não tenho certeza. Felix saberá melhor que eu o que devemos fazer. Você tem um caso e tanto nas mãos. É uma bomba-

-relógio. E, já que é um caso internacional, que envolve os sauditas, será com a CIA, não com o FBI.

— É... e parece perigoso também. Eu queria saber quanto Bill Foster sabia. Queria ter certeza de que ele de fato tinha conhecimento desse esquema. Olympia nunca vai me dizer a verdade. Ela está totalmente empenhada em proteger os dois, e duvido que saiba alguma coisa sobre o assunto. Mas Foster era um cara inteligente. É difícil acreditar que ele não sabia de nada, que nem ao menos suspeitava de alguma coisa. Mas não acho que ele contaria para ela. E Olympia nunca vai abrir a boca.

— Você acha que Bill também recebia dinheiro deles?

— Não, acho que não. Nem cogito essa hipótese. Mas fico me perguntando se ele suspeitava de algo. Era um cara tão correto, tão honrado. Não consigo imaginar Bill fazendo parte de um esquema desses.

— Nem eu — disse Ben. Mas não era nada difícil imaginar isso de Clark.

Os dois ficaram um tempo perdidos em pensamentos depois da conversa e voltaram para o hotel em silêncio. Alix sentia-se exausta com todas as possibilidades que passavam por sua cabeça. E, a cada vez que pensava nisso, tinha mais perguntas e menos respostas. Mal podia esperar para falar com Felix sobre o assunto. Esperava que ele soubesse o que fazer. Achava que Ben estava certo, que eles tinham de procurar a CIA ou qualquer que fosse a autoridade responsável por uma investigação desse porte. Ela nunca havia lidado com algo tão grave e delicado, que envolvia a segurança nacional e um integrante tão poderoso do governo. Também não fazia ideia do que aconteceria depois que a CIA entrasse em cena. Mas de uma coisa Alix tinha certeza: o vice-presidente era corrupto, e já fazia anos. A grande questão agora era quanto disso tudo Bill Foster sabia. Alix se recusava a acreditar que ele havia feito parte daquilo, simplesmente não parecia possível. Pelo menos ela esperava que não. Mas, Foster sabendo ou não, o que ela acabara de descobrir sobre Tony Clark era bombástico.

Capítulo 5

Alix chegou à redação uma hora adiantada na manhã seguinte à sua volta de Teerã. Sabia que Felix estaria lá e queria falar com ele sobre as informações que havia conseguido, para que pudessem decidir juntos o que fazer a respeito. Era uma informação relevante demais para não virar notícia, mas também talvez fosse grande demais para não ser repassada às agências do governo, uma vez que o vice-presidente estava envolvido.

Felix ficou contente de vê-la e disse que havia gostado muito da cobertura dos protestos em Teerã. Também elogiara o trabalho de Ben. Aquilo era jornalismo digno de prêmio, o que não era novidade para Alix. Então, depois de conversarem sobre o assunto, ela hesitou por um instante, e o produtor percebeu que a repórter tinha mais alguma coisa a dizer.

— Há algo errado?

— Jornalisticamente, não — respondeu ela, enigmática. — Moralmente, sim. Liguei para uma antiga fonte que tenho em Teerã. Fazia anos que eu não o procurava. É um cara interessante, tem amigos e contatos poderosos e consegue umas informações muito boas. Ele me contou uma coisa que me deixou de queixo caído. Tony Clark vem se encontrando com quatro magnatas sauditas do petróleo há anos. Ele disse que, segundo suas fontes, Clark estava recebendo dinheiro em uma conta na Suíça, na época em que essas contas ainda eram secretas. Talvez tenhamos sorte com isso agora, ou quem sabe as autoridades tenham. Ele disse que Clark parou de fazer negócios com os sauditas há quatro anos, o que coincide com o período em que a chapa dele venceu a eleição, mas agora ele voltou à ativa. Esteve lá faz seis meses, em uma visita secreta e não oficial, e anda se encontrando com os mesmos sauditas de antes, só que agora em Dubai. Ele está atrás de muito dinheiro, provavelmente para a própria campanha, e, se os caras derem o que Tony quer, vão controlá-lo como uma marionete se ele for eleito presidente. É uma história bombástica, mas tem muito mais envolvido. Segurança nacional, corrupção. Se essa história for verdade, o vice-presidente é um farsante. E só Deus sabe de quem mais ele está recebendo dinheiro e o que terá que dar em troca. Se isso tudo ficar comprovado, o possível futuro presidente dos Estados Unidos está à venda.

— Mas e Bill Foster? Ele estava envolvido nesse esquema? Você perguntou?

— De acordo com o meu informante, Foster nunca foi a Teerã. O cara nunca nem ouviu falar do nome dele. Fico me perguntando quanto Foster sabia, ou se ele chegou a suspeitar disso antes de morrer.

— Foster não era trouxa, deve ter percebido alguma movimentação estranha. Quem poderia saber sobre isso?

— A mulher dele disse que Clark não tinha contato com nenhum lobista específico. Com certeza ela não vai admitir que o marido sabia de propinas dos sauditas. Na verdade, acho que ela não sabe de nada, e talvez Bill Foster também não soubesse. O Clark é muito esperto, e, se o dinheiro estava indo para contas numeradas na Suíça, como alguém poderia saber? Isso explica a fortuna que ele acumulou nos últimos dez anos e que nunca apareceu nas declarações financeiras que ele divulga. Bom, sendo dinheiro ilícito, é natural que não apareça mesmo. Ele vive alegando que o dinheiro que ganhou é fruto do seu "toque de Midas" quando o assunto é investimento. Tem muito mais chance de ele ter se vendido para os sauditas do que ter tido sorte na Bolsa de Valores em Wall Street.

Felix ficou sentado em silêncio por um instante, refletindo, e então encarou Alix.

— Recebi um telefonema de uma das minhas fontes enquanto você estava fora. Não queria contar isso por e-mail nem falar por telefone. Ele me disse que um amigo que trabalha para um dos grandes lobistas da indústria da gasolina contou que eles têm dado dinheiro a Clark por baixo dos panos, em troca de projetos de lei que querem que ele apoie e sancione se vencer as eleições. E, com esses caras por trás, talvez ele chegue à presidência mesmo. Então, se Clark está recebendo dinheiro deles, talvez esteja recebendo de outras fontes também.

— Meu Deus. Ele não deixou ninguém de fora, não é mesmo?

A situação era bem pior do que eles haviam imaginado. E se as alegações contra Tony Clark pudessem ser provadas, ele seria afastado da vice-presidência e acabaria preso, sem nem concorrer às próximas eleições.

— O que a gente faz agora? Ben acha que devíamos contatar a CIA e deixar que eles se encarreguem disso — continuou Alix.

Felix fez que sim com a cabeça. Não discordava dela, porém achava o caso bom demais para abrir mão dele tão cedo assim. Ele queria ver o que mais conseguiam descobrir, e só depois procurar a CIA.

— Que tal guardarmos essa informação por mais algumas semanas para vermos o que acontece? — sugeriu Felix. — Posso ligar para outras fontes da minha confiança. Quem sabe não entregamos a história completa, ou quase completa, para a CIA, e eles assumem o caso dali para a frente.

— E se eles descobrirem que encontramos essas pistas?

Ela parecia preocupada. Não queria nenhuma encrenca com a CIA.

— Aí nós dizemos que queríamos ter certeza antes de repassar a informação. Sabe o que eu mais odiaria nessa história toda? Descobrir que Foster fazia parte desse esquema e que ele sabia o que Clark estava fazendo, ou que estava envolvido nisso tudo de alguma forma. Ele morreu como um herói. Não quero ver isso ir por água abaixo e descobrir que ele e Clark estavam nisso juntos. Mas seria uma possibilidade. Nunca se sabe.

— Acho que ele não tinha nada a ver com isso — declarou Alix em voz baixa. Mais do que nunca, agora, ela desconfiava de Olympia. Perguntava-se o que a viúva sabia e se ela estava escondendo mais alguma coisa.

— Vamos dar mais duas semanas e então comunicamos à CIA — decretou Felix. Ele era um jornalista, acima de tudo, e aquele peixe era grande demais para que deixassem escapar, principalmente considerando o que Alix descobrira em Teerã.

— Concordo com você. Mas não vamos esperar mais do que isso. Tenho uma filha que depende de mim e não quero problemas para o meu lado.

Ele assentiu, com um ar sério, e começou a ligar para as fontes que tinha em Washington, assim que ela saiu de sua sala. Alix já havia falado com todo mundo que conhecia.

— O que o Felix disse? — perguntou Ben quando Alix voltou para a sala dela.

A jornalista parecia preocupada. Segurar a história por mais duas semanas fazia sentido em termos jornalísticos, se eles conseguissem desvendar o caso e entregar as informações completas à CIA. Mas, se não conseguissem, seria difícil explicar à CIA por que não haviam entrado em contato antes. No mínimo, faria com que parecessem pouco cooperativos, e às vezes eles precisavam da ajuda da CIA.

— Ele quer mais duas semanas para ver o que mais conseguimos descobrir antes de entregarmos o caso — respondeu a repórter.

Ben assentiu, estava preocupado com ela. Os agentes encarregados de operações clandestinas e da segurança nacional não brincavam em serviço, quando o assunto era de tamanha magnitude.

— Você vai tentar encontrar Olympia Foster outra vez? — perguntou Ben.

Alix fez que não com a cabeça. Já havia desistido da viúva.

— Não vai adiantar. Ela não vai me contar nada, e duvido que saiba de alguma coisa, de qualquer forma. Acho que ninguém é capaz de adivinhar o que ele está tramando, e é algo grande. Ele foi direto aos lobbies milionários que precisam de ajuda do presidente. E, se fizer um acordo com os sauditas, terá tudo de que precisa, sem falar no dinheiro da mulher dele. Clark tem um plano perfeitamente arquitetado.

— Acho que não tem problema esperar mais duas semanas. Ele não vai sumir do mapa. Além disso, não tem motivos para suspeitar de que há pessoas de olho nele. E muito menos para suspeitar de que você sabe que ele pretende se encontrar com os sauditas em Dubai.

— Estou começando a ficar nervosa com isso. Tem muita gente graúda nesse jogo. Eles não vão gostar quando essa história do Tony Clark vier à tona, muito menos o próprio vice-presidente. A coisa pode ficar feia — disse ela para Ben, que concordou com a cabeça.

Alix tinha razão. Já cobrira grandes casos antes, inclusive uma revelação exclusiva sobre um chefão da máfia havia muitos anos, mas esse caso agora era ainda maior. E as implicações eram enormes. Tony Clark vinha armando aquele esquema fazia anos. Alix se perguntou se ele sempre havia aceitado propinas. E, agora, com uma campanha presidencial em vista, ele tinha algo para vender se vencesse a eleição. Podia sancionar todas as leis que eles quisessem.

Nessa mesma semana, uma das fontes de Felix o procurou. Era um lobista da indústria de jogos de azar, que confirmou, em off, que pagara uma enorme soma para Clark e disse que estava disposto a testemunhar em troca de imunidade. Ele não queria colocar tudo a perder por causa de Tony Clark. Felix estava esperando um retorno de outro grande lobista, e enfim teria provas para procurar a CIA. Mas a CIA o procurou primeiro.

Uma semana depois que Alix havia voltado de Teerá, dois agentes seniores do Serviço de Operações Clandestinas da CIA apareceram no prédio da emissora querendo falar com Felix. Ele ficou surpreso quando os homens entraram em sua sala alguns minutos depois, mas foi gentil com eles e parecia relaxado depois de engolir três antiácidos de uma vez.

— Em que posso ajudar, senhores? Gostariam de um café? — ofereceu Felix.

Os homens recusaram o café e se sentaram. O agente sênior falou primeiro. Seu nome era John Pelham. O Serviço Nacional de Operações Clandestinas estava na linha de frente de casos críticos internacionais, terrorismo, questões militares e políticas. Era um corpo de elite que protegia os interesses da segurança nacional, e eles se reportavam diretamente ao diretor de Inteligência Nacional, o chefe da CIA, e ao presidente.

— Vocês têm feito algumas investigações sobre os lobbies e as atividades do vice-presidente — disse ele, indo direto ao ponto. — Queremos saber por quê. É algum tipo de caça às bruxas para sujar a imagem e a reputação do vice-presidente, ou vocês sabem de alguma coisa que nós desconhecemos? Acho que nem preciso lembrar a você qual é o nome disso.

Nenhum dos homens sorrira em momento algum, e Felix sentiu-se meio bobo por ter sido efusivo com eles. Era hora de falar sério.

— Tivemos algumas pistas e seguimos um palpite, mas a princípio não era nada além disso. Não queríamos ser irresponsáveis e desencadear uma avalanche de informações falsas. Estávamos tentando averiguar se as informações que recebemos eram verdadeiras para não fazermos vocês perderem tempo com isso. — Ele estava recuando o mais depressa que podia.

— Essa função é nossa, não sua — lembrou-lhe o agente sênior Pelham, secamente.

— Nem sempre — respondeu Felix. — Acabaríamos deixando vocês malucos e perderíamos nossa credibilidade se procurássemos vocês toda vez que recebemos uma pista.

O agente não respondeu. Depois de alguns segundos, perguntou:

— E o que exatamente vocês descobriram? — Ele estava uma fera com o produtor por não os ter procurado antes, mas era comum haver conflitos entre a mídia e as agências do governo. Aquela não era a primeira vez. E era por isso que ele estava ali. Queria as informações e as fontes de Felix.

— Acho que temos uma situação bem séria diante de nós, e confio nos nossos informantes. Ontem, um lobista se dispôs a testemunhar em troca de imunidade — afirmou Felix.

— Testemunhar o quê? — quis saber o agente. — Só quem pode oferecer imunidade somos nós, não vocês.

— Estou muito ciente disso, mas nós já fizemos o trabalho braçal para vocês aqui — respondeu Felix, constrangido. Sentia o estômago arder.

— Se você prefere chamar assim — disse o agente Pelham num tom amargo. — Então, o que tem para nos dizer?

— Não posso provar, mas me disseram que vários pagamentos grandes foram feitos ao vice-presidente Clark em troca de favores se ele ganhar a próxima eleição, ou se conseguir a aprovação de uma lei para eles durante seu mandato. — Não podia ser mais claro do que isso. — Parece que ele está recebendo dinheiro de dois grandes lobistas. — Ele revelou quais eram, e Pelham não reagiu.

— Como eles estão fazendo os pagamentos? — perguntou o agente sênior, franzindo a testa. Ele não gostava nem um pouco do que estava ouvindo, muito menos do fato de a emissora ter omitido isso deles enquanto tentava investigar o caso por conta própria.

— Isso vocês ainda têm que descobrir. Nós não sabemos.

— É só isso? — perguntou Pelham, e Felix deu um suspiro.

— Infelizmente, não. Um dos meus repórteres esteve em Teerã na semana passada para cobrir os protestos pelos direitos das mulheres. Um informante que já nos deu informações confiáveis antes disse que Clark está negociando com vários grandes empresários do setor petrolífero saudita para fazer um acordo com eles. Aparentemente, Tony Clark fez negócios com esses caras no passado, antes de se tornar vice-presidente, e agora está querendo dinheiro. Ele pretende encontrá-los em Dubai.

Pelham pareceu incrédulo ao ouvir aquilo.

— Queremos falar com esse repórter. Ele está aqui?

— É ela. Alix Phillips, nossa repórter número um. Com certeza vocês a conhecem. Ela jamais me deu uma pista falsa e confia em suas fontes.

— Não acredito que vocês estavam guardando essas informações sabe-se lá por quanto tempo — retrucou o agente, furioso.

— O que vocês prefeririam? Uma informação não verificada de algum maluco que talvez não valha nada e vá levá-los a uma investigação inútil, ou que nós checássemos antes de ligar para vocês? Pessoalmente, meus senhores, se eu estivesse no seu lugar, preferiria ter algo concreto a uma informação vazia. Pretendíamos entrar em contato daqui a alguns dias, mas o que acabei de contar a vocês nós descobrimos agora. — Felix passou imediatamente para a ofensiva, e os homens não pareceram nada contentes com isso, porém o que ele dissera fazia sentido.

— Nossos agentes têm mais experiência em verificar informações desse tipo do que seus repórteres.

— Acho que eles fizeram um ótimo trabalho, de qualquer modo. E, só para constar, o nome do Bill Foster não foi mencionado em momento nenhum nesse caso. Não há nada que sugira que ele estava envolvido nessas transações. Nós investigamos.

— Isso nós vamos conferir — disse Pelham, irritado. Uma batata quente política acabava de ser jogada em seu colo. Para Felix e para a emissora, seria um escândalo que faria a audiência disparar. Para a CIA, era um possível desastre, que podia impactar ou prejudicar gravemente a atual administração. Não era uma boa notícia para eles. — Quem mais está sabendo disso?

— Quase ninguém, por enquanto. As minhas fontes, que não posso revelar a vocês, Alix Phillips, nossa repórter, e o cinegrafista dela. Ela própria fez o trabalho investigativo, tanto em Teerã quanto aqui.

— Ela está aqui?

Felix fez que sim com a cabeça, ligou para Alix de sua mesa e pediu a ela que fosse à sua sala. Não disse o motivo, e ela ficou assustada ao ver aqueles dois homens com ele, mas, assim que explicaram que eram do Serviço de Operações Clandestinas da CIA, ela soube por que estavam ali. Ben lhe explicara tudo no voo na volta de Teerá.

Eles conduziram um interrogatório minucioso e fizeram anotações, então se levantaram e disseram que voltariam, se tivessem mais perguntas, e que esperavam que Felix, Alix e a emissora cooperassem totalmente com a investigação. Tanto Alix quanto Felix garantiram que cooperariam e reiteraram que aquilo não tinha sido uma tentativa de usurpar o papel da CIA em relação à segurança nacional, e sim de confirmar se a história era mesmo verdadeira. Pelham não fez nenhum comentário e, antes de ir embora, falou que os jornalistas não podiam revelar nada disso a ninguém por enquanto, nem divulgar o caso. A CIA realizaria uma investigação completa. Então eles foram embora, e Alix lançou um olhar nervoso para Felix, sentando-se em uma cadeira.

— O que você acha que vai acontecer? — perguntou ela.

— Não sei. Você fez o trabalho todo para eles. Com certeza, eles só não sabem o que fazer com as informações. Isso não é bom para ninguém. E, se conseguirem comprovar essa história, terão que indiciar Clark, o que seria uma merda para o presidente em exercício. Só espero que Bill Foster não se afogue postumamente nessa lama junto com eles. Ele não merece isso.

— Tomara que eles possam provar que Foster não estava envolvido — disse Alix com certa tristeza, pensando na mulher e nos filhos dele.

— Muita gente vai ficar na berlinda quando essa história vier à tona, quando eles avançarem nas investigações. A viúva do Foster também, já que agora ela é próxima do Clark, que esteve ao lado do Bill a vida toda. Minha intuição diz que ela sabia de algo, mas que não quer contar.

Alix tinha a mesma sensação, mas não sabia ao certo o que a viúva estava escondendo. A CIA poderia obrigar Olympia Foster a falar, com a ameaça de um processo. E, se ela fosse intimada, teria de contar a verdade, gostando ou não. Alix temia que isso pudesse ser muito doloroso para ela. Olympia era uma mulher fechada em seu próprio mundo, cercada pelos troféus e pelas recordações do marido, escrevendo livros sobre ele, enquanto o melhor amigo do falecido fazia todos os acordos ilegais que podia. Seria um choque que abalaria o mundo inteiro quando o caso fosse revelado. Mas, antes disso, a CIA ainda precisava fazer seu dever de casa. Agora tudo estava nas mãos deles e, de certo modo, Alix sentia-se aliviada. Ela adoraria ter revelado essa notícia se eles tivessem encontrado provas conclusivas, mas preferia que fosse a CIA a se aventurar nesse campo minado. E disse exatamente isso a Ben quando ele chegou à redação.

— Imaginei que eles iriam se inteirar do que você estava fazendo, mais cedo ou mais tarde. Você fuçou tanto que eles acordaram. Alguém ia acabar contando para eles. Como foi a conversa?

— Muito séria e nada divertida. Eles não ficaram contentes com o fato de não termos entrado em contato, mas pelo menos agora é problema deles, não nosso. — Ela estava olhando sua correspondência enquanto falava e franziu a testa ao ler uma carta pela segunda vez. A mensagem viera em um envelope branco simples, havia sido impressa no computador, e a pessoa que a escrevera não medira palavras.

"Fique longe de Washington e pare de ficar fazendo perguntas, senão você vai morrer." A carta não estava assinada e não havia como rastreá-la. Tinha sido postada em Nova York. Alix a entregou a Ben sem falar nada, então ligou para Felix e lhe pediu que viesse à sua sala. Ben lhe entregou a carta quando ele entrou. O produtor soltou um suspiro e sentou-se diante dela.

— Vou ligar para Pelham. Ele precisa saber disso. — E então ele teve uma ideia. — Acho que mexemos num ninho de vespas, e quero dar um tempo para que as coisas se acalmem. Há uma história bombástica em Paris. O presidente da França está tendo um caso tórrido com uma stripper. Ela tem apenas 23 anos. Ele a instalou num apartamento que comprou para ela, e os dois tiveram um bebê no ano passado. A atual namorada dele ficou irada, fez um escândalo em público e atacou a jovem. É um dramalhão francês, e ninguém se importa com isso, mas a notícia está causando muito rebuliço. E a jovem é linda. Segundo boatos, talvez ele até se case com a stripper, embora nunca tenha se casado antes. Enquanto a CIA sacode as árvores procurando pistas, não quero que nenhum coco caia na cabeça de vocês. Como a situação rendeu uma ameaça de morte, é melhor que vocês saiam de Nova York. Uma semana em Paris faria bem aos dois. O que acham?

Felix acreditava que, dali a uma semana, a CIA já teria checado as informações e talvez até estivesse pronta para avançar com uma investigação oficial sobre Tony Clark.

— Parece uma ótima ideia. — Alix sorriu, parecendo aliviada. Já havia recebido ameaças de morte antes, e elas eram sempre perturbadoras, mesmo que nunca fossem levadas a cabo. — Seria bom se minha filha tivesse um segurança na universidade enquanto eu estiver fora. Imediatamente, na verdade.

— E vamos pedir ao FBI que dê cobertura a você quando voltar — disse Felix, num tom sério.

— Se não tiver problema, gostaria de tirar uns dias de folga enquanto estiver na França, para visitar minha mãe na Provença.

— Combinado — concordou Felix, numa voz solene, e olhou para Ben. — Por enquanto, você pode ser o segurança dela. Vou pôr vocês dois num avião amanhã, a história da stripper é toda sua.

Alix deu uma risada.

— Minha mãe vai ficar zangada se eu sujar a imagem do presidente da França. Ela adora ele.

— Ele é quem está sujando a própria imagem. — O presidente tinha um fraco por mulheres muito jovens e escândalos sexuais, o que já o colocara em apuros antes. Isso não era novidade. — Será que você pode passar essa noite em algum outro lugar que não seja o seu apartamento? Melhor não brincarmos com a sorte. Vou comunicar ao pessoal da CIA que você vai viajar e para onde está indo.

— Obrigada — disse ela. Felix foi cuidar dos preparativos, e Alix olhou para Ben, desanimada. — A Faye vai ficar brava quando eu falar para ela que vai precisar de um guarda-costas. — Não era a primeira vez que isso acontecia, mas a jovem não iria gostar, de qualquer forma. — Mas, pelo menos, poderei ver minha mãe. Faz oito meses que não vou visitá-la. Só não conte a ela sobre a ameaça de morte.

— Por que você não dorme na minha casa hoje?

A jornalista pensou no convite por um momento e concordou com a cabeça, meio relutante.

— Desculpe por causar esse transtorno para você. Primeiro preciso ir até minha casa para fazer a mala. Posso dormir no seu sofá.

— Não precisa. Tenho um quarto de hóspedes que nunca uso. Transformei-o no meu escritório, mas tem uma cama lá.

— Obrigada — disse ela de novo, pensando em quem teria enviado a ameaça de morte. Podia ser qualquer pessoa, que parecia estar mesmo furiosa. Talvez até o próprio Tony Clark, embora fosse bastante improvável. Ele não teria feito uma coisa tão baixa assim. Quem sabe não teria sido um dos lobistas. — Vou ligar para a Faye.

Ben voltou para sua sala. O cinegrafista não se incomodava que Alix ficasse em sua casa e lamentava que agora ela estivesse na mira. Mas ela estava mexendo com figuras poderosas dos altos escalões. E havia muita coisa em jogo.

Alix deixou uma mensagem na caixa postal de Faye, que ligou de volta dez minutos depois e parecia ocupada.

— Que foi? Estou indo para a aula.

— Vou para Paris amanhã cobrir o escândalo do presidente da França com a stripper. Vou visitar a Mamie enquanto estiver lá. — Ela tentou dizer isso num tom casual, e Faye se mostrou irritada.

— Por que você não me mandou só uma mensagem?

— Porque não é só isso — respondeu Alix numa voz culpada. — Estou investigando um grande escândalo político e recebi uma ameaça de morte hoje de manhã na emissora. Provavelmente não é nada, e vou passar uma semana na França, mas pedi que mandassem um segurança para você na faculdade. — Ela esperou pela explosão, que veio imediatamente.

— Ah, mãe, pelo amor de Deus. Vou parecer uma idiota com um capanga me seguindo de um lado para o outro. Como vou explicar isso para as pessoas? — Fazia um tempo que aquilo não acontecia, pelo menos desde que ela entrara na Universidade Duke.

— Diga que a sua mãe é neurótica e quer vigiar você, ou que ele é seu namorado. Fale o que quiser, só quero que esteja protegida até a poeira assentar. Provavelmente é só algum maluco, mas por que correr esse risco?

— Eu te odeio — soltou Faye num tom inflamado, mas não era verdade. — É por isso que eu odeio o seu trabalho. Você está arriscando a própria vida, e agora a minha também. Por que está sempre envolvida em algum tipo de confusão? — Faye parecia exasperada, e Alix estava com os nervos à flor da pele. Não havia sido um dia fácil até então, e ela tinha mil coisas na cabeça.

— Porque é isso que eu faço — respondeu ela, ríspida. — Seja compreensiva e pare de reclamar. Eles vão mandar alguém do FBI para proteger você — explicou Alix, e Faye pareceu chocada.

— Do FBI? O que você está fazendo? Perseguindo espiões ou ameaçando o presidente?

Não, o vice-presidente, Alix ficou tentada a dizer, mas preferiu não falar nada.

— Não. É só uma questão de jurisdição... dependendo do que é, quem cuida é o FBI, a CIA ou a polícia local. E, nesse caso, é o FBI, já que ameaças pelo correio são um crime federal. — Faye sabia que a mãe já recebera ameaças de morte ao longo dos anos, mas nunca se acostumara a isso. — Eu te ligo de Paris — prometeu Alix.

— Ok. Te amo. Me avise antes de o capanga aparecer — pediu Faye, e elas desligaram.

Alix e Ben foram para o apartamento dela depois do trabalho, e ela arrumou a mala para a viagem. Em seguida, os dois seguiram para o Brooklyn. Ben preparou o jantar para eles, e Alix montou acampamento no quarto de hóspedes. Sentia-se meio estúpida por estar ali e tinha certeza de que estaria segura no próprio apartamento, mas prometera ser cuidadosa e sensata. Adormeceu no quarto de hóspedes de Ben quase que imediatamente, ao deitar a cabeça no travesseiro. Tinha sido um longo dia, com a CIA e uma ameaça de morte, e agora ela iria para Paris entrevistar um presidente e uma stripper. Às vezes a vida dela parecia completamente absurda. Alix se perguntava se sua filha não teria razão, se ela não deveria estar fazendo algo menos estranho, como cobrir notícias locais, ou histórias sobre cachorros, ou celebridades em Los Angeles para o *Entertainment Tonight*. Tinha de haver um jeito mais fácil de ganhar a vida do que andar em campos minados ou tentar provar acordos ilegais, ou derrubar um vice-presidente. Mas como voltar o filme e começar de novo? E tinha a nítida sensação de que, com essa história de Tony Clark, as coisas iam piorar antes de melhorar. E agora que a CIA fora informada, não havia como voltar atrás. Alix tinha desencadeado algo muito sério, e até Faye estava sendo afetada.

O "capanga" chegara ao alojamento de Faye na universidade às dez horas naquela noite, e ela enviara uma mensagem à mãe para avisar. Ele estava postado em frente ao quarto dela. Haveria três turnos por dia, para acompanhá-la aonde quer que ela fosse. "Ele pesa uns 150 quilos e tem 200 anos. Sou eu que vou ter que proteger ele? Te odeio. F."

Alix deu uma risada quando leu a mensagem e mostrou-a para Ben. Pelo menos ela sabia que a filha estaria em segurança. E Alix tinha o próprio oficial da equipe SEAL da Marinha para protegê-la. Só esperava que tudo aquilo acabasse logo. Paris seria divertido. E alguns dias com a mãe na Provença significariam um bônus, ou a cerejinha do bolo, como diriam os franceses.

Capítulo 6

Olympia havia terminado outro capítulo de seu livro, sobre a importância de restaurar antigos valores, e estava sentada olhando para a lua. Às vezes ela se perguntava se aquele livro era mesmo importante. Abordara todos os grandes atos políticos de Bill no primeiro livro, mas queria compartilhar seus princípios e valores mais pessoais no segundo. Havia tanta coisa a dizer sobre ele, embora o interesse da mídia houvesse começado a esfriar nos últimos anos. Ele agora era notícia velha, exceto para ela. Olympia vinha enfrentando dificuldades de achar uma editora para o segundo livro e sentia-se decepcionada. Não queria que ninguém se esquecesse dele. Bill amara tanto aquele país e o povo americano, e tivera tantas esperanças de poder ajudá-los, mas tudo fora interrompido subitamente. Sem ele, às vezes parecia que ela estava carregando aquela bandeira sozinha.

Até os filhos eram contra a ideia de ela escrever outro livro, e agora tinham as próprias vidas e os próprios planos. Tony, seu amigo da vida toda, era vice-presidente e tinha sua própria visão do mundo, que era mais prática que a de Bill, e as próprias metas e ambições, que não incluíam mais seu falecido marido.

Tony era, acima de tudo, um homem de negócios. Bill fora um visionário. Seus sonhos para o país eram muito ambiciosos, e ele queria implementar todos. Olympia queria mostrar às pessoas o que elas haviam perdido. Não queria que seu marido caísse no esquecimento. Sentia como se tivesse sido poupada para transmitir a mensagem dele ao mundo, para lembrar aos legisladores e políticos o exemplo imaculado que ele fora, e como todos poderiam segui-lo. Tinha certeza de que Tony seguiria o exemplo dele se virasse presidente, mas, por enquanto, ele precisava seguir o presidente com quem trabalhava e aguardar pacientemente até que conseguisse vencer uma eleição presidencial. Ela não se arrependia de ter recusado a oportunidade de se tornar primeira-dama ao seu lado. Amava Tony como um amigo, mais do que tudo. E, depois de todo aquele tempo, ainda era profundamente apaixonada por Bill. E escrever sobre ele e compartilhar suas ideias mantinha-o vivo para ela. Agora Olympia não tinha mais vida além das lembranças que guardava do falecido marido, das raras visitas que fazia aos filhos e de seus jantares com Tony, quando ele vinha a Nova York visitá-la. Ele confessara que estava apaixonado por ela, e Olympia acreditava nele, mas continuava fiel ao marido, mesmo após sua morte. Ela era uma mulher bela, mas sua vida agora estava coberta por um véu cinzento, e uma tristeza constante da qual não conseguia escapar. E, quando tentava, sentia como se estivesse abandonando Bill. Olympia ficara parada no tempo desde o instante em que ele morrera. Era como se ela tivesse morrido junto com o marido. Sentia-se culpada por ter escapado das balas do assassino desconhecido, e Bill, não. Desde aquele acontecimento, ela sofria da culpa por ter sobrevivido.

O telefone em sua mesa tocou quando ela estava guardando o manuscrito em uma gaveta com tranca. Já passava da meia-noite, horário que ele geralmente ligava. Ela soube que era Tony antes até de olhar para o identificador de chamadas. Sua voz grave e doce ressoou em seu ouvido como uma melodia familiar. Era reconfortante ouvi-lo assim tarde da noite, quando ela estava absorta em suas lembranças.

— Estou incomodando? — ele sempre perguntava, educado.

— Claro que não. Adoro quando você liga. Como foi o seu dia?

— Corrido. Longo. Um dia de vice-presidente. Tive um monte de reuniões, senão teria ligado mais cedo. — Tony sempre relaxava quando conversava com ela. Era como voltar para casa. E Olympia agora sentia o mesmo em relação a ele. Parecia segura com ele, podia lhe contar qualquer coisa. — Como está indo o livro? — ele teve a gentileza de perguntar.

— Não sei. Estou meio empacada, e às vezes me pergunto se alguém ainda se importa com isso. O mundo já superou a morte dele — lamentou ela, numa voz melancólica.

Mas Olympia não havia superado, e estava decidida a não superar. Se isso acontecesse, significaria que Bill estava realmente morto e não voltaria nunca mais. Escrever sobre ele mantinha-o como parte da sua rotina.

— Bill ainda vai ser um herói aos olhos do público por muito tempo — garantiu Tony.

Bill fora um ícone para aqueles que o conheceram. Tony sempre foi mais de atuar nos bastidores. Mas agora ele queria mais do que isso. E sentia-se preparado.

— Espero que sim. Como vão os seus filhos?

— Não sei. Não vi nenhum deles hoje. Não tive tempo.

O filho mais velho de Tony Clark tinha 3 anos. A mais nova tinha 1 ano e meio, acabara de aprender a andar e tinha o cabelo cheio de cachos loiros, como a mulher dele. Era uma criança linda.

— E como vai a Megan? — perguntou Olympia.

Tony deu um suspiro. Podia ser sincero com ela. Olympia era como uma lufada de ar fresco para ele. Ele sempre dizia que os dois eram almas gêmeas, embora ela não tivesse aceitado se casar com ele.

— A Megan é jovem. Às vezes acho que eu devia tê-la adotado, em vez de ter me casado com ela. Vinte e dois anos são uma diferença enorme. Ela acha que a vida política é divertida, contanto que não cause muito inconveniente para ela. Não sei como vou lidar com isso quando estiver numa campanha presidencial.

Ele sabia que Olympia teria sido impecável, mas Megan tinha aulas de tênis e Pilates, tinha um treinador, cavalos, amigos, instituições de caridade que costumava ajudar, além dos filhos pequenos. E agora estava grávida de mais um. A ideia de um terceiro filho o deixava exausto, e Tony tinha um futuro inteiro para planejar. Olympia era a única que sabia que ele pretendia se candidatar à presidência mesmo. Ele ainda não estava pronto para anunciar isso. Megan adorava a ideia de ser primeira-dama, mas parecia não fazer ideia de que isso significaria trabalho para ela também.

— Ela queria outro filho. Estava insistindo comigo sobre o assunto. Dois filhos me parece a quantidade ideal. Mas para ela tanto faz, basta contratar mais babás. Nós já temos três, uma para cada criança e a terceira de reserva. Isso não fica bem na mídia — disse ele, preocupado. Tony sempre avaliava as consequências de tudo o que fazia ou dizia.

— Dois também era o número certo de filhos para mim. Bill queria quatro, o que me parecia demais. Eu queria cuidar deles eu mesma. Nos primeiros dez anos eu nunca tinha tempo para cuidar de nada além do Bill e das crianças.

Era justamente essa a imagem que Tony teria preferido, embora ter filhos pequenos e uma bela esposa de 20 e poucos anos o fizesse parecer jovem, e ele gostava disso também. Era tudo uma questão de imagem pública e da pessoa que os eleitores queriam ver na Casa Branca. Ele teria gostado da maturidade, elegância, simpatia, experiência política e inteligência de Olympia, mas ser casado com uma jovem estonteante também era ótimo. E ela era linda. De certa forma, ele pensava em Megan e nos filhos como acessórios. Em sua mente, era para isso que servia a esposa de um político. Já Olympia, para ele, era o ideal de perfeição.

— Alguma notícia dos seus filhos? — perguntou ele.

— Vou ligar para a Darcy hoje à noite. Faz duas semanas que não nos falamos. Ela está namorando um jovem médico lá. Ele é francês, trabalha para os Médicos sem Fronteiras. Ela parece muito apaixonada, e o Josh ainda está com a mesma garota na fazenda onde trabalha.

— Ah, meu Deus, uma garota leiteira — provocou Tony, e Olympia deu uma risada,

Mas era mesmo verdade. O pai da menina era dono de uma das maiores fazendas de laticínios da Califórnia, e ela estava fazendo um estágio na fazenda orgânica onde eles tinham se conhecido.

— Toda vez que você diz isso, imagino uma garota de tranças, usando um avental por cima da saia e tamancos de madeira. Ela na verdade é muito bonita. Parece uma modelo e tem mestrado em ciências agrícolas pela Universidade de Stanford. Conversei com ela pelo Skype, parece uma menina bem simpática. Só espero que Josh não se case cedo demais.

Josh tinha apenas 24 anos, mas era maduro para a idade. Perder o pai aos 18 anos o fizera amadurecer depressa. Ela compartilhava todos os seus pensamentos mais íntimos com Tony, sobre os filhos e tudo o mais. Não tinha mais ninguém com quem falar. Olympia se fechara para o mundo desde a morte de Bill e vivia isolada. Tony achava que fora a decisão certa.

— Mande lembranças quando falar com eles. Vou tentar fazer uma visita essa semana, na terça, se for bom para você.

Tony tentava aparecer pelo menos uma vez por semana, ou até mais, quando tinha tempo. Esse era o ponto alto da semana de Olympia, quando ela podia conversar com ele, contar-lhe sobre o livro e saber o que o vice-presidente andava fazendo, e achava isso fascinante. Mas ela não se arrependia de ter se retirado da cena política. Havia feito exatamente aquilo com Bill.

— Terça-feira é perfeito para mim — respondeu ela, gentilmente. Não tinha outros planos. Nunca tinha planos, a não ser trabalhar no livro.

— Aquela repórter voltou a entrar em contato com você? Aquela tal de Phillips? — perguntou ele, e sua voz de repente pareceu séria.

— Não. Por que ela faria isso?

105

— Não sei por que ela foi incomodar você. Acho que era tudo um pretexto para perguntar sobre mim.

— Ela disse que era muito fã do Bill e me incentivou a continuar escrevendo o livro novo — rebateu Olympia num tom defensivo.

— Bom, não deixe que ela a incomode de novo. A última coisa de que você precisa é de repórteres se intrometendo na sua vida.

A viúva concordava com ele nesse ponto, mas a visita de Alix não lhe parecera uma intromissão. Ela havia gostado da jornalista, achara-a gentil e inteligente, e interessada no que Olympia estava fazendo. Tony era muito mais desconfiado.

— Eu ligo para você amanhã e nos vemos na terça — prometeu Tony.

Olympia desligou o telefone com um sorriso no rosto. O amigo era sempre um conforto, e, apesar de suas advertências, ela não estava preocupada com Alix. Sabia como lidar com ela. A repórter havia perguntado sobre a ligação de Tony com os lobbies. Bill, na verdade, mencionara o assunto com Olympia. Porém, agora, isso não importava mais. Ninguém precisava saber que Bill suspeitava de que Tony estava flertando com certos lobbies e que não gostava daquilo. Ela não traria esse assunto à tona agora, traindo ambos os homens. Que diferença fazia? Ela sabia que Tony estava preparando o terreno para sua campanha presidencial, e o que quer que ele precisasse fazer para garantir seu sucesso parecia aceitável para Olympia. Ela queria vê-lo na Casa Branca um dia. Era o sonho dele, e tinha sido o de Bill também. Além disso, ela achava que Tony daria um ótimo presidente.

Ainda estava pensando em Tony quando ligou para Darcy pelo Skype, alguns minutos depois do telefonema do vice-presidente. Eram seis da manhã no Zimbábue, e ela ficou feliz quando a filha atendeu. A jovem adorava viver na África e já estava lá fazia quase um ano, desde que se formara na faculdade. Ela parecia saudável e bronzeada quando surgiu na tela. Seu cabelo estava preso em uma longa trança escura às suas costas, ela tinha grandes olhos azuis e parecia uma versão mais jovem da mãe. Josh era mais claro, mais parecido com o pai.

As duas conversaram por um tempo sobre o que Darcy andava fazendo. A jovem contou que estavam trabalhando em um sistema de irrigação para a vila à qual ela fora designada e cultivando plantações com máquinas agrícolas recebidas como doação do mundo inteiro. Olympia orgulhava-se muito da filha, e do filho também. Ambos estavam decididos a fazer do mundo um lugar melhor. Nenhum dos dois tinha o menor interesse por política. Darcy estava decidida a ficar no Zimbábue por mais um ano, e Olympia prometera lhe fazer uma visita, embora não soubesse quando. Seria uma grande viagem para ela.

— O que você tem feito, mãe? — perguntou a jovem, parecendo tranquila e relaxada.

— Ainda estou trabalhando no livro. Está indo bem devagar. Quero fazer jus a todas as ideias do seu pai, por isso vai ser um livro muito maior que o anterior.

— Isso não deixa você deprimida, mãe? — Darcy parecia preocupada na tela.

Olympia, no entanto, lhe garantiu que era justamente o contrário. Ela ainda ficava feliz de escrever sobre Bill. Ninguém podia interferir no trabalho dela nem lhe tirar o marido.

— Você devia sair mais, ir a exposições, sair para fazer compras, se divertir, encontrar amigos. Devia dar um jantar. — Darcy listou todas as coisas que a mãe costumava fazer antigamente, mas não fazia mais.

— Tony vem jantar comigo na terça — contou ela, tentando tranquilizar a filha.

— É muita gentileza da parte dele fazer isso, mãe, mas eu queria que você fizesse outras coisas também. — Darcy vinha dizendo aquilo havia anos, e Josh concordava com a irmã.

— Estou trabalhando no livro, vejo Tony toda semana, Jennifer fica aqui comigo durante a semana. Do que mais eu preciso? Além de ver você e Josh de vez em quando?

— Você precisa de muito mais do que isso, mãe. Precisa ter sua própria vida.

Darcy estava frustrada. Elas tinham o mesmo diálogo toda vez que se falavam, e em parte era por isso que ela e Josh haviam deixado Nova York. Nenhum dos dois aguentava mais ver a mãe ser enterrada viva, vivendo das lembranças do pai deles e nada mais. Olympia só queria manter a chama acesa.

— Você tem que sair mais, mãe — continuou Darcy, quase desesperada. — Você é jovem demais para desistir da vida. Faça alguma coisa. Procure um trabalho voluntário, ou comece a praticar um esporte, ou arranje um cachorro. Por que você não faz uma pausa no livro e vai se divertir um pouco? Quando você vem me visitar?

Ela sabia que a mãe não iria visitá-la nunca. Olympia não tinha mais vida, nem tinha interesse em possuir uma.

— Quero adiantar um pouco mais o livro antes de ir à África. Como vai o seu romance com o médico francês? — perguntou ela, e Darcy pareceu desanimada ao responder.

— Vai bem... Estou mesmo é preocupada com você.

A jovem sabia que a mãe estava deprimida e começava a perder a esperança de que a situação melhorasse. Há alguns anos, percebera que Tony estava apaixonado pela mãe dela, mas Olympia não queria abrir seu coração para um novo romance, e Darcy não conseguia entender por que ela o deixara escorregar entre os dedos e se casar com outra mulher. Sempre que falava com a mãe, sentia como se ela tivesse virado um fantasma, mas Olympia se sentia feliz em sua caverna, agarrada às memórias de um homem que não estava mais lá.

Darcy não conseguia mais imaginar o que poderia trazer sua mãe de volta ao mundo, e sempre que falava com o irmão sobre o assunto, ele dizia a mesma coisa. Parecia que ela estava apenas se arrastando pela vida. Isso fazia Josh chorar às vezes, quando falava com ela, e Darcy sempre tentava dar uma sacudida na mãe para que ela despertasse, mas era tudo em vão. Estar com ela era tão inquietante que nenhum dos dois gostava mais de ir visitá-la. Olympia dizia a si mesma que os filhos viviam ocupados. Ela não se dava conta de que sua atitude lúgubre fizera os dois se afastarem. Perdera não só o marido, mas os filhos também, o que tornava sua vida ainda mais solitária.

Conversaram por mais um tempo pelo Skype, então Darcy disse que precisava ir, pois tinha muito a fazer na vila e ia passar o fim de semana fora com Jean-Louis. Estava se divertindo com o francês, que era dez anos mais velho. Ela lhe contara sobre a mãe e sobre a morte de seu pai. Ele também achava que Olympia parecia bem deprimida e entendia a decisão de Darcy de se afastar dela, mas isso deixava a jovem chateada, de qualquer forma. E ela só queria ter a mãe de volta. Agora parecia uma esperança remota, mais remota a cada ano que passava. Perguntava-se se era tarde demais, e só o que podia fazer agora era salvar a si mesma. Às vezes, era como se ambos os pais estivessem mortos.

Olympia ficou sentada olhando pela janela, pensando na filha, depois que elas desligaram. Sabia o que Darcy queria dela, mas a filha era jovem e não fazia ideia de como era difícil perder uma pessoa que você ama tanto. Olympia não conseguia imaginar desa-pegar-se de Bill, nem mesmo agora. Seus filhos tinham as próprias vidas e haviam escolhido os próprios caminhos, e só lhe restava a memória dos tempos felizes, antes de o marido ser assassinado. E Tony ajudava a manter essas lembranças vivas. Ele fazia parte da-quele tempo, e ela se agarrava ao vice-presidente como a um bote salva-vidas, para não se afogar. Ele era tudo o que ainda lhe restava, além do livro que ela não queria terminar nunca. Olympia estava se segurando à vida por um fio.

Capítulo 7

A viagem a Paris para cobrir o escandaloso caso do presidente francês parecia algo tranquilo para Ben e Alix, quase uma diversão. Ninguém tinha morrido, não ocorrera nenhuma tragédia, não haveria ninguém atirando na direção deles. O presidente fizera papel de bobo com uma jovem stripper, e o país estava revoltado com sua falta de dignidade e bom senso, mas a jovem era bonita, nenhum segredo de Estado havia sido divulgado, ninguém saíra ferido. Para ambos, parecia mais uma viagem de férias.

Eles precisavam comparecer a uma coletiva de imprensa oficial na qual o presidente tentaria explicar o que tinha acontecido, o que, na opinião de Alix, provavelmente só pioraria tudo. Havia sido sugerido que ele se casasse, algo que Alix achava improvável. Ele iria apenas se esquivar do assunto enquanto o país e a mídia o condenavam e o criticavam, até que a maré de vergonha baixasse. Então ele ia se divertir com ela mais um pouco e encontrar outra depois. Mas, com sorte, seria mais discreto da vez seguinte. Mais cedo ou mais tarde, a vida voltaria ao normal, e a stripper seria uma vaga lembrança, até que ele desse outro escorregão. Homens em posição de poder pareciam ter um fraco por esse tipo de coisa, e as mulheres os achavam irresistíveis, por menos atraentes que eles realmente fossem. A história se repetia desde o início dos tempos. Alix tinha dificuldade de levar aquilo a sério. Para eles, seria como um passeio. Ben também estava animado. Dizia que Paris era sua cidade favorita e que faria uma breve viagem de carro depois que deixasse Alix na casa da mãe, na Provença.

Eles fizeram check-in no hotel que a emissora reservara, jantaram e dividiram uma garrafa de vinho em um bistrô ali perto. As origens francesas de Alix transpareciam nos pratos que ela pedia quando estava na França. Adorava rins e miolos, chouriço de sangue, pés de porco e todo tipo de comida que fazia Ben torcer o nariz quando ela pedia e lhe explicava o que era.

Ele pediu um bife com batata frita e sentiu-se muito ousado por comer uma entrada de mariscos, enquanto ela escolheu rins ao molho de mostarda, parecendo muito satisfeita. O vinho era bom, e eles não iriam trabalhar até a coletiva de imprensa no dia seguinte, no Palais de l'Élysée, onde o presidente tentaria justificar seus atos e reconhecer o filho que tivera no ano anterior, com a stripper que posara nua para uma revista francesa. Havia até um vídeo pornô dela rodando o mundo inteiro pela internet. Os repórteres franceses afirmavam que tudo isso só ajudaria a carreira dela, que, de qualquer modo, fora insignificante até o momento. Os próprios filhos dele, que eram mais velhos do que ela, o tinham condenado também. O presidente nunca fora casado com a mãe deles, e eles ficaram furiosos com a ideia de ver o pai casado com uma stripper. Enquanto caminhavam de volta para o hotel, Ben e Alix deram risada do caso.

Ben tinha uma atitude de "viva e deixe viver".

— Pelo menos ele está se divertindo e não está fazendo mal a ninguém. Os americanos sempre esperam que seus políticos sejam virgens ou celibatários, e ficam chocados quando descobrem que esses caras são seres humanos. Os europeus são muito mais realistas sobre os caprichos dos seus governantes. No caso dos políticos americanos, eles são obrigados a renunciar, suas mulheres exigem o divórcio, os acusados choram em público na TV e pedem desculpas. Aqui, as pessoas só ficam incomodadas porque a mulher já foi stripper e atriz pornô, e acham que o presidente deveria ter escolhido uma companheira de classe, o que provavelmente é verdade. Mas, daqui a uma semana, isso será passado, e ninguém mais vai se importar. Você consegue imaginar isso acontecendo nos Estados Unidos? Ele renunciaria amanhã. Aqui, em vez disso, os dois provavelmente vão passar a noite juntos hoje, e ainda vão se encontrar para uma rapidinha amanhã à tarde.

O comentário de Ben fez Alix dar uma risada. Ele não estava errado, e ouvi-lo fez com que ela se sentisse francesa outra vez, ou pelo menos a parte francesa herdada da mãe. Ela disse isso para ele, e Ben ressaltou que os britânicos também podiam ser bastante travessos e tinham os próprios escândalos.

— O que fez você ficar nos Estados Unidos em vez de voltar para a Europa? — perguntou ele.

Alix crescera em Londres, sua mãe morava na França agora, e ela falava francês fluentemente. Poderia ter se mudado para a Inglaterra ou para a França. Às vezes se perguntava por que não havia feito isso.

— Eu fiz a faculdade nos Estados Unidos, tive uma filha lá, arranjei um bom emprego logo depois que me formei, o que não teria sido tão fácil aqui. E acabei seguindo uma carreira que não poderia ter tido, ou pelo menos não tão depressa, nem na Inglaterra nem na França. Você precisa batalhar por muitos anos até ser levada a sério na Europa. Os Estados Unidos sempre foram um país maravilhoso em termos de oferecer oportunidade aos jovens, e acabei conseguindo um green card quando me casei com o pai da Faye, o que foi uma mão na roda. E, claro, tenho uma filha americana. Pareciam bons motivos para ficar, por isso fiquei. Eu estava animada e sabia que minha mãe queria voltar para suas raízes naquela época, e eu não queria ficar sozinha em Paris, nem ir para a Provença com ela.

— Então você optou por ficar sozinha em Nova York. Acho que eu teria ido para Paris. Sempre adorei esse lugar. Acho que é a cidade mais bonita do mundo.

Ben olhou à sua volta, feliz.

— Também acho.

Ainda estava claro às dez da noite em abril, o céu se enchia lentamente de estrelas, as pontes que cruzavam o Sena estavam bastante iluminadas, e a Torre Eiffel brilhava. Parecia um cenário de filme, e estar ali sempre aquecia o coração de Alix. Para Ben, a jornalista era uma mulher de sorte, e ele gostava de estar em Paris em sua companhia.

— Faye diz que quer morar aqui um dia, mas, se ela for estudar Direito nos Estados Unidos, é improvável que venha. É difícil decidir onde morar se você tem muitos lugares para escolher. Sempre me senti dividida entre meu pai britânico e minha mãe francesa. Eu poderia ter ficado em Londres, se meu pai ainda estivesse vivo quando eu era mais nova. Também gosto de lá.

— Londres é uma cidade envolvente, mas Paris é especial — disse ele, fascinado.

Estar em Paris havia distraído os dois da realidade de seu trabalho e da ameaça de morte que Alix havia recebido. Naquela noite cálida, enquanto os dois caminhavam até o hotel, estava tudo bem com o mundo, e havia beleza para onde quer que eles olhassem.

Estavam hospedados em um pequeno hotel executivo com quartos decentes. Despediram-se no corredor e combinaram de se encontrar no saguão, no dia seguinte, para o café da manhã. Alix deitou-se na cama pensando nos lugares onde eles haviam estado e em tudo o que tinham feito nas semanas anteriores. Perguntou-se quando a história sobre o vice-presidente seria revelada, quando a CIA lhes daria o sinal verde, depois que eles realizassem a própria investigação. Ela achava bom ter aqueles momentos de paz na França antes que isso acontecesse. Dar aquele furo sobre o vice-presidente seria um grande feito profissional. Ela caiu no sono pensando nisso e acordou na manhã seguinte antes que o alarme a despertasse. Estava no saguão lendo o jornal *Le Figaro* e bebendo café au lait quando Ben desceu e pegou dois *pains au chocolat* e um brioche com aspecto caseiro, mas na verdade era de uma padaria ali perto e entregue no hotel todas as manhãs.

114

Eles pegaram um táxi para o Palais des l'Élysée, seguindo a rua Faubourg-Saint-Honoré, e entraram em fila junto com uma centena de integrantes da imprensa que haviam sido recebidos para a coletiva. Fez-se um silêncio respeitoso quando o presidente entrou alguns minutos depois e se dirigiu aos presentes. Ele fez uma breve declaração, explicando sua recente indiscrição, mas não pediu desculpas, e garantiu à imprensa francesa e internacional que tinha todo o respeito pelo cargo que ocupava. E não prometeu que aquilo não voltaria a acontecer, coisa que um americano teria feito — e depois caído na mesma armadilha, assim que uma mulher irresistível cruzasse seu caminho. Parecia mais uma formalidade obrigatória do que uma confissão sincera. Ele respondeu a umas poucas perguntas de jornalistas escolhidos e ignorou as outras, e Alix suspeitou que ele havia combinado de antemão a quais perguntas responderia. Então agradeceu a presença dos repórteres e desceu do tablado, e todos saíram amontoados, rindo do episódio e reclamando que tinham perdido tempo ali. Um deles inclusive falou "Até a próxima", e os outros responderam com risadinhas. Havia sido apenas uma formalidade, pois ninguém realmente se importava com quem o presidente dormia. Se o vídeo pornô não tivesse vindo à tona, provavelmente o caso não teria nem sido descoberto. Felizmente, ele não aparecia no vídeo. A stripper supostamente o gravara cinco anos antes, quando não tinha nem 20 anos.

— Bom, é isso — disse Alix quando eles estavam na rua comercial mais elegante de Paris depois da avenida Montaigne.

Ela queria comprar algo para Faye, mas não ali. Os dois caminharam por um tempo, e ela sugeriu que almoçassem num bistrô na margem esquerda do rio, onde Alix comeu outra combinação chocante de ingredientes que Ben disse que jamais provaria, incluindo chouriço de sangue, tripas e pratos mais exóticos.

— Me lembre de nunca pedir a você que prepare um jantar francês para mim — brincou ele num tom solene e ela riu, embora tivesse lhe sugerido um prato de carne de pato com purê de batatas chamado *hachis parmentier* que ele adorou.

Mas todas as outras comidas que ela descreveu no menu que traduziu para ele pareciam assustadoras. Eles tinham reserva num restaurante de frutos do mar que ela havia sugerido, na avenida George V, para aquela noite. Já estavam em clima de férias e partiriam para a Provença na manhã seguinte. Fazia meses que ela não tirava uns dias de folga, assim como Ben, uma vez que os dois eram sempre designados para trabalhar juntos, como irmãos siameses.

Eles enviaram o material da coletiva de imprensa presidencial, e Felix respondeu com um e-mail engraçado e desejou-lhes boas férias. Disse que não havia mais novidades sobre Tony Clark, nem notícias da CIA, e Alix ficou aliviada ao saber disso. Ela não queria pensar no assunto nos dias seguintes. Queria aproveitar as férias sem interrupções nem telefonemas de Felix. Torcia para que nenhuma crise ocorresse na Europa por vários dias, para que eles não fossem obrigados a voltar ao serviço para cobrir as notícias. Alix estava realmente ansiosa para passar aqueles dias na Provença com a mãe e lhe apresentar o parceiro de trabalho de quem tanto falara nos quatro anos anteriores. Eles nunca haviam se encontrado, e Ben nunca aparecia na TV, pois ficava atrás da câmera. Mas a mãe da jornalista sabia que a filha gostava de trabalhar com ele, e que o cameraman era ex-oficial de uma equipe SEAL da Marinha, o que fazia Isabelle achar que Alix estava mais segura quando ambos iam para uma zona de guerra. Pelo menos Ben podia protegê-la.

Eles passearam por Paris a tarde inteira, para a alegria de Ben, e sentaram-se num banco no jardim das Tulherias, olhando para o Louvre. O jantar daquela noite havia sido excelente. Fora um dia perfeito. Na viagem de carro rumo ao sul, falaram sobre suas infâncias, coisa que raramente faziam. A dele tinha sido muito americana e mais mundana, em Michigan. Para Ben, a de Alix parecia mais interessante, em Londres, mas ela afirmava que o amigo estava enganado. Para ela, ser criança era mais ou menos a mesma coisa independentemente do lugar, mas ele discordava.

— Não se você come miolos e chouriço de sangue em vez de um Big Mac — argumentou ele, fazendo uma careta, e ela deu uma risada.

— Tirando isso, é a mesma coisa. Exceto que eu não tive um pai, porque ele era tão doido quanto a gente e morreu despedaçado numa explosão causada pelo IRA na Irlanda do Norte.

— Então por que você escolheu seguir a mesma profissão? Você não aprendeu a lição? — Ele estava intrigado com o comentário da amiga.

— Eu queria ser como ele, inteligente e corajosa. Queria cobrir as notícias em lugares apavorantes. Achava que isso era sinônimo de uma vida heroica, especialmente para uma mulher. Eu não conseguia me ver como escritora ou poeta, como professora ou secretária. Isso parecia tão chato para mim, e eu queria conhecer o mundo, assim como ele.

— O que sua mãe disse?

Ben imaginava que a mãe de Alix teria feito objeções, mas ficou surpreso quando a jornalista deu de ombros, de um jeito bem francês. Ela parecia mais francesa ali.

— Minha mãe só falou para eu fazer o que quisesse. Disse que trabalhar é muito mais divertido quando se ama o que faz, e ela tinha razão. Ela trabalhava como criadora de estampas na França antes de se casar com o meu pai, mas não gostava muito do emprego. Era um trabalho complicado, mas ela fazia roupas lindas para mim quando eu era pequena, e para a Faye também. Eu era a criança mais bem-vestida da escola. Depois, nós nos mudamos de cidade e eu fui para uma escola onde tínhamos que usar uniforme. Eu odiava. Mas era ela que sempre fazia meus vestidos de festa e minhas roupas mais bonitas, antes de eu entrar na faculdade. Ela trabalhou para a Saint Laurent — contou Alix, com orgulho, deixando Ben impressionado.

Pararam para almoçar num restaurante na beira da estrada e chegaram à Provença no fim da tarde. Ela o guiou por uma longa estrada rural, dizendo a Ben onde virar, então o mandou parar na entrada de uma bela casa recém-pintada de amarelo com persianas brancas e um jardim colorido. A mãe dela ouviu o carro estacionar e apareceu na varanda, sorrindo e acenando para eles. Seus cabelos grisalhos estavam presos em um rabo de cavalo e, tirando isso, ela era a cara de Alix. Estava usando uma calça jeans, um suéter cor--de-rosa e sapatilhas. Parecia uma mulher jovem e ainda em forma. Alix disse que ela ia a todos os lugares de bicicleta e quase nunca usava o carro, exceto nos dias em que o tempo estava ruim.

Assim que Alix saiu do carro alugado, mãe e filha se abraçaram. A mãe olhou para ela com um olhar radiante de prazer, depois sorriu para Ben. Ela estendeu a mão para cumprimentá-lo, apresentou-se e o convidou a entrar em casa. Ela falava inglês com um sotaque britânico, por ter vivido em Londres por tanto tempo e ter sido casada com um inglês. Ben seguiu as duas mulheres até uma sala de estar aconchegante com belos móveis campestres antigos, uma grande lareira e, mais à frente, uma enorme cozinha rústica, onde os três se sentaram e Isabelle preparou um chá. Ela deixou Ben à vontade logo de cara e disse que havia feito cassoulet para eles, uma espécie de cozido francês com feijões.

— Está tudo bem, não tem nenhum ingrediente assustador — Alix o tranquilizou, e ele pareceu envergonhado.

Ben estava planejando passar a noite ali, o que, segundo a mãe dela, era o mínimo que as duas podiam lhe oferecer, e então partir no dia seguinte.

Depois do chá, ele saiu para dar um passeio no jardim e caminhar pelas redondezas. Isabelle se orgulhava muito de sua plantação de ervas e mostrou-a para Ben. Ela também tinha um grande galinheiro nos fundos, onde criava galinhas que botavam ovos todos os dias.

— Minha avó criava galinhas quando eu era criança — contou ele, todo animado.

Era como se Ben tivesse voltado à infância naquele lugar. Mais tarde, Alix o levou ao centro da cidade para que ele conhecesse o local. Como tudo fechava às sete, eles voltaram logo e jantaram com a mãe dela. Ele havia comprado uma excelente garrafa de vinho na cidade, e Isabelle ficou muito contente. Ela gostou dele logo de cara, e os três ficaram à mesa conversando até meia-noite. Alix ficou surpresa ao descobrir que o amigo de trabalho sabia muito sobre arte francesa e italiana. Sua mãe também se mostrou impressionada. Mais tarde, Ben saiu para dar um passeio no ar cálido da noite, pois Isabelle não deixou que ele ajudasse na cozinha. Ao lavar a louça com a filha, comentou que havia achado Ben um bom rapaz.

Todos subiram para dormir quando ele voltou. A casa contava com quatro quartos confortáveis, e a mãe de Alix havia transformado um deles em um quarto de costura. Fazia belas peças bordadas para dar de presente, "só para não perder a mão", como dizia. Costumava enviar caixas dessas peças para Alix e para Faye.

Isabelle já estava na cozinha quando Alix desceu na manhã seguinte. Ben apareceu alguns minutos depois, de banho tomado e barba feita, vestindo uma calça jeans e uma camisa branca. Ela serviu croissants quentes com geleia caseira, que Alix comentou que aprendera a fazer só recentemente. Isabelle adorava aquela casa e tinha prazer em realizar as tarefas domésticas. Convidava amigos para jantar regularmente. Levava uma vida agradável. E havia um homem, Gabriel, com quem saía às vezes, um médico que conhecera muitos anos antes. Ele era alguns anos mais velho e viúvo fazia tanto tempo quanto ela. Alix o conhecia e gostava dele. Ficava feliz em saber que a mãe não estava sozinha, que tinha amigos e um homem em sua vida. Ela e Gabriel já haviam discutido a ideia de morar juntos e decidiram que era melhor não dar esse passo, por enquanto. Mas os dois costumavam passar os fins de semana juntos. Ele, inclusive, tinha um veleiro no litoral, a uma ou duas horas de distância.

Isabelle deu dois beijos afetuosos nas bochechas de Ben quando ele foi embora e disse para o cameraman telefonar se tivesse algum problema. Ele voltaria dali a três dias, depois de explorar a região. Esperava descer pela costa até Nice, parando em vários castelos que

Alix lhe recomendara. Estava ansioso para embarcar nessa aventura, assim como ela estava para passar um tempo com a mãe. Fazia um ano que os dois não tiravam uma folga tão longa.

— Ele é um bom homem — comentou Isabelle, assim que Ben foi embora no carro alugado. Ela se virou para a filha com um olhar inquisidor. — Nenhum interesse romântico?

Alix fez que não com a cabeça. Ela gostava de Ben, mas não queria ter um relacionamento com ele. Quem tinha tempo para isso? E, se isso acontecesse, acabaria estragando as coisas entre eles.

— Gosto muito dele, e nós trabalhamos bem juntos. Por que estragar isso?

— Ele já foi casado alguma vez? — perguntou Isabelle, curiosa.

— Sim, ele é divorciado. Não tem filhos. Com um trabalho como o nosso, e sendo ex-integrante da equipe SEAL da Marinha, não sobra tempo para romance.

Isabelle sabia disso. Sabia também que a filha não tinha fé nos homens desde que perdera o pai ainda criança, e o marido três meses depois do casamento. Ela tinha receio de criar laços permanentes, por isso havia escolhido uma carreira que lhe roubava o tempo. A mãe temia que ela se arrependesse disso um dia e suspeitava que Alix usava o trabalho para preencher o vazio em sua vida, agora sem Faye.

— Bom, eu gosto dele, e ele é muito atraente. Parece um desperdício ter um homem desses assim tão perto e não fazer nada — comentou Isabelle, num tom malicioso.

— Mas, se desse errado, seria péssimo trabalhar com ele. Assim é melhor para nós dois. Ele também não está interessado.

— Vocês, jovens de hoje em dia, parecem que não querem relacionamento sério. Ninguém se casa, principalmente quem tem filhos. É tudo meio ao contrário, não é? E deve bater uma solidão, não?

— Às vezes, sim — admitiu Alix, sorrindo ao ouvir a palavra "jovens".

Ela faria 40 anos, e Ben era três anos mais velho. Eles não eram mais crianças, a vida dos dois já estava traçada. Alix não conseguia imaginar um segundo casamento, nem ele, pelo que costumava dizer. Ben sempre falava que seu casamento não tinha terminado muito bem, e o dela mal chegara a existir, exceto para legitimar o nascimento de Faye. A jornalista pouco conseguia se lembrar do marido agora, 19 anos depois.

— Talvez minha geração não tenha a mesma fé no casamento que a sua tinha. Vimos muitos relacionamentos terminarem mal, os dos nossos pais e os nossos próprios — completou Alix.

— Seu pai e eu tivemos uma ótima vida de casados — disse Isabelle, convicta.

Ela sempre repetia isso à filha, mas também nunca se casara novamente e parecia não sentir essa necessidade.

Elas almoçaram pão com queijo e salame e tomaram uma garrafa de vinho sentadas à mesa do jardim, então foram juntas de bicicleta até a cidade. Alix olhou para a mãe e sorriu. Adorava estar com ela. Isso a fez se dar conta do quão raramente se divertia nos dias de hoje, uma vez que estava sempre trabalhando. Era essa a diferença na França: a qualidade de vida era importante. Nos Estados Unidos, tudo era voltado para o trabalho e para a carreira. Ambos tinham seus méritos, mas era tão bom estar ali e aproveitar os momentos juntas.

À noite, elas conversaram e leram, e Isabelle trabalhou no bordado. Alguns amigos dela passaram para dar um oi para Alix e levar presentinhos, principalmente coisas que eles próprios tinham feito ou plantado. Gabriel, o amigo da mãe dela, apareceu e as convidou para jantar em um excelente restaurante, e tudo passou tão rápido que foi como se alguém tivesse avançado o filme quando Ben chegou de carro na última noite. Ele parecia bronzeado e relaxado, e contou que havia aproveitado muito, comendo em restaurantes locais e visitando igrejas e castelos. Isabelle preparou um banquete para todos naquela noite e convidou Gabriel para jantar também.

121

Alix adorou ver que os dois se davam muito bem, e o grupo riu muito junto. Eles se divertiram bastante. Gabriel tinha um ótimo senso de humor, além de várias histórias engraçadas para contar. Ainda exercia a medicina aos 64 anos, e Isabelle disse que ele era um excelente médico. Foi uma noite perfeita, e, depois que Gabriel partiu e Ben foi para a cama, Alix disse para a mãe que havia gostado muito de passar aquele tempo com ela.

— Você devia tentar vir mais vezes. Aqui você sempre terá um lar — disse Isabelle, com ternura, abraçando a filha.

Então as duas subiram de braços dados. Alix deu um beijo na mãe em frente à porta de seu quarto. Ela sabia que se lembraria daquela visita por um bom tempo. Isabelle não voltou a mencionar Ben como um possível romance para a filha, já que não era isso que Alix queria, mas a jornalista percebeu o quanto a mãe havia gostado dele, e por quê. O cameraman era um homem tão gentil e, longe do ambiente de trabalho, também era engraçado e descontraído. Quando falara com Alix sobre ele, Isabelle comentara que achava estranho o fato de ele nunca ter tido filhos. Mas a filha lhe explicou que algumas pessoas não queriam filhos, e, se não queriam, era bom mesmo que não os tivessem. E, se o casamento dele terminara mal, era uma sorte eles não terem tido filhos, assim Ben não precisava ter contato com a ex-mulher, nem ficar brigando enquanto uma criança crescia com pais que se odiavam. Ter filhos não era para qualquer pessoa.

Foi doloroso para Alix se despedir da mãe no dia seguinte, depois que tomaram o café da manhã na cozinha. Ben carregou as malas para o andar de baixo e as colocou no carro, e voltou para agradecer a Isabelle a hospitalidade. Ela retribuiu com um abraço caloroso e dois beijos na bochecha.

— Não deixe que ela se meta em encrencas — pediu Isabelle, olhando de relance para Alix.

— Não se preocupe. Não vou deixar — afirmou Ben.

Então foi esperar no carro, para que a amiga pudesse ficar a sós com a mãe e se despedir dela.

A repórter achou difícil ir embora, sempre achava. A mãe dela já estava com 62 anos, e Alix tinha passado a se preocupar mais com ela.

— Vou tentar voltar logo — prometeu a jornalista, mas ambas sabiam que aquilo talvez não acontecesse, dadas as exigências da carreira dela.

— Vou estar aqui sempre que você quiser voltar. E a Faye prometeu vir me visitar no verão. Ela pode ficar aqui o tempo que quiser — disse ela, dando um demorado abraço na filha, enquanto as lágrimas escorriam pelo rosto das duas.

— Eu te amo, maman.

Isabelle fez que sim com a cabeça, sem conseguir falar por um instante, então sorriu por trás das lágrimas e olhou para a filha com orgulho.

— Eu também te amo. Se cuide — sussurrou Isabelle, quando Alix a beijou de novo, abraçando-a mais uma vez.

Então a jornalista se soltou e correu para o carro, onde Ben a esperava. Quando eles partiram, ela ficou acenando até que sua mãe sumisse de vista, com lágrimas escorrendo pelo rosto. Ben deu um tapinha gentil na mão da amiga.

— Que mulher incrível — comentou ele, feliz por ter conhecido Isabelle.

Aquilo permitiu que ele entendesse melhor a mulher com quem trabalhava. Apesar da loucura do trabalho deles, Alix era uma pessoa de verdade, com uma base sólida e uma mãe que a adorava, que a conhecia e a aceitava, permitindo que ela fosse quem era. Parecia maravilhoso ter crescido daquele jeito. Ben gostaria de ter tido uma mãe como Isabelle. Alix era uma mulher de sorte.

— Obrigado por me apresentar a sua mãe e me deixar ficar aqui. Eu não queria atrapalhar o seu tempo com ela.

— Ela gostou de você — disse Alix, enxugando os olhos e assoando o nariz num lenço bordado que a mãe lhe dera, com o desenho de um lírio e suas iniciais em fio prateado. A mãe estava bordando melhor do que nunca. — Ela não consegue entender por que não estamos juntos.

Ben não confessou que às vezes também não entendia, mas era mais simples assim, e, como Alix, ele não queria estragar o que os dois haviam construído.

— Isso soa muito francês — disse ele, sorrindo. — Gostei do Gabriel. Eles formam um casal simpático.

Alix concordou com a cabeça, pensando o mesmo.

— Os franceses nunca estão velhos demais para amar. Aqui existe um ditado que diz que o amor não tem idade, *L'amour n'a pas d'âge*. Quem sabe eles não têm razão? Acho que vou guardar essa frase para quando estiver mais velha. Estou ocupada demais agora.

O que ela dizia era verdade, mas ele achava uma pena Alix pensar dessa forma. Ela teria muito a oferecer a um homem, caso estivesse disposta a se relacionar, e merecia ter uma vida maravilhosa. Ambos mereciam. Só não tinham tempo para se dedicar a outra pessoa.

— Você vai ser tão bonita quanto sua mãe quando chegar à idade dela. Vocês duas parecem irmãs.

— Obrigada — disse ela, sorrindo.

Tudo parecia mais humano ali. Isso a fez pensar que ela podia querer voltar a morar na França um dia, talvez quando se aposentasse, mas aquilo ainda estava muito longe de acontecer.

Eles passaram um tempo em silêncio dentro do carro, e, quando chegaram a Paris, ela lamentou ao constatar que suas breves férias tinham terminado. Havia sido tudo o que esperava que fosse. Sentiu-se feliz por ter compartilhado aqueles momentos com Ben. Agora os dois pareciam mais amigos do que antes, e não apenas duas pessoas que trabalhavam juntas.

Capítulo 8

Quando Tony apareceu para jantar com Olympia na terça-feira, a governanta ficou para servi-los. E os homens do Serviço Secreto que o acompanhavam comeram na cozinha. Tony e Olympia jantaram salada de caranguejo, que ela sabia que ele adorava, seguido de bife, para ele. Ambos beberam champanhe. Era sempre uma ocasião festiva quando o vice-presidente aparecia para jantar, e ela tentava servir o que ele gostava de comer. Tony costumava reclamar que Megan queria sair toda noite, pois odiava ficar em casa. Se o cozinheiro estava de folga, eles iam a um restaurante. Esse era o problema de ser casado com uma jovem da idade dela. Nem depois de ter filhos ela desacelerou. Era por isso que Olympia tentava oferecer a Tony um refúgio particular de paz quando ele ia a Nova York. Assim como o político tentava fazer com que ela se sentisse cuidada e protegida, do jeito que Bill fazia, antigamente. Porém os dois homens eram muito diferentes.

Bill sempre a incentivara a superar a timidez e sair para o mundo. Tony, por outro lado, a encorajava a ficar escondida em casa, longe dos olhares de gente bisbilhoteira, e lhe dizia que, depois do trauma que sofrera, vendo o marido levar um tiro bem ao seu lado, entenderia se ela nunca mais saísse de casa. Era como se aquilo desse a Olympia permissão para ficar enclausurada. E, depois de ouvir aquele discurso várias e várias vezes, ela raramente saía. De qualquer forma, a viúva sentia-se mais à vontade em casa, rodeada de objetos familiares. Além disso, não conseguia suportar a curiosidade de estranhos e os sussurros piedosos quando a reconheciam, por isso nunca punha o pé na rua, nem com Tony. Já fazia um ano que ela nem sequer via o irmão e a família dele em Connecticut. Ele era ocupado demais para vir visitá-la, e ela também não fazia esforço para vê-lo, já que os dois nunca foram muito próximos.

Por isso Olympia vivia em isolamento, exceto pelas visitas de Tony a Nova York, quando ele aparecia para jantar e depois ficava sentado com ela junto à lareira, contando-lhe o que estava fazendo e perguntando sobre os avanços dela no livro. Ele entrava no mundo dela como se fosse um jardim secreto, onde a viúva se escondia. Era justamente isso que os filhos de Olympia achavam tão preocupante. O irmão dela compartilhava da mesma opinião, embora nunca aparecesse para visitá-la. Para Josh e Darcy, era como se a mãe tivesse sido abduzida por alienígenas. Eles não faziam a menor ideia de que Tony a vinha convencendo a se tornar uma reclusa e que a queria só para si. Até Jennifer se preocupava com ela. Agora que Olympia estava trabalhando no segundo livro, nunca saía de casa nem para dar um passeio e tomar um ar fresco. Ficava fechada em seu escritório, rodeada por fotos e lembranças de Bill, imersa no próprio mundo.

Naquela noite, a sobremesa foi um suflê Grand Marnier, outra das iguarias favoritas de Tony. As noites que eles passavam juntos eram como uma fantasia para o vice-presidente, e ele sempre lhe dizia que a amava e que jamais permitiria que algo de ruim lhe acontecesse de novo, como se pudesse protegê-la da vida real. Mas Olympia não tinha mais vida, exceto quando o via. Se ele não podia tê-la para si, não queria que mais ninguém a tivesse, nem mesmo os filhos. Então, quando Josh e Darcy a pressionavam a voltar a sair de sua concha, Tony lhe dizia que achava que ela ainda estava frágil demais e que isso seria muito traumático. E Olympia sempre acreditava nele.

Jennifer achava que havia algo de sinistro na influência do vice-presidente naquele completo isolamento, mas sabia quão ferrenhos eram a confiança e o respeito de Olympia por ele, e tinha medo de questionar o que Tony Clark dizia. Ela achava que a pior coisa para Olympia era ficar enclausurada como uma inválida, e que ela precisava mesmo voltar para o mundo, como Darcy também insistia. Mas a voz de Tony era mais forte, mais próxima e mais frequente. Ele via Olympia mais do que os filhos dela, que estavam muito longe. A viúva acreditava em cada palavra que o amigo dizia e aceitava tudo como um evangelho.

— Vou tentar voltar nesse fim de semana, quem sabe — prometeu ele ao se despedir. — A Megan tem um jantar com umas amigas e depois vai a um torneio de tênis. Ela não vai se importar se eu vier jantar com você. Eu dou notícias.

Não que isso fizesse diferença, uma vez que Olympia não saía de casa. Ela só precisava escolher o cardápio e pedir ao cozinheiro que ficasse para preparar o jantar.

Tony lhe deu um beijo delicado na testa e um abraço demorado antes de partir. Era pensando naqueles momentos que ela vivia agora. Olympia se contentava em saber que alguém se importava com ela, enquanto seguia existindo num inverno infindável, sem nenhum contato humano e até sem falar com ninguém por dias a fio, a não ser com o vice-presidente por telefone ou com Jennifer sobre o livro. Isso transformava Tony em uma figura ainda mais importante para ela, e a tornava ainda mais dependente dele do que Olympia talvez pudesse ser. E os filhos dela o achavam uma bênção, eles o viam como o único protetor e amigo da mãe.

Darcy muitas vezes dizia a Josh que não sabia o que eles fariam sem Tony, já que Olympia se recusava a se encontrar com qualquer um de seus antigos amigos. Se os filhos fossem mais velhos, ou estivessem mais perto de casa, Jennifer teria conversado com eles sobre isso, mas ela achava que nenhum dos dois era maduro o suficiente para entender que a mãe estava sendo sistematicamente isolada e controlada, e que isso estava acabando com ela. A viúva estava ficando cada vez mais desconectada do mundo. E as palavras-chave que Tony usava quando falava com ela eram "frágil", "debilitada" e "traumatizada", sempre reforçando essa ideia. Ouvir Olympia repetir aquilo depois, referindo-se a si mesma, fazia sua assistente ter vontade de gritar. Jennifer não sabia qual era o objetivo de Tony, nem quais eram suas intenções, mas, quaisquer que fossem, achava um jogo perigoso para Olympia. Isso fazia Jennifer se lembrar daquele antigo filme com Ingrid Bergman, *À meia-luz*, no qual o marido convence a esposa de que ela está louca. Neste caso, Tony convencera Olympia de que ela estava abalada demais pela morte chocante do marido para ser capaz de enfrentar o mundo outra vez, e sua tática tinha funcionado. Ela acreditava em cada palavra que ele dizia, e não havia ninguém para contrariá-lo. Jennifer não ousava dizer nada contra Tony, e sabia que sua patroa não toleraria isso.

Quando ele foi embora naquela noite, Olympia voltou para seu escritório a fim de trabalhar no livro. Ela costumava ficar sentada ali, relembrando os momentos com Bill e vendo fotos antigas até as três ou quatro da manhã. Então, no dia seguinte, dormia até o meio--dia. Jennifer se sentia impotente, pois sabia que não tinha a menor influência sobre a patroa. Era Tony quem sutilmente governava a vida dela agora. Ela não se casara com ele, mas ele encontrara um jeito de dominá-la. Ela não apenas perdera Bill de um jeito chocante, como perdera a si mesma também, sem sequer se dar conta disso.

No dia em que Ben e Alix voltaram de Paris após o breve período de descanso, outra carta chegou para ela na emissora. A assistente dela a entregou para Felix, que ligou para a CIA imediatamente. Era parecida com a primeira carta, porém um pouco mais vee-mente. A pessoa acusava Alix de continuar investigando lobistas. A CIA vinha cavando informações, seguindo a pista de Felix, e alguém atribuíra a investigação à jornalista. O agente do Serviço de Operações Clandestinas pediu para falar com ela, mas o produtor explicou, mais uma vez, que a jornalista estava fora do país fazia uma semana e que só chegaria no dia seguinte. Eles aconselharam Alix a não ficar em seu apartamento e a contratar seguranças. Felix mandou uma mensagem de texto para ela e para Ben, que leram o recado ao aterrissar. O produtor havia sugerido que ela ficasse na casa de Ben ou de outra pessoa até segunda ordem. Ele disse que alguns agentes viriam falar com ela na redação no dia seguinte. E que o FBI recebera a instrução de lhe oferecer proteção, também a partir do dia seguinte.

— Que bela mensagem de boas-vindas — comentou Alix, parecendo triste assim que leu a mensagem do chefe.

Eles ainda nem tinham chegado à esteira de bagagem no aeroporto, e ela já estava lidando com outra ameaça. Para piorar, não podia nem voltar para o próprio apartamento.

— Desculpe incomodar você mais uma vez — disse ela a Ben. — Amanhã converso com eles. Preciso ir para casa.

O cameraman havia se oferecido para hospedá-la outra vez.

— Não se isso não for seguro para você. Qual é o problema? Fico feliz em receber você lá em casa. Assim você me faz companhia.

Mas ela queria dormir na própria cama, rodeada por suas coisas, e não acampar na casa dele.

— Se eles me derem um segurança amanhã, não vejo motivo para não ir para minha casa — disse ela, enquanto os dois recolhiam as malas e passavam pela alfândega.

Nenhum deles tinha nada a declarar, então, cinco minutos depois, estavam chamando um táxi. Ela iria para o Brooklyn com Ben e havia acabado de mandar uma mensagem para a filha explicando a situação. Felix lhe garantira que Faye ainda tinha um segurança acompanhando-a na faculdade, até que eles descobrissem quem estava enviando as cartas, ou até que as ameaças parassem.

— Sou mais bem treinado do que os caras do FBI — disse Ben com toda a calma.

— Bom, não posso me mudar para a sua casa. E, além disso, quero ir para o meu cantinho.

— Você não gosta do meu quarto de hóspedes? — perguntou ele, fingindo estar ofendido, e ela deu uma risada. Era agradável, mas não era a casa dela.

— Obrigada pela gentileza por mais uma noite.

— Eu gosto de receber você.

Pararam para comprar algumas coisas para o café da manhã, e a jornalista esperava que estivesse liberada para voltar para casa no dia seguinte. Ela nem podia desfazer a mala na casa de Ben, pois não sabia quanto tempo ficaria lá. Alix se perguntou se os agentes haviam feito alguma descoberta que pudessem compartilhar com ela. Na maioria das vezes, as agências federais não compartilhavam todas as informações com as vítimas. Bom, às vezes, não compartilhavam informação nenhuma.

Na manhã seguinte, quando o agente Pelham apareceu na redação para falar com ela, acompanhado de dois colegas, eles não tinham nada novo para lhe contar, ou não queriam contar, o que era bem típico. O que eles queriam era que ela entrasse em contato com Olympia Foster novamente.

— Por que vocês não falam com ela? — perguntou a jornalista sem rodeios.

Pelham explicou a Alix que ela já criara um vínculo com a viúva e que o que eles precisavam fazer era algo difícil. A CIA havia sido informada de que Olympia recebia o vice-presidente regularmente em sua casa. Queriam que ela abordasse alguns assuntos delicados com Tony, usando uma escuta eletrônica para que os agentes pudessem ouvir de uma van estacionada discretamente do outro lado da rua.

— Meu Deus! — exclamou Alix, olhando para Ben, que acompanhava tudo. — Olympia nunca o entregaria. Tony Clark é o porto seguro dela. Ela confia cegamente nele, não iria topar participar de um esquema desses, nunca vai acreditar que ele fez algo de errado. Toquei brevemente nesse assunto quando estive na casa dela, e ela imediatamente o defendeu. Acho que não existe a menor chance de ela aceitar isso. E por que tenho que ser eu a convencê-la?

— Ela poderia pensar que estamos tentando incriminá-lo.

— E se ela se recusar a fazer isso?

— Aí o marido dela pode acabar sendo culpado por prevaricação junto com Clark. E isso vem acontecendo já faz um bom tempo. As pessoas podem achar que Bill Foster fazia parte do esquema, mesmo se ninguém conseguir provar isso agora. A suspeita ficaria pairando eternamente sobre ele. As pessoas poderiam pensar que ele é tão responsável e culpado por isso quanto Clark. Afinal de contas, os dois tinham planos de estar na mesma chapa.

Alix ficou em silêncio enquanto pensava sobre o que teria de fazer, então se deu conta de que a viúva era a única carta que a CIA tinha na manga. Por mais que Olympia quisesse proteger Tony, o que ela queria ainda mais era proteger a reputação imaculada do marido. Mas seria muito complicado convencê-la a armar uma cilada para Tony com uma escuta eletrônica escondida. Alix sentiu aflição só de pensar naquilo. Pedir a Olympia que fizesse uma coisa daquelas seria, no mínimo, bastante difícil.

— Vocês querem que eu vá falar com ela sozinha? — perguntou Alix, esperando que pelo menos um deles fosse junto.

— Sim, queremos — respondeu Pelham com um olhar soturno. — Ela te conhece, você tem muito mais chance de conseguir convencê-la do que nós. Queremos que ela pergunte casualmente a ele sobre os lobistas com quem ele costuma se encontrar, e sobre os sauditas.

Aquilo não soava nada casual para Alix, e também não soaria para Tony. Parecia uma ideia maluca. Olympia provavelmente a expulsaria de sua casa, e Alix não a culparia por isso.

— Encontrei com ela apenas uma vez. Não somos amigas exatamente.

— Tudo o que você tem que fazer é pedir isso a ela, mas o que eu disse sobre o marido dela é sério. Isso poderia manchar a reputação dele para sempre, por envolvimento.

Alix sabia que era verdade. A questão era se Olympia acreditaria nela e concordaria em ajudar a armar essa armadilha para Tony. Os agentes da CIA deixaram a redação meia hora depois, e ela ficou sentada em sua sala com Ben e Felix.

— Por que sou sempre eu que tenho que fazer o trabalho sujo aqui? — questionou ela.

Suas férias definitivamente tinham acabado, e eles haviam falado que ela não podia voltar para casa se não tivesse um segurança.

Estavam dispostos a pedir ao FBI que lhe fornecesse proteção pessoal, ou ela mesma poderia contratar alguém, se preferisse. O importante era que Alix tivesse alguém para protegê-la das ameaças que vinha recebendo. Faye contava com um agente do FBI na universidade. Para completar, agora Alix tinha de armar um esquema com uma mulher gentil e coagi-la a cooperar com a CIA para entregar o homem que ela considerava seu melhor amigo, seu único amigo, nos últimos seis anos. Era uma situação desanimadora.

Alix ligou para Olympia depois que Felix e Ben voltaram a suas salas. Ela não queria plateia durante a ligação. Jennifer atendeu, então Alix pediu para falar com Olympia e ficou aliviada quando a viúva do senador pegou o telefone. Jennifer parecia desconfiada e se mostrou bastante protetora.

— Peço desculpas por incomodar — começou Alix. — Queria saber se eu poderia ir até a sua casa para conversar com você.

— Agora?

Olympia ficou surpresa. Não conseguia imaginar o que Alix queria e lembrou-se das advertências de Tony.

— Quando for conveniente para você, mas precisa ser logo. — Havia um tom de urgência na voz da jornalista que dizia a Olympia que o assunto era importante.

— Aconteceu alguma coisa?

— Talvez — respondeu Alix honestamente. — Acho que devíamos conversar. Tenho informações que acho que você vai querer saber.

Alix sentiu um embrulho no estômago ao proferir aquelas palavras e sabia que Olympia também sentiria quando ouvisse o que ela tinha a dizer. Odiava a ideia de ter de submeter aquela mulher gentil a essa situação, mas agora não havia mais escolha. Olympia podia ficar sabendo por intermédio de Alix ou da CIA. Seria melhor se fosse por intermédio dela.

— Pode vir agora, se quiser — disse Olympia, pensativa.

Ela ficou se perguntando se deveria avisar Tony de que Alix viria encontrá-la de novo, mas algo lhe dizia para não fazer isso. Podia contar para ele depois, caso a conversa tivesse algo a ver com ele. Assim que desligou, disse a Jennifer que Alix estava vindo.

— Você acha isso uma boa ideia? — perguntou Jennifer, preocupada.

— Acho — respondeu Olympia numa voz firme.

Vinte minutos depois, a jornalista chegou. Felix enviara com ela um dos seguranças da emissora, que ficou esperando do lado de fora.

Jennifer foi recebê-la e a acompanhou até o escritório de Olympia no andar de cima. A viúva estava sentada em uma das grandes poltronas confortáveis e se levantou quando Alix entrou. As duas trocaram um olhar sério e demorado e não falaram quase nada até que Jennifer as deixasse a sós. Olympia não lhe ofereceu café e esperou para ouvir o motivo da visita. Elas se sentaram cara a cara, e Alix respirou fundo antes de falar.

— Nem sei exatamente por onde começar. Na última vez que estive aqui, perguntei a você sobre a relação do vice-presidente com os lobistas. Essa questão foi levantada por algumas das nossas fontes, mas agora virou algo muito mais sério. A CIA acabou se envolvendo no caso e agora está conduzindo a própria investigação, e tenho quase certeza de que Tony será acusado de aceitar grandes somas de dinheiro de pelo menos alguns dos lobbies mais importantes, talvez para começar a montar um fundo de campanha, em troca de favores e leis que ele conseguirá aprovar se ganhar a eleição. Agora, há pelo menos duas pessoas dispostas a testemunhar contra ele em troca de imunidade. Parece que ele vem fazendo isso há muitos anos, mesmo antes da morte do senador Foster. Ele parou por um tempo, mas agora há muito dinheiro envolvido, e ele voltou a fazer acordos — explicou Alix, séria, e Olympia ficou visivelmente perturbada com o que ouviu. — Eu queria contar isso para você pessoalmente.

— Agradeço por isso. Mas você tem certeza do que está dizendo? Isso não parece algo que ele faria. — Olympia estava mais pálida do que o normal, e as palmas das mãos de Alix estavam suando. Odiava ter tido de contar tudo isso a ela. — Poderia ser alguém tentando incriminá-lo?

— Tudo é possível, mas o Serviço de Operações Clandestinas da CIA está envolvido. Acho que eles não se enganam, ou raramente se enganam. E tem mais. Ele está envolvido com os sauditas, e já faz anos. Está aceitando propinas para ajudá-los em acordos relacionados a petróleo. E já faz um bom tempo também. Ele está envolvido com quatro sauditas muito importantes, encontrou-se com eles em Teerã e em Dubai. Vai ser um grande escândalo quando isso for revelado.

Olympia pareceu nauseada ao ouvir aquelas palavras e desviou o olhar. Alix não conseguiu discernir se aquilo era novidade para ela ou não, mas a viúva estava visivelmente abalada.

— Por que você está me contando isso agora? E por que você e não a CIA? — Ela estava assustada e ressabiada. Não sabia mais em quem confiar.

— O agente de operações da CIA encarregado do caso pediu que eu falasse com você. O senador Foster sabia disso? Ele desconfiava de alguma coisa? Alguma vez o seu marido falou para o vice-presidente Clark alguma coisa sobre esse assunto? Não estou aqui por causa de nenhuma matéria, vim porque não quero ver a reputação do seu marido manchada. Acho que ele foi um homem incrível. A CIA vai querer conversar com você, mas eles queriam que eu abordasse o assunto primeiro, informalmente. Acho que todos temos esperança de que o senador Foster não soubesse nada sobre isso. Ninguém quer ver o seu marido ligado aos crimes do vice-presidente.

Olympia ficou em silêncio por um bom tempo, encarando a lareira com um olhar perdido, como se ouvisse a voz do marido, então se virou para Alix. Estava claramente aflita e com medo. Ela havia acabado de tomar a consciente decisão de ser honesta com a jornalista, pelo bem de Bill. Alix cumprira bem seu papel e transmitira a mensagem de que a reputação imaculada de Bill estava em jogo.

— Ele sabia, sim — respondeu ela, numa voz quase inaudível. — Não sabia de tudo o que você me contou agora, apenas de algumas coisas. Nós conversamos sobre isso. Ele ficou furioso com Tony por fazer amizade com os lobistas. Tony dizia que estava só fazendo uma social, mas Bill não gostava daquilo. Falava que poderia passar a impressão errada se viesse à tona. Os dois tiveram uma discussão horrorosa sobre o assunto, e então Bill ficou sabendo que ele estava viajando para se encontrar com os sauditas. Tony disse que não estava aceitando dinheiro deles, explicou que estava apenas facilitando as coisas para eles, em troca de favores mais tarde.

Esse era justamente o tipo de acordo que Bill detestava. O ex--senador nunca se vendeu e não costumava fazer esse tipo de acordo. Também não queria que Tony fizesse. Dizia que Tony não tinha noção de como aquilo era perigoso e que essa prática podia lhe custar a eleição, se viesse a público.

— Tony Clark é um homem de negócios, e faz isso de forma brilhante. Bill estava convencido disso, até demais. Não queria nenhum segredo do passado atrapalhando a candidatura dos dois à presidência pelo partido.

— Fontes confiáveis dizem que Tony Clark recebeu enormes somas de dinheiro, que foram depositadas num banco na Suíça, numa conta numerada — acrescentou Alix. — A CIA está investigando isso, e não faço ideia do que eles descobriram. Mas, se isso for verdade, Tony vai levar Bill para o buraco junto com ele, ou quem sabe até mesmo traí-lo e jogar a culpa toda para cima dele para salvar a própria pele... Ele está envolvido com pelo menos um lobista que admitiu ter comprado favores dele, e um grupo de sauditas que está lhe pagando uma fortuna. A reputação do seu marido está em jogo. Só você pode protegê-lo agora, contando o que sabe sobre Tony Clark.

Alix não mediu palavras, e Olympia ficou chocada. Foi atingida em cheio por tudo o que a jornalista dissera. E decidiu que lhe contaria o que ninguém jamais suspeitara ou soubera sobre Clark.

Olympia falou numa voz rouca, cheia de emoção:

— Duas semanas antes de morrer, Bill sabia o suficiente, mas não tudo. Pretendia dizer a Tony que não iria mais se candidatar junto com ele. Os dois eram melhores amigos, mas ele disse que Tony estava jogando sujo e que não queria se envolver nos esquemas dele porque isso poderia acabar com a campanha. Bill queria anunciar a separação entre os dois. Tony disse que disputaria a indicação do partido contra ele, mas não tinha cacife político para isso. Bill tinha, mas Tony, não. Ele precisava de Bill para concorrer. Meu marido se sentia mal, mas falava que não queria de modo algum se candidatar com ele como vice-presidente, se fosse indicado pelo partido. Estava convencido de que Tony havia se vendido. Tony negou. Mas Bill finalmente tinha evidências. Eu só não sei quais eram. Tony tentou convencê-lo a deixá-lo concorrer junto com ele assim mesmo, mas a reputação dele estava manchada. Bill teve que tomar uma decisão importante. Se algo dessa história tivesse vindo à tona, o meu marido teria afundado junto com ele.

"Bill não chegou a ter a oportunidade de anunciar a separação. Tony tinha pedido ao meu marido que reconsiderasse. Bill não mudou de ideia, mas foi assassinado antes que pudesse anunciar. Ele pretendia dizer que os dois estavam se separando por causa das diferenças de opinião. Não era a intenção dele expô-lo. Eu não quis contar isso para você quando me perguntou porque Tony tem sido maravilhoso comigo, e com os meus filhos também, desde que Bill morreu. Eu não teria sobrevivido sem ele. E achava que essa questão com os lobistas havia ficado no passado. Presumi que ele agora estava limpo, já que tinha sido eleito vice-presidente. Ele pretende até concorrer à presidência nas próximas eleições. Achei que não fosse querer correr o risco praticando essas atividades. E talvez ele não tenha feito nada disso mesmo. Quem sabe a CIA e os informantes estejam enganados e tenham, na verdade, desenterrado os erros que ele cometeu no passado? Mas, se por acaso eles estiverem certos, não posso deixar que Tony afunde Bill junto com ele. Não agora que meu marido não está mais aqui para se defender.

"Bill amava Tony, apesar de tudo. Não pretendia disputar a presidência junto com ele, mas tinha muito apreço pelo amigo, assim como eu. Tony é um homem maravilhoso, mas não vou deixar que ele destrua a reputação de Bill agora, depois de tudo o que meu marido lutou para construir. Era justamente isso que ele mais temia antes de morrer, e foi por esse motivo que falou com Tony que estava tudo acabado. Mas Bill foi leal a ele até o fim, e Tony é o melhor amigo que eu tenho. O que vai acontecer com ele se alguma coisa nessa história toda for verdade?"

Olympia estava visivelmente abalada e preocupada com Tony Clark. Porém sua lealdade e fidelidade eram maiores para com o homem que fora seu marido. Ela não permitiria que nada afetasse sua reputação agora.

— É só uma suposição, mas assumo que o mandato de Tony será cassado, e ele pode ser preso. Esses crimes são sérios — respondeu Alix. — Como o seu marido descobriu?

— Não sei. Acho que foi por acaso. Um informante, um boato, não me lembro bem. Ele não tinha nenhuma prova judicial, mas tinha evidências suficientes para se convencer de que era verdade. Não restavam dúvidas. Tony não faz ideia de que Bill me contou todas essas coisas. Ainda acho difícil de acreditar. Tony é um homem tão digno.

E persuasivo também, pensou Alix, mas não disse nada.

— Eles eram como irmãos. Eram melhores amigos desde a infância. Mas Bill não podia correr o risco de ter um companheiro de chapa que podia estar aceitando propinas, e tinha certeza de que ele estava. Dinheiro sempre foi muito importante para Tony, muito mais do que era para Bill. E Bill não tinha nada a ver com o que Tony estava fazendo. Meu marido era um homem de princípios.

— Eu sei — reconheceu Alix em voz baixa.

— Eu nunca disse nada porque não via nenhum sentido em prejudicar a carreira do Tony. Não fazia ideia de que ele realmente tinha recebido propinas e que de fato fez acordos com os sauditas, e que agora está mais envolvido nisso do que nunca. O que a CIA vai fazer?

— Você terá que perguntar isso a eles, eu sinceramente não sei — respondeu Alix, e então respirou fundo e continuou. — Mas agora eles querem a sua ajuda.

— Como? — Olympia parecia estar em pânico. — O que eles querem? — A ideia de trair Tony era repulsiva, mas permitir que

137

ele manchasse a reputação de Bill por envolvimento era algo que partia seu coração. Ela não podia deixar isso acontecer.

— Eles sabem que Tony vem jantar com você com certa frequência. Querem que você o receba aqui usando uma escuta eletrônica, faça algumas perguntas e veja o que ele responde. Eles vão ficar escutando lá fora, dentro de uma van.

Alix não invejava a tarefa de Olympia. A jornalista sentia pena dela por ter de trair um amigo tão importante quanto Tony. Os olhos de Olympia ficaram marejados de lágrimas, e um desânimo pareceu tomar conta de todo o seu corpo. Quando ela olhou outra vez para Alix, lágrimas escorriam pelo seu rosto. Ela não estava com medo, e sim arrasada.

— Então eles querem que eu arme uma cilada para Tony — concluiu Olympia, e Alix assentiu. Não havia outro modo de dizer aquilo. — Mas Tony não sabe que eu tinha conhecimento disso tudo. Bill não queria que eu me envolvesse nessa história. Bill nunca contou nada para Tony, mas costumava compartilhar tudo comigo. Eu sabia que ele tinha dito a Tony que estava tudo terminado, mas, como o meu marido nunca teve a chance de anunciar isso publicamente, acho que ele deduziu que ninguém mais sabia.

— E se você dissesse a ele que encontrou uns papéis do seu marido enquanto fazia uma pesquisa para o livro? Você poderia mencionar os lobistas e os árabes, ou até a decisão do senador de não se candidatar junto com ele, e ver o que Tony diz. Você não precisa acusá-lo nem ser incisiva, não precisa se colocar em perigo. Poderia só fingir que está confusa sobre o que descobriu e ver a reação dele. Ele provavelmente vai negar tudo e tentar minimizar a situação. Duvido que Tony confesse alguma coisa, mas o Serviço de Operações Clandestinas quer ouvir o que ele vai dizer. No mundo de hoje, eles acham que Tony é uma ameaça à segurança nacional, por isso querem a sua ajuda. Odeio dizer isso, mas, se eu fosse você, faria isso para ajudar o Bill. — Ela tomou a liberdade de chamar o senador pelo primeiro nome, mas Olympia não pareceu se incomodar.

— Não tenho escolha — disse a viúva, com um olhar de desespero.

Ela precisava sacrificar seu melhor amigo por lealdade ao marido, mas, em sua mente, não havia dúvidas sobre a quem de fato ela era fiel. Olympia sempre fora leal a Bill e ainda era. Estava com o coração partido ao saber da estupidez que Tony cometera. Bill lhe dissera, na época, que Tony se tornara o tipo de amizade que ele não podia mais manter, e isso quase partiu o coração dele. E agora estava partindo o dela também. O que Tony fizera era imperdoável. Mas não havia outra maneira, e ela sabia que Bill teria esperado isso dela. Na verdade, ele mesmo teria feito isso se tivesse como provar as propinas. Tony jogara um jogo muito perigoso e estava prestes a perder tudo. Sua carreira política iria por água abaixo, assim como seus sonhos de chegar à presidência. O mundo estivera ao seu alcance, e ele jogara tudo no lixo. Provavelmente seria preso. Olympia estava desolada por ele.

— Quanto dinheiro você acha que há envolvido? — perguntou ela a Alix.

— Não faço ideia. Bilhões? Ou certamente milhões. Não são quantias pequenas.

— Bill sempre teve receios em relação à origem do dinheiro de Tony. Ele ganhou muito em pouco tempo, e sempre disse que se deu bem nos investimentos.

Mas não eram investimentos, eram propinas, em larga escala.

— Lamento ter tido que lhe contar tudo isso, Sra. Foster. Sei que vai ser bem difícil.

Olympia assentiu silenciosamente com a cabeça por um instante, depois olhou de novo para a jornalista.

— Obrigada por ter vindo falar comigo. Prefiro ouvir isso de você do que da CIA. Sei que você respeitava o meu marido.

Ela podia sentir aquilo, e estava certa. E Alix a admirava também, como uma mulher leal e honrada.

— Acho que a CIA vai entrar em contato com você agora — continuou Alix em voz baixa. — Eles vão querer saber se você está disposta a usar a escuta eletrônica na próxima vez que receber Tony Clark. A decisão é sua.

— Preciso pensar. Não sei se consigo fazer uma coisa dessas. Ele me conhece bem demais. Por que tem que ser eu?

— Porque ele confia em você e será sincero. Tenho certeza de que ele não vai contar tudo. Ou quem sabe não conta? De qualquer forma, ele pode deixar escapar alguma coisa se você disser que encontrou documentos que fazem referências aos lobistas e aos acordos com os árabes entre as coisas do seu marido. E ele não vai saber o que você encontrou, por isso terá que blefar, mas talvez acabe cometendo um deslize ou incriminando a si mesmo. Acho que é isso que eles esperam.

— Eu não queria ter que fazer isso — confessou ela, e Alix se compadeceu da mulher. — Ele vem jantar aqui, provavelmente no sábado — continuou Olympia, num tom pesaroso.

Agora, depois do que ela descobrira, seria a última vez. Ele nunca deveria ter colocado a reputação de Bill em risco. Nem passava pela cabeça de Olympia a ideia de que ele continuava fazendo acordos até hoje. Tony jurara a Bill que não tinha dinheiro nenhum envolvido e que ele estava trocando favores, o que já era grave o suficiente. Mas aquilo agora era infinitamente pior.

— Você vai usar a escuta eletrônica? — perguntou Alix de novo, e Olympia parecia abalada e insegura.

— Preciso pensar — repetiu ela. — Fale para eles que eu entrarei em contato.

Alix entregou o cartão de Pelham a Olympia e pediu a ela que entrasse em contato diretamente com eles. Ela havia transmitido a mensagem. Era tudo o que podia fazer. O resto era com Olympia e com a CIA. Alix estava liberada, e agora Olympia Foster estava envolvida, assim como Bill. A viúva perderia seu único amigo. Alix tinha muita pena daquela mulher.

Capítulo 9

No dia seguinte, Alix recebeu outra ameaça pelo correio, na redação da emissora. A carta era parecida com as duas primeiras. Se ela não parasse de se intrometer na política, iria morrer. Uma mensagem simples e clara. Mas ela não havia feito nenhuma pergunta sobre Clark e os lobistas nas últimas semanas. Por que ela ainda estava recebendo aquelas ameaças? Falou com John Pelham sobre o assunto e ele lhe garantiu que as investigações da CIA agora eram confidenciais. Mas as ameaças continuavam. O que mais eles estavam escondendo ou temiam que ela pudesse expor? E quem era o responsável por escrever aquelas cartas?

Faye tinha três turnos de segurança por dia na universidade, e Alix dispunha de pelo menos um turno agora também. Continuava hospedada na casa de Ben e ansiosa para voltar para o próprio apartamento. Só podia entrar lá com o segurança para pegar algumas roupas e levar para a casa de Ben. Ela havia insistido que não precisava de segurança quando estava com o cameraman. Sendo um ex-oficial de uma equipe SEAL, Ben tinha licença para portar uma arma e sabia usá-la. Agora ele carregava um revólver consigo quando saía sozinho com Alix ou quando a acompanhava até o trabalho de manhã. Ela ficava nervosa só de saber que Ben estava armado, principalmente à noite, no apartamento dele. Mas o segurança estava o tempo todo com ela, no trabalho, para o caso de alguém aparecer na emissora.

Àquela altura, Olympia já havia entrado em contato com Pelham e concordado em usar a escuta eletrônica quando Tony aparecesse em sua casa para jantar na noite de sábado. Alix tinha certeza de que ela acabaria aceitando, para preservar o nome de Bill. Olympia havia se encontrado com a equipe do Serviço de Operações Clandestinas para receber instruções do que precisava perguntar a ele. Ela pretendia fingir inocência e seguir as orientações deles à risca. Olympia se sentia um monstro por fazer aquilo, mas, se Tony fosse culpado, isso acabaria maculando a imagem de Bill. Será que ele seria mesmo preso? Parecia difícil acreditar naquilo. Os filhos dele, certamente, ficariam arrasados. Tony era o ídolo deles. Para piorar a situação, sua jovem esposa estava grávida de novo. Todos sofreriam pelos crimes que ele cometera, inclusive duas crianças inocentes e um bebê que ainda nem nascera. Em vez de estar cuidando da família, ele estaria na prisão, provavelmente por muito tempo.

Felix decidiu que Alix e Ben deveriam sair da cidade até o fim da semana. Era perigoso demais para a jornalista ficar em Nova York. Para ela e para todo mundo. Ben agora vigiava Alix o tempo todo, exceto quando ela ia ao banheiro. Agia como um segurança particular. E havia um agente do FBI à disposição dela sempre que ela precisava.

Houvera uma enorme enchente em Nova Orleans, quando uma barragem se rompera outra vez. Os estragos não foram tão graves quanto os deixados pelo furacão Katrina, mas havia sido declarado estado de emergência, e Felix decidira que preferia que Alix fosse para lá, em vez de permanecer em Nova York. O clima estava esquentando por causa de Tony Clark.

Depois de falar com Felix, a CIA concordou em deixá-la viajar, contanto que eles pudessem contatá-la, se precisassem. Também sugeriram a Ben que continuasse andando armado. Olympia Foster estava cooperando com a investigação, embora estivesse morrendo de medo do jantar que havia marcado com Tony. A CIA lhe prometera que ela não se exporia. Ela faria alguns comentários casuais para ver a reação dele. Provavelmente o vice-presidente daria respostas vagas e mentirosas. O pânico viria mais tarde, depois que Tony fosse embora, afinal, ele poderia desconfiar de alguma coisa. Ele nunca suspeitaria de Olympia. E, quando ficasse sabendo a verdade, seria preso e iria para a cadeia. Já havia um júri secreto preparado, esperando apenas as evidências para indiciá-lo, e um juiz para expedir um mandado de prisão a qualquer momento. Todas as peças da máquina judicial estavam a postos, dependendo do que ele revelasse na noite de sábado e do comportamento dele depois que saísse da casa da viúva. Tony Clark não fazia a menor ideia do que o aguardava, o Serviço de Operações Clandestinas tinha certeza disso. E o diretor de Inteligência Nacional também estava ciente da situação. Nada parecido com isso jamais havia acontecido com um vice-presidente antes.

Ben e Alix embarcaram num avião para Nova Orleans na quinta-feira pela manhã. Os dois estavam aliviados por sair de Nova York. A tensão se tornara insuportável. Eles só conseguiam pensar no jantar que aconteceria na casa de Olympia. E as ameaças de morte só pioraram as coisas. Ela ficou feliz de poder partir numa missão, mesmo que fosse para cobrir um caso de enchente. Eles fizeram check-in num hotel ao lado do aeroporto, alugaram um carro, então foram até o mais próximo possível da zona de alagamento da cidade e entraram em um barco da polícia usando seus crachás de imprensa. Ben deixou a câmera ligada o tempo todo para mostrar as áreas atingidas, e eles pararam no caminho para recolher pessoas que estavam cruzando a água a pé ou a nado, além de vários cachorros grandes. Foi uma noite longa e árdua, e ambos se sentiam exaustos e encharcados, apesar de estarem usando botas de cano alto e capas de chuva, quando voltaram para ao hotel às quatro da manhã.

No dia seguinte, eles já estavam acordados às sete e prontos para sair às oito. Alix ligou a TV enquanto Ben foi buscar café em um

Starbucks ali perto e voltou com um cappuccino e pãezinhos de canela para ambos, que eles comeram enquanto assistiam ao noticiário na TV. De repente, a transmissão foi interrompida por um boletim extraordinário da Carolina do Norte. A tela mostrava uma cena caótica, com estudantes correndo e gritando, enquanto tiros eram disparados. O vídeo havia sido gravado de um celular, e a pessoa que segurava o aparelho tinha se agachado atrás de alguma coisa, mantendo o braço ainda estendido e a câmera gravando. Alix e Ben levaram apenas um segundo para entender o que estava acontecendo. Tratava-se de um atentado com tiros em um campus universitário. Uma legenda na tela, nos primeiros minutos da transmissão, informava que 14 estudantes haviam sido mortos e 22 estavam feridos. Três estudantes e um professor tinham morrido a caminho do hospital, e o atirador cometera suicídio. O total de mortos fora atualizado para 19, e tudo acontecera meia hora antes, na Universidade Duke.

Naquele momento, novas equipes faziam a cobertura da cena, enquanto estudantes e professores se abraçavam e choravam. Eles passaram a gravação de novo. Ben e Alix assistiram em silêncio, horrorizados. E se Faye estivesse no campus? Alix pôs seu cappuccino em cima da mesa e olhou para a TV com uma sensação de pânico, enquanto a repórter dizia que, por enquanto, tudo o que se sabia do atirador era que ele havia abandonado a faculdade em razão de distúrbios psiquiátricos seis meses antes, fora hospitalizado por um breve período e liberado. Mas voltara à universidade para trabalhar como ajudante na manutenção dos prédios. Era um caso clássico de um jovem que manifestara problemas mentais por muito tempo, fora diagnosticado, mas então simplesmente escapara a todo mundo. Um ex-colega de classe contou que ele tinha comentado sobre a ideia de fabricar uma bomba caseira, seguindo instruções que encontrou na internet. O colega pensara que ele estava brincando, por isso não o denunciou. Os pais do jovem ainda não haviam sido procurados para dar entrevista, e uma das pessoas em quem ele tinha atirado era sua ex-namorada, que estava em um hospital da região, em estado grave. Alix imediatamente ligou para o celular de Faye. Tocou várias vezes, mas ninguém atendeu. E se ela estivesse morta?

O terror da jornalista era palpável enquanto ela falava alucinadamente com Ben.

— É sempre tão óbvio. Todo mundo sabe que essas pessoas são loucas e ninguém faz nada a respeito. Então de repente 19 pessoas são mortas e 22 feridas e...

Ela parou de falar enquanto assistia à cena de uma jovem sendo carregada em uma maca, com vários paramédicos correndo ao seu lado. A menina chorava e gritava, e seu rosto estava coberto de sangue. Alix levou apenas um instante para perceber que aquele rosto ensanguentado era o de sua filha. Então ela viu os paramédicos colocarem a maca dentro da ambulância, que partiu em alta velocidade com a sirene ligada, enquanto a imagem mudava para outra cena de estudantes se abraçando e chorando. Imediatamente, Alix ficou de pé, apavorada.

— Meu Deus!... Meu Deus, Ben... aquela era a Faye! — De repente, a tragédia que eles viam na TV assumiu um novo significado. Ela olhou para o cameraman com um olhar desnorteado, sem saber o que fazer. — Preciso ir... meu Deus, Ben, aquela menina era a Faye!

Ben a agarrou pelos ombros para tentar tranquilizá-la e acalmá-la.

— Ela está viva. Você acabou de ver. Ela está bem.

Ben tentou atravessar a névoa que havia envolvido a mente de Alix quando ela viu o rosto da filha na tela. Havia tanto sangue no rosto dela que só mesmo uma mãe teria reconhecido. E onde estava o segurança do FBI?

— Vamos ligar para os hospitais imediatamente — disse ele, enquanto Alix se desvencilhava do amigo para pegar sua bolsa e correr até a porta.

— Tenho que ver a minha filha!

Ben segurou o braço dela com firmeza e a forçou a se sentar na cama.

— Vamos ligar para o hospital primeiro. Ela está viva, Alix — repetiu ele numa voz severa, para se sobrepor ao evidente pânico dela.

Alix concordou com a cabeça, atordoada, e começou a chorar baixinho, enquanto ele ligava para todos os hospitais próximos à universidade. Mas a jovem ainda não tinha dado entrada em nenhum deles. O cenário que eles viram era um pandemônio, enquanto os repórteres continuavam a transmitir as últimas notícias do campus. Então Ben ligou para Felix em Nova York, explicou-lhe toda a situação e disse que Alix tinha de partir imediatamente para ver a filha.

— O mais cedo que consigo mandar alguém para substituir vocês é hoje à noite — falou Felix, pedindo desculpas. — A filha da Alix está bem?

— Ela é uma das pessoas feridas. Parecia bem grave na TV, nós acabamos de ver. A Alix está muito angustiada.

— Vocês podem partir hoje à noite — disse o produtor, tentando pensar em quem mandar para substituí-los.

Ele estava com poucos funcionários naquele dia, como sempre acontecia em uma crise. Seus melhores repórteres tinham ido para a rua, cobrindo alguma reportagem, e ele não conseguia mandar ninguém voltar tão rápido assim para liberar Alix. Um terrível incêndio matara seis bombeiros no Brooklyn, e o chefe de polícia acabara de se demitir depois de uma briga com o prefeito. Era sempre a mesma história.

Ben desligou e disse a Alix que Felix prometera mandar alguém para substituí-los até a noite. A jornalista olhou para ele furiosa e se levantou rapidamente outra vez.

— Foda-se o Felix! Eu não vou esperar até hoje à noite. Minha filha está ferida, e, a essa altura, pode até estar morta. Vou pegar o próximo voo que conseguir e estou pouco me lixando para essa enchente.

Ben a entendia perfeitamente, já estava envolvido naquela história e não deixaria a amiga sozinha. Ela não estava em condições de ser racional, nem mesmo de enfrentar a gravidade da situação.

A televisão ainda zumbia ao fundo enquanto Alix gritava com ele, num pânico cada vez maior.

— A gente não pode simplesmente ir embora, Alix — disse ele, em um tom apaziguador, mas não adiantou nada.

Alix não estava disposta a negociar, e ele não a culpava por isso.

— Isso é o que você vai ver! Não fico aqui nem mais um minuto.

Ela pegou o celular e imediatamente ligou para a companhia aérea. Mas não havia nenhum voo para Raleigh-Durham antes das seis da tarde. Alix ficou ainda mais desesperada depois de saber disso, então Ben tomou uma decisão. Ambos sabiam que Felix podia usar material das emissoras locais para preencher o restante do noticiário. Não era a solução perfeita, e não caía bem para o canal, mas, de qualquer forma, a enchente não era a notícia de maior destaque agora. O atentado na Universidade Duke tornara--se o acontecimento mais relevante.

— Vou ligar para o Felix. Ele pode usar o material das redes locais para cobrir a enchente — ponderou Ben com calma.

Naquele momento, era mais importante que eles estivessem em Duke. Por Faye e pelo canal.

— Mas como eu vou sair daqui? — quis saber Alix, chorando mais ainda. — E onde estava o maldito agente do FBI?

Ben se perguntou se o homem também teria sido ferido.

— Eu levo você de carro. Pegue as suas coisas — afirmou ele.

Segundo a pesquisa que Ben havia feito em seu celular, eram 13 horas de viagem, e isso era o melhor que eles podiam conseguir naquele momento. Ele teve uma conversa tensa com Felix e disse ao produtor que não havia outra opção. Alix não queria ficar em Nova Orleans, e ele ia junto com ela. O produtor sabia que tinha perdido e desistiu de tentar convencer Ben a esperar até a noite. Ele estava zangado, mas não podia obrigá-los a ficar ali naquelas circunstâncias. Dez minutos depois, todas as malas estavam no carro, e a TV ficou ligada quando eles saíram do quarto, pagaram e foram embora. Alix olhou para Ben com gratidão.

— Obrigada — disse ela, já no carro, enquanto ele seguia para a rodovia. — Nós seremos demitidos?

O cameraman dirigia rápido, e ela estava um pouco mais calma.

— E por acaso isso importa?

Ele olhou para Alix de relance, e ela deu um sorriso desanimado.

— Não, não importa. Ou pelo menos eu não me importo. Desculpa por toda essa confusão.

Alix não queria causar problemas para Ben. Ele era um bom amigo, além de um ótimo parceiro de trabalho.

— Foda-se o trabalho. Lamento que sua filha esteja ferida.

Vinte minutos depois, estavam na rodovia, dirigindo um pouco acima do limite de velocidade, enquanto Alix ligava para os hospitais outra vez. Então, uma hora depois, eles a encontraram, mas a jornalista não conseguiu falar com a filha. A enfermeira da unidade de traumatologia só disse que ela havia sofrido uma lesão na cabeça e que estava em estado grave.

— Meu Deus, ela deve ter levado um tiro na cabeça — disse Alix, sentindo o pânico dominá-la novamente.

Queria ligar para a mãe, na Provença, mas não queria deixá-la apavorada, pois não tinha informações suficientes. Ligaria quando chegasse ao hospital e visse a filha. Estava torcendo para que o atentado não fosse divulgado nos noticiários franceses, ou pelo menos não por enquanto, para que ela tivesse tempo de descobrir o que de fato havia acontecido antes de falar com a mãe.

— Ela estava consciente quando nós a vimos na TV — disse Ben, sem tirar o pé do acelerador.

Ele havia se arrependido de não ter alugado um carro melhor. Estava forçando aquele carro quase até o limite. Alix ligava para o hospital a cada meia hora, mas não havia nenhuma novidade. Eles sempre lhe davam a mesma informação. A situação no hospital era caótica com todos aqueles feridos chegando. Ben sintonizara o rádio no noticiário. O número de mortos tinha aumentado para 21, mas, graças a Deus, eles sabiam que Faye não estava entre eles. O reitor da universidade dera uma entrevista, e Alix estava olhando fixamente para a frente, com um ar soturno.

— Você está melhor? — perguntou Ben.

Ela apenas fez que sim com a cabeça. O cameraman emanava uma profunda empatia, e ela lhe agradeceu outra vez. Ele era uma boa companhia em um momento de crise. Conseguia manter a calma e agir depressa, sem pânico. Depois de um tempo, ele voltou a falar.

— Eu entendo o que você está passando. Eu tive um filho que hoje seria um ano mais novo que a Faye.

Aquela era uma grande revelação, e Alix ficou atordoada. Ben era um homem de muitas facetas e segredos.

— O que aconteceu com ele? — Ela teve medo de perguntar, mas precisava saber.

— Ele morreu afogado quando tinha 3 anos. Eu estava viajando, como sempre, numa missão na Líbia. Era uma situação com reféns na embaixada. Bom, o nome dele era Christopher. Minha mulher o levou à casa de uma amiga, e tinha muitas crianças lá e uma piscina. Ele caiu na piscina, ou pulou por conta própria, era um rapazinho corajoso. E ninguém viu até que já era tarde demais. Quando minha mulher conseguiu falar comigo, ele já estava morto fazia duas semanas. Nem fui ao enterro. Fui bastante duro com ela, que adorava sair com as amigas, e acho que todas estavam conversando quando tudo aconteceu. Deve ter sido muito rápido. Os paramédicos tentaram reanimá-lo, mas não conseguiram. Disseram que, àquela altura, de qualquer forma, ele já teria tido morte cerebral. Depois disso, nosso casamento acabou. Ela me culpava por viver sempre viajando e nunca estar presente, e eu a culpava por não ter tomado conta dele direito. Ela estava grávida e acabou perdendo o bebê com o choque, e nós nunca superamos isso. Nós nos divorciamos um ano depois. Ela agora tem dois outros filhos. Eu nunca quis mais ser pai depois do Chris. Ele era a criança mais simpática do universo. Eu não podia correr o risco de passar por aquilo outra vez. Ter um filho, amá-lo tanto e perdê-lo. O Chris foi o único para mim. Não quero mais filhos.

Ben sabia exatamente o que Alix estava sentindo, ou achava que sabia, só não tinha ideia do que dizer. Então ela colocou a mão em seu braço enquanto Ben dirigia, e lágrimas escorreram pelo rosto dele. Os dois ficaram em silêncio por alguns minutos, comovidos demais com aquela revelação dele.

— Não foi culpa sua, Ben. Você estava fazendo o seu trabalho. E talvez não tenha sido culpa dela também.

— Provavelmente não foi. Christopher não tinha medo de nada e adorava água. Eu o ensinei a nadar, mas ele pulou na parte funda da piscina, e acho que não conseguiu sair. Mas por que diabos ela não estava tomando conta dele, em vez de ficar de papo com as amigas? Faz 15 anos que eu me pergunto isso. Fiquei arrasado por muito tempo, e aceitava as piores missões que a emissora me dava, torcendo para morrer trabalhando. Até que um dia minha raiva se esgotou, parei de odiar minha ex-mulher e comecei a sentir pena de mim. Acho que é apenas o destino, como o que aconteceu com a Faye hoje. Ela vai ficar bem. Parecia alerta quando nós a vimos na TV. E machucados na cabeça sangram muito, mesmo os mais superficiais.

Alix concordou com a cabeça, sua mão ainda pousada no braço do amigo.

— Obrigada por ter me contado sobre o Christopher.

Ela estava profundamente tocada, e seu coração sofria por ele. Sabia que, mesmo depois de tanto tempo, ainda era muito doloroso. E era uma dor que não tinha como ser aliviada. Nem o tempo havia curado, e jamais curaria.

— Eu nunca falo dele. Ainda dói demais. Eu sempre morria de medo de alguma coisa acontecer com ele. Eu o amava tanto. E então aconteceu.

— Sinto a mesma coisa em relação a Faye. Sempre me sinto culpada por não ter estado presente nos primeiros cinco anos, e agora viajo o tempo todo. Meu casamento foi só para constar. Nós nos casamos para que nossa filha nascesse num matrimônio legítimo. Não teríamos nos casado se não fosse por isso. Mal nos conhecíamos. Os pais dele queriam que nos divorciássemos assim que descobriram. E então ele morreu no acidente. Mas eu acabei me apaixonando pela Faye. Às vezes é péssimo amar alguém tanto assim. Eu também não ia querer fazer isso de novo. Fico preocupada com ela o tempo todo, e ela me odeia pelo trabalho que tenho. Está sempre com medo que eu morra. Somos nós que passamos a vida em zonas de guerra e é ela quem leva um tiro... Na universidade. Isso faz algum sentido? E tinha um segurança tomando conta dela.

— Não faz sentido — confirmou Ben. — Participei de algumas missões sinistras junto com a equipe SEAL na Marinha. Uma vez, no Sudão, fui o único sobrevivente. Aí o meu filho de 3 anos se afoga numa piscina, com a mãe dele a três metros de distância. Isso também nunca fez sentido para mim. A gente lê sobre esse tipo de fatalidade, mas nunca acha que vai acontecer na nossa vida. E depois de saber que isso acontece mesmo, a vida nunca mais é igual.

Alix concordou com a cabeça, pois pensava da mesma forma.

— Eu tinha pesadelos de que a Faye ia ter meningite e morrer, ou que ia sofrer um acidente enquanto eu estava viajando. Mas, a essa altura, com a idade que ela tem, pensei que já estivesse fora de perigo. Acho que ninguém nunca está fora de perigo, não importa a idade. É tudo questão de sorte ou acaso, pense em como todos esses pais devem se sentir nesses atentados terríveis que acontecem em jardins de infância. Você deixa os filhos na escola com uma lancheira da Sininho, ou com tênis do Homem-Aranha, e então alguém dá um tiro neles enquanto você está no trabalho, pensando que eles estão seguros. Eles nunca estão seguros, nem a gente. Veja o caso do meu pai.

— Você acha que nós somos loucos de fazer o que fazemos? Às vezes fico pensando nisso. Para mim não importa tanto. Meus irmãos vão ao meu funeral, se tiverem tempo, e pronto. Não vai ter ninguém chorando por mim, nenhuma esposa, namorada, nenhum filho.

— O Felix e eu também vamos — disse Alix para aliviar a tensão, e ele sorriu.

— Obrigado. Talvez você devesse fazer alguma coisa mais tranquila um dia, pelo bem da Faye — sugeriu ele, num tom sério. O atentado naquela manhã servira como um alerta para ambos.

— Talvez um dia. Mas, por enquanto, prefiro desafiar a morte a morrer de tédio durante os próximos trinta anos, e não podemos simplesmente viver dominados pelo medo. Além disso, nunca aconteceu nada comigo.

A jornalista amava o que fazia, e seria difícil largar o emprego agora.

— Você se arrisca muito, Alix — disse o cameraman, fazendo com que ela se sentisse culpada, pois ele tinha razão.

— Você fica de olho em mim.

— Você é uma mulher difícil de controlar quando estamos cobrindo uma matéria — retrucou Ben, e Alix foi obrigada a concordar com a cabeça. — Pelo menos eles não mandam a gente para zonas de conflito o tempo todo.

Então os dois começaram a falar sobre o vice-presidente para passar o tempo e comentaram que havia sido uma estupidez correr risco com aquele esquema. O homem era movido pela ganância.

— Tony é um sociopata clássico, tenho certeza — comentou Ben. — Seria capaz de passar por cima de qualquer um, da mulher, do país, do presidente, do melhor amigo e até dos filhos. Tudo o que importa é o que ele quer. E ele é capaz de fazer qualquer coisa para atingir seus objetivos. Tomara que ele seja pego, ele merece. E tomara que ele não afunde o Bill Foster junto. É bem capaz de esse Tony Clark contar um monte de mentiras para salvar a própria pele.

— Acho que Olympia Foster vai fazer o possível para garantir que isso não aconteça. — O jantar dela com Tony Clark seria no dia seguinte. — Ela simplesmente desistiu de ter uma vida. É como se tivesse morrido junto com o marido. Quem sabe isso vai servir para dar uma sacudida nela, fazê-la acordar de novo? É muito perigoso também — comentou Alix, sentindo pena da mulher outra vez.

— Para mim, parece culpa de sobrevivente. Ela estava com o Bill quando ele levou o tiro. Talvez preferisse que o tiro a tivesse acertado, ou quem sabe não entenda por que foi ele, e não ela, quem morreu. Mas não somos nós que tomamos essas decisões. Eu antigamente desejava ter morrido no lugar do Chris. Mas essa escolha não cabe a nós, não é mesmo?

Eles alternaram momentos de conversa e de silêncio a caminho de Durham, dirigindo a uma boa velocidade. Eram quase dez horas quando ele entrou no estacionamento do hospital, após 13 horas de estrada. Ben e Alix não tinham parado para comer nem para tomar um café no caminho. Ao chegarem, notaram imediatamente que havia um heliporto para a unidade de traumatologia. Era o melhor hospital da região, e o estacionamento estava abarrotado de carros, viaturas de polícia e ambulâncias. A maioria das vítimas em estado crítico ou grave fora levada para lá. Ela saltou do carro depressa assim que o cameraman estacionou e correu até o prédio. Dois minutos depois, Ben estava atrás dela. A jornalista perguntou por Faye no balcão da recepção, e um atendente aflito procurou o nome e mandou Alix para a sala de tratamento onde a filha estava internada. Alix rezou em silêncio, agradecendo o fato de Faye ainda estar viva, e a encontrou facilmente depois de passar pelas macas no corredor, com enfermeiros e paramédicos em volta. A maioria dos rostos era jovem, e havia pais e mães por toda parte, chorando e em pânico. Havia pequenas aglomerações de pessoas falando com médicos, e ficou óbvio que algumas delas tinham recebido más notícias e estavam abaladas. Então Alix viu a filha numa grande sala de tratamento, com uma dúzia de camas separadas por cortinas. A jovem tinha a cabeça enfaixada, e ela parecia aturdida, e começou a chorar no instante que viu a mãe. Alix lhe deu um abraço apertado, chorando também, e nenhuma das duas notou Ben parado alguns metros atrás de Alix, também com lágrimas escorrendo pelo rosto.

— Levei um tiro, mamãe — contou Faye, falando como uma garotinha.

— Eu sei, meu bem, eu sei... Estou aqui... Você está bem... — Ela estava tentando reconfortar a si mesma tanto quanto à filha.

Então um médico se juntou a elas alguns minutos depois, explicando que Faye tivera uma sorte incrível. A bala havia passado de raspão pela lateral da cabeça, e a lesão fora apenas superficial. A bala não tinha penetrado no crânio.

— Um centímetro a mais e teria sido outra história — disse ele, olhando para as duas. O médico vira muitas tragédias naquele dia, e, por um milagre, Faye não era uma delas. — Ela vai passar a noite aqui em observação, mas você poderá levá-la para casa pela manhã.

O médico explicou à jornalista que Faye teve um pouco de febre, provavelmente em decorrência do trauma da lesão, e eles queriam ter certeza de que o ferimento não ia infeccionar. Faye disse que ainda se lembrava do zunido da bala passando ao seu lado, enquanto via outros alunos caírem à sua volta. Dois de seus colegas de sala e sua colega de quarto haviam sido mortos. Ela disse que o segurança tentara protegê-la assim que os tiros começaram. Ele dera dois passos na direção dela, mas levara um tiro na perna e caíra como uma pedra ao seu lado. Ela havia se virado para olhar para ele quando a bala passou de raspão. Faye ainda não conseguia acreditar que tudo aquilo havia mesmo acontecido. Falou que o agente do FBI fora levado de helicóptero para Washington, e ouvira dizer que ele estava estável. O substituto dele estava no corredor do hospital quando Alix e Ben chegaram e se apresentou aos dois quando eles deixaram Faye por alguns minutos. Uma das enfermeiras contou a Alix que muitos moradores da região estavam indo deixar coroas e buquês de flores nos locais do atentado, o que parecia ser a única coisa que podiam fazer agora.

Logo depois, o médico foi cuidar de outros pacientes, e, quando eles voltaram para onde Faye estava, Ben se aproximou cautelosamente da cama da jovem e disse:

— Que susto você nos deu, Faye.

Alix ficou emocionada ao ver a cena, principalmente depois do que ele lhe contara mais cedo sobre seu único filho.

— Eu também — disse ela, fazendo uma careta enquanto se recostava nos travesseiros. A ferida ainda ardia, e os médicos não queriam sedá-la demais para garantir que ela ficasse alerta.

— Querem alguma coisa para comer? — perguntou Ben às duas. Ambas responderam que não, mas Faye sorriu para Ben, aliviada por ter a mãe ali.

— Como vocês vieram?

— Viemos de carro de Nova Orleans assim que ficamos sabendo, estávamos cobrindo uma matéria lá — respondeu Ben.

— Quero ir para casa, mãe — disse Faye numa voz cansada.

A universidade havia anunciado que ficaria fechada por duas semanas, para prestar homenagem às vítimas, reforçar as medidas de segurança e implementar novos sistemas para que todos se sentissem mais seguros. Alix não queria contar a Faye que, com as ameaças à sua vida por causa das investigações sobre o envolvimento do vice-presidente com os lobistas, as duas não poderiam ir para o apartamento dela, e por isso ela continuava hospedada na casa de Ben. Haveria tempo suficiente para lhe contar tudo no caminho de volta. E Alix ainda não tinha perguntado à filha se ela queria voltar à Duke depois do que acontecera. Por outro lado, isso poderia ter acontecido em qualquer lugar, na verdade. Atentados em universidades estavam se tornando cada vez mais frequentes.

Três amigos de Faye tinham ido visitá-la mais cedo, e ela disse a Alix que eles falaram sobre a colega de quarto dela que morrera. O enterro da menina seria em Atlanta, sua cidade natal. A enfermeira chegou para dar um calmante leve para ajudar Faye a finalmente dormir, e Alix e Ben foram à cantina buscar alguma coisa para comer,

155

enquanto Faye caía no sono. Ela tivera um dia incrivelmente traumático. Eles passaram mais uma vez pelo agente do FBI, que acenou com a cabeça e permaneceu em seu posto. No caos do hospital, ele não chamava atenção alguma. Na cantina, Alix parecia aliviada e exausta, assim como Ben. O coração do cameraman estivera com ela enquanto ele dirigia o mais rápido que podia. Comparada a alguns dos outros alunos, Faye tivera muita sorte. O número de mortos permanecia em 21. E fora anunciado no noticiário que a filha de Alix estava entre os feridos em Duke. Ela ficou assustada ao receber uma chamada de Olympia no celular quando estava saindo da cantina.

— Não quero incomodar você, mas só queria lhe dizer que lamento muito pela sua filha — disse a viúva em sua voz suave e rouca, que Alix reconheceu imediatamente apesar do número bloqueado do qual ela ligara. — Como ela está?

— Ela está bem. A bala passou de raspão na cabeça, e o ferimento foi superficial. Poderia ter sido muito pior.

Enquanto dizia isso, uma família passou por ela. Eles estavam abraçados, em luto profundo. O filho havia acabado de morrer em consequência dos ferimentos, o que elevava o número de mortos para 22.

— Fico muito aliviada por saber que ela está bem. Essas coisas são horríveis.

Alix sabia que Olympia a entendia, pois já havia passado por isso.

— Precisamos melhorar os sistemas de alerta e os planos de tratamento para esses pacientes mentais que escapam pelas frestas da nossa sociedade. Precisamos de leis mais eficazes de controle de armas, para mantê-las longe das mãos de pessoas instáveis. Os hospitais liberam essas pessoas, e aí elas fazem uma coisa dessas.

Inúmeras vidas haviam sido destruídas naquele dia, de pais, filhos, amigos. Ninguém voltaria a ser a mesma pessoa, assim como ela, após a morte de Bill.

— Que bom que ela vai ficar bem. Pensei em você assim que vi a notícia.

— Obrigada por ter ligado — agradeceu-lhe Alix, genuinamente tocada. Olympia era uma mulher tão gentil, Alix odiava vê-la levar uma vida tão triste agora, e com os filhos morando tão longe. — E boa sorte amanhã.

— Não estou nada ansiosa para esse jantar — confessou ela, sentindo um mal-estar.

Olympia pedira o prato favorito de Tony e se sentia como Judas.

— Vai dar tudo certo — afirmou Alix, esperando que fosse verdade. — Voltamos para Nova York amanhã à noite, se a Faye estiver em condições de ir para casa amanhã. Ela vai passar a noite aqui em observação.

— Espero que ela se recupere logo — disse Olympia, num tom caloroso e, um minuto depois, elas desligaram.

As duas mulheres definitivamente tinham afinidade e respeito uma pela outra. Alix gostava de verdade de Olympia e tinha certeza de que teria gostado do senador também. Quando comentou isso com Ben, ele falou:

— Ele foi um grande homem. Você conhece o irmão dela, o senador por Connecticut?

— Sei quem ele é. Parece bem discreto, muito alinhado, sério. Tem uma esposa sem graça, seis filhos, e não possui nada de muito marcante. Olympia tem algo especial — disse Alix.

— Tem mesmo — concordou Ben. — Eu teria adorado ver os Fosters na Casa Branca. Seria bem diferente daquilo que a gente vê lá agora, ou do Tony Clark e da mulher infantil dele. O Tony está nessa por dinheiro, e ela, pelo que o poder é capaz de proporcionar. Isso não é exatamente o que eu chamaria de amor verdadeiro.

Alix pensava da mesma forma e comentou:

— Ele é um político de verdade, no pior sentido da palavra.

— Fico surpreso que ele não tenha tentado se casar com a viúva do Foster. Teria sido uma jogada política perfeita. É a cara dele fazer isso para ganhar a eleição.

— Acho que ela não teria aceitado. Olympia é leal demais à memória do marido. Leal demais para o próprio bem, na verdade. Acho que a intenção dela é ficar de luto para sempre.

O livro que ela escrevera sobre Bill Foster era uma prova disso, além do fato de ela ter desaparecido dos olhos do público e ter se retirado do convívio social. Ela não havia nem aparecido em público quando o irmão vencera a última campanha para o Senado, como costumava fazer. Casar-se com Tony Clark e chegar à Casa Branca com ele não combinava com essa imagem.

Então voltaram ao cubículo de Faye e a encontraram dormindo. Ao olhar para a filha, Alix sentiu-se grata mais uma vez pelo fato de ela estar viva. A jornalista queria ir embora no dia seguinte, se Faye estivesse em condições. Por ora, pretendia dormir numa cadeira ao lado dela a noite toda.

Na manhã seguinte, depois de preencherem a papelada para que a jovem recebesse alta, Faye disse para a mãe, com certa apreensão:

— Não sei se eu quero voltar, mãe — disse ela, baixinho. Sua cabeça doía e o ferimento ardia. — Talvez seja melhor eu ficar com a Mamie na França por um tempo.

Ela se sentiria segura com a avó, longe dos eventos traumáticos que haviam acabado de acontecer e da lembrança dos amigos mortos. Além disso, já fazia parte de seus planos passar umas semanas na França naquele verão.

— Você pode tirar um semestre de férias, se quiser, ou pode pedir transferência para outra faculdade — disse Alix, com toda a calma. — Você pode fazer o que quiser, mas não precisa tomar essa decisão agora.

Elas ligaram para Isabelle logo depois para lhe contar o que acontecera e dizer que Faye passava bem e que mãe e filha estavam juntas. Isabelle disse que tinha visto algo sobre o assunto no noticiário, mas não ouvira qual era a universidade. Ela nem sonhava que fosse Duke, senão teria entrado em pânico e ligado para Alix imediatamente. Ficou triste por saber que Faye estava ferida, mas, ao mesmo tempo, aliviada por não ter sido nada mais grave. Gabriel estava com ela, e Isabelle lhe contou a notícia enquanto ainda falava com Alix ao telefone.

— Quero ir ficar com você, Mamie — disse Faye quando falou com a avó.

— Claro, quando você quiser. Depois que o semestre terminar — disse Isabelle, da forma mais natural possível. — Você pode passar o verão inteiro aqui.

Faye ficou um pouco surpresa. Sua avó era uma mulher das antigas, achava que a neta deveria terminar o semestre de qualquer forma, mesmo depois de ter sido baleada. Alix deu uma risada quando a filha lhe contou sobre a conversa.

— Essa é a minha mãe. Ela não aceita nenhuma desculpa para faltar à escola.

Ben riu com elas e então foi buscar o café da manhã na cantina. Ocorrera algum problema na hora de servir as refeições para os pacientes e a comida estava atrasada. De qualquer forma, Faye achava a comida do hospital péssima. O que a cantina servia era um pouco melhor, e Alix ficou contente de ver Faye comer algo depois do trauma do dia anterior. Então Ben e Alix saíram para falar com o agente do FBI de plantão e dizer-lhe que partiriam naquela manhã. Ele acompanharia os três até o aeroporto. Em Nova York, outros agentes estariam a postos para cuidar de Faye assim que ela desembarcasse. Depois de passar as informações atualizadas ao agente, Ben e Alix foram dar uma volta no estacionamento para tomar um ar. A jornalista parecia exausta, mal tinha dormido naquela noite, acordando o tempo todo para checar se Faye estava bem.

— Que dia bizarro tivemos ontem — comentou Alix, com um longo suspiro de cansaço.

Ben passou o braço em volta dos ombros dela.

— Você foi muito corajosa, Alix. — Ele a elogiou, e ela sorriu para o amigo.

— Você também. Obrigada por lidar com o Felix e nos tirar daquele lugar tão depressa. Eu não teria ficado em Nova Orleans até ontem à noite de jeito nenhum.

— Nem eu.

A equipe que os substituíra já havia ido ao ar na noite anterior em Nova Orleans, no noticiário das dez. Felix conseguira resolver o problema. Ele queria que os dois cobrissem o atentado em Duke, mas Ben se recusara a fazer isso. Argumentou que Alix não tinha a menor condição de trabalhar, e a emissora acabou enviando outra equipe para o campus. Em algum momento, era preciso estabelecer limites, e os dois haviam deixado isso bem claro. Eles então voltaram para ficar com Faye. Uma médica a estava examinando e disse que ela receberia alta se estivesse se sentindo disposta. Faye falou que estava bem melhor. E não via a hora de voltar para casa. Naquele momento, tudo o que a jovem queria era estar bem longe de Duke e das cenas de carnificina que jamais esqueceria. Aquele momento ficaria gravado para sempre em sua memória. Alix viu tudo nos olhos da filha enquanto a ajudava a se vestir para ir embora. As mãos da jornalista tremiam sempre que ela se lembrava de que Faye escapara por pouco. O curativo na cabeça da jovem era um lembrete para todos. Alix nunca havia se sentido uma pessoa tão sortuda quanto agora, enquanto abraçava a filha com força.

— Vamos para casa — disse ela para a filha, com a voz embargada.

Faye apenas concordou com a cabeça enquanto as lágrimas corriam novamente pelo seu rosto.

Capítulo 10

No voo de volta a Nova York, no sábado, Alix explicou para Faye que as duas teriam de alojar-se na casa de Ben, por causa das ameaças que ela vinha recebendo. O FBI designaria agentes em três turnos por dia para a jovem em Nova York. Ela resmungou, mas não ficou surpresa.

— Eu queria dormir na minha cama — queixou-se Faye, mas Alix não queria correr risco nenhum.

Três ameaças de morte eram o suficiente para convencê-la de que elas talvez não estivessem seguras em casa, e Ben podia protegê-las em seu apartamento no Brooklyn. As ameaças faziam parte de seu trabalho, uma vez que a jornalista estava sempre investigando e noticiando crimes. Mas a revelação de que o vice-presidente recebia propinas dos sauditas e possivelmente de grandes lobistas era uma questão muito séria, embora Alix não pudesse conversar sobre o assunto com a filha. Faye não discutiu com a mãe, pois percebeu que se tratava de um caso importante, mas ficou decepcionada ao saber que ainda precisaria de seguranças e que não poderia voltar para casa. As duas tiveram que dormir na mesma cama no quarto de hóspedes de Ben, que acabou ficando um tanto apertado. O quarto dele não era muito maior, senão ele teria acomodado mãe e filha lá. Alix ficou grata por elas poderem se hospedar no apartamento, apesar da insatisfação de Faye. O agente do FBI ainda

161

não havia chegado, por isso ela teve de esperar para sair. Faye ligou para vários amigos assim que chegou à casa de Ben, e duas jovens prometeram visitá-la no Brooklyn. Estavam muito felizes de saber que a amiga estava bem. Quando terminou de dar seus telefonemas, o segurança mandado pelo FBI estava parado em frente ao apartamento do cameraman.

— Obrigada por nos deixar invadir seu espaço. Mas, se estivermos atrapalhando, podemos ir para um hotel.

— Adoro ter vocês duas aqui — disse ele, parecendo realmente sincero.

Ben arrumou o apartamento o melhor que pôde, e depois saiu com Alix para comprar comida enquanto Faye ficava de repouso, mandando mensagens para os amigos e vendo filmes no laptop, que levara consigo.

Alix se sentia mais próxima de Ben depois de eles terem passado por tudo aquilo. Não voltaram a falar de Chris, mas Alix ficou tocada pelo amigo ter confiado nela. A jornalista notou uma foto de um garotinho em um porta-retratos que ela não tinha percebido antes. Certamente devia ser o filho dele, mas achou melhor não perguntar. Não queria reabrir aquela ferida. Isabelle ligara mais cedo da França para perguntar como elas estavam.

A médica dissera a Faye que ela devia pegar leve durante alguns dias. Assim que estivesse cem por cento, poderia fazer o que quisesse. Ela precisava voltar ao hospital para uma avaliação dali a uma semana. Alix trocava os curativos, estava tudo muito limpo, e o ferimento já estava melhorando. Mas o que a TV mostrou nos dias seguintes ao atentado foi de partir o coração. Divulgaram fotos das vítimas e de suas famílias e anunciaram que fariam a cobertura dos enterros a partir da terça-feira. Alix e Ben estavam de licença até segunda, com a bênção de seu chefe.

Eles jantaram na mesa da cozinha de Ben naquela noite. Comeram uma grande salada que Alix preparara, comida chinesa que Faye pedira e um frango assado de uma rotisseria ali perto. As amigas da jovem chegaram para visitá-la assim que eles terminaram a refeição. As meninas se retiraram para o quarto de hóspedes com Faye, para conversar, enquanto Ben e Alix permaneceram na cozinha para a última taça de vinho. O clima era festivo, porém tranquilo, e até Alix estava começando a se sentir em casa. Ben era acolhedor e hospitaleiro com ambas.

— Obrigada mais uma vez por nos receber — disse a jornalista, enquanto ele lhe servia outra taça do vinho que encontrara em um armário. Era um vinho espanhol, barato, mas surpreendentemente bom, e aquela refeição improvisada tinha sido deliciosa.

— Vocês transformaram meu apartamento num lugar feliz — revelou ele, sorrindo. — Minha casa é silenciosa demais na maior parte do tempo, e eu quase nunca fico aqui, só venho para dormir.

A presença da amiga e da filha mudava tudo.

— Também sinto isso no meu apartamento quando a Faye não está em casa. É isso que faz a diferença, embora às vezes eu fique louca com os amigos dela pra lá e pra cá o dia inteiro. Mas é deprimente demais, agora que ela está na faculdade. Eu odeio ir para casa.

Ben concordou com a cabeça, mas não falou nada de imediato.

— No começo, quando saí da equipe SEAL, eu adorava a paz e a solidão. Agora acho tudo silencioso demais, às vezes. Tenho pensado em me mudar para o centro. Mas, como nós viajamos tanto, não sei se faria muita diferença. Nunca tenho tempo para ir a lugar nenhum mesmo. Fico me imaginando indo a museus e a teatros, se eu me mudasse para Manhattan, mas talvez eu não fizesse nada disso.

Alix sorriu, pensando a mesma coisa.

— É difícil planejar qualquer coisa quando a gente trabalha tanto e viaja o tempo todo.

— Eu me diverti muito quando nós tiramos aqueles dias de folga na França — confessou ele, lembrando-se dos castelos que visitara e dos dias que passara na Provença com Alix e a mãe dela. — Eu devia fazer isso mais vezes aqui.

A jornalista concordou com a cabeça, mas parecia que o único tempo que lhe sobrava era para lavar roupa e arrumar as malas, além de ler a pesquisa sobre sua próxima reportagem, o que a fez pensar no jantar de Olympia com o vice-presidente naquela noite e se perguntar como estariam as coisas por lá.

Como sempre, Tony chegara com pontualidade, e Olympia o aguardava na biblioteca, usando um vestido preto simples e um colar de pérolas, com sapatos de salto alto e o cabelo escuro impecavelmente arrumado. Ela agora tinha um cabeleireiro que ia à sua casa e que fora atendê-la naquela tarde. Ela estava sempre impecável quando o vice-presidente vinha visitá-la. Era uma mulher bonita e tinha estilo e elegância.

— Você está deslumbrante — elogiou Tony, abrindo a garrafa de champanhe que esperava por ele em um balde de gelo prateado sobre a mesinha de centro, com duas taças finas ao lado.

Ela estava nervosa com a escuta eletrônica presa com fita adesiva por baixo do vestido, mas Tony não notara nada diferente no comportamento dela. Uma agente da CIA viera à casa de Olympia duas horas antes para prender a escuta enquanto ela se vestia. Era um aparelho bastante eficiente, não muito maior que um fio colado à sua pele. Três agentes do Serviço de Operações Clandestinas estavam dentro de uma van lá fora, estacionada mais à frente no quarteirão, escutando cada palavra desde o momento em que ele entrara.

Tony perguntou o que ela havia feito naquele dia, e Olympia respondeu que tinha trabalhado no livro. Eles tomaram um gole do champanhe e ela perguntou educadamente sobre Megan e as crianças, como sempre fazia. Tony disse que a mais nova estava gripada e que Megan estava animada por estar grávida outra vez.

— Três filhos provavelmente passam uma imagem melhor do que dois durante a campanha. Homem de família — disse Tony.

Isso era algo que Olympia não poderia ter lhe oferecido: filhos. Além do dinheiro do pai de Megan, que poderia ser usado na campanha dele. Mas, tirando isso, ele ainda achava que Olympia teria sido, de longe, a melhor escolha. Tinha uma aura mística que uma garota da idade de Megan não possuía, além de seu histórico político e do fato de que o país inteiro a amava. Tony nunca fingira para Olympia que era perdidamente apaixonado por sua mulher. Olympia sempre se perguntava se aquele casamento ia durar. Ele tinha sido infiel à sua primeira mulher inúmeras vezes. Um dia ela se cansou e pediu o divórcio. Isso aconteceu pouco antes da morte de Bill. Tony não ficara arrasado e admitira para o casal Foster que seu casamento havia acabado fazia anos. Segundo ele, não tinha dado certo para nenhum dos dois desde o início. A mulher não podia ter filhos, e ele não queria adotar. Mas todos sabiam que essas desculpas não passavam de justificativas para o fato de ele ser infiel. Politicamente, para a imagem de Tony Clark, Megan era uma escolha melhor do que a primeira esposa. Uma mulher inteligente e culta, bonita, e tinha lhe dado filhos. Mas Olympia teria feito dele uma lenda, como fizera com Bill. Ele disse isso durante o jantar, o que deixou muito claro para os três agentes da CIA que escutavam na van que sempre havia uma motivação política por trás de tudo o que o vice-presidente fazia. Isso lhes revelou imediatamente o caráter dele. Os agentes não fizeram nenhum comentário enquanto escutavam, mas um deles ergueu uma das sobrancelhas. Tony não poderia ter ouvido o que eles estavam dizendo, mas eles não queriam perder nenhuma palavra. Os três usavam fones de ouvido para não perder nada.

Olympia e Tony estavam na metade do delicioso jantar quando a viúva tocou no assunto que interessava à CIA. Até então, eles tinham conversado sobre o atentado na Universidade Duke, sobre uma conversa que ela tivera no dia anterior com Darcy sobre o namorado médico da jovem, e algumas das atividades de Tony em Washington naquela semana, assuntos que pareciam relativamente banais para os agentes.

165

Enfim, eles ouviram Olympia mencionar casualmente que dera uma olhada em alguns papéis de Bill naquela semana, para incrementar os capítulos de seu novo livro com as palavras do próprio marido a fim de transmitir uma imagem vívida dele aos leitores. Fazia um bom tempo que ele havia morrido, e ela tinha medo de que algumas pessoas não se lembrassem de como Bill fora importante e que costumava ser profundamente comprometido com uma série de causas.

— Encontrei umas anotações que acho que nunca tinha visto antes, com a letra dele, e um diário também. Não tinha nada muito interessante. Ele falava que você é querido e popular, que tem amigos lobistas e que todo mundo o conhece — falou ela numa voz branda, olhando de relance para Tony com um olhar inocente.

Ela teria parecido muito ingênua para qualquer pessoa que não a conhecesse. Tony franziu a testa quando ouviu aquilo.

— Eu nunca me envolvi com lobistas — afirmou ele, num tom seco e desdenhoso. — Joguei golfe com alguns deles uma vez, e Bill ficou nervoso por causa disso. Ele era sensível demais a esse respeito, e era um purista, como nós dois bem sabemos. Tem mais alguma coisa que você desenterrou das anotações dele? Onde achou tudo isso?

— Numas caixas que mandaram do escritório dele depois que Bill morreu. Não me pareciam muito importantes na época, por isso não olhei o que tinha nelas enquanto escrevia o primeiro livro.

Nada do que ela estava dizendo era verdade. Olympia tinha lido cada pedacinho de papel que Bill escrevera, e não havia nenhuma caixa que ela não tivesse olhado nos últimos seis anos, mas ela fez aquilo soar totalmente plausível e os agentes ficaram impressionados.

— Mas estou precisando de mais material para esse livro agora, por isso estou tendo que vasculhar mais fundo.

Aquilo teria soado fatídico para uma pessoa que estivesse escondendo alguma coisa, e inofensivo para alguém que não estivesse. Seria o procedimento padrão para um livro, principalmente seis anos após a morte do marido, quando o material de que ela dispunha para a nova publicação começava a ficar um pouco escasso.

— Tinha mais alguma coisa interessante nas anotações dele?

Ouvindo atentamente, percebia-se um ligeiro aumento da tensão na voz dele, e os agentes pensaram que teria sido interessante ver a expressão em seu rosto.

— Não muito — respondeu ela, num tom vago, e sorriu para ele. — Alguma coisa sobre uma viagem que você teria feito à Arábia Saudita, o que também não fazia nenhum sentido. Você já foi para lá? Achei que Bill poderia ter se confundido. Pareciam umas anotações soltas, com algumas datas... Sobre duas viagens, ou talvez três, e uma menção a uma visita ao Irã. Quem sabe você queria que ele fosse com você, e ele anotou possíveis datas. Acho que você nunca foi para lá... Bom, eu sei que Bill não foi. — Ela arregalou os olhos e sorriu para Tony. — Bill falava o tempo todo sobre viagens que nunca fazia. Estava ocupado demais em casa, e o Oriente Médio nunca foi uma grande prioridade para ele, nem para você. Acho que agora só restam papéis sem muita utilidade nessas caixas. Ainda tenho que olhar mais algumas, mas parece que me mandaram tudo, inclusive o que estava na lata de lixo dele. Tem muita anotação que não faz sentido, como as datas de viagens a Jidá e Riad. Você já esteve lá? — perguntou ela educadamente, como se no fundo não estivesse tão interessada.

— Não. Claro que não — mentiu ele de forma descarada. — Fui para Teerã uma única vez, numa missão política. Não gostei. Não iria de novo. O mundo árabe não é para mim, a não ser se eu fosse presidente, é claro. Mas, como uma pessoa comum, eu evitaria esses lugares. Não gosto de países nem de pessoas que tratam as mulheres mal — argumentou, para impressioná-la. — E os sauditas eram nômades no deserto até a geração passada. Não há nada de interessante lá.

— A não ser petróleo — comentou Olympia, sorrindo. — Vi um grupo de mulheres sauditas na Bergdorf, muito tempo atrás.

Cada uma comprou umas dez bolsas de couro de jacaré, elas devem ter saído da loja com cem bolsas ao todo. É difícil de imaginar que alguém possa ter tanto dinheiro assim.

Ela tentou soar ingênua. Era assim que o vice-presidente gostava de enxergá-la. Naquele momento, Olympia se deu conta de que era assim que ele realmente a via. Só que isso estava longe de ser verdade.

— Eu não sabia que você já havia ido para lá — concluiu ela. — Quem sabe você não daria uma olhada nessa última leva de papéis qualquer dia... para me dizer se tem algo relevante em relação aos posicionamentos políticos e ideológicos do Bill que eu não percebi. Esse é o verdadeiro tema do meu novo livro: as coisas nas quais ele acreditava e pelas quais vivia. Sei que ele estava muito mais interessado em usar nossos próprios recursos naturais em vez de importar petróleo, por isso não tinha nenhum interesse pelos magnatas árabes.

— Eu também não tenho nenhum interesse neles — afirmou Tony, mentindo para ela mais uma vez. — Nós dois concordáva-mos totalmente nesse ponto, e acho que a política do Bill, de dar prioridade a nossos próprios recursos, era a correta.

Olympia não conseguia acreditar que o vice-presidente havia mentido durante toda aquela conversa e ficou se perguntando quantas vezes ele já fizera isso antes. Tony claramente achava que ela era uma mulher ingênua e inocente. Foi um golpe para ela perceber isso agora.

Então a viúva mudou de assunto, mas ele voltou ao tema alguns minutos depois.

— Onde você guarda todas essas caixas de anotações do Bill que ainda nem olhou? Quer que eu as mande para o meu escritório e dê uma olhada na papelada para você? Posso fazer isso num fim de semana que não esteja muito ocupado.

— Eu odiaria incomodar você com uma tarefa tão chata — respondeu ela, sendo gentil. — A maioria dos papéis me parece só lixo, e é demorado fazer uma triagem. Ainda tenho uma dúzia de caixas, mas acho que usei todo o material que considerei bom no primeiro livro. Acho que não tem muito mais ali que eu queira usar. E é tão entediante ler aquilo tudo. Achei umas fotos lindas das crianças que pretendo emoldurar, uma foto ótima dele e uma de vocês dois, mas, por enquanto, foi só isso. Provavelmente vou arquivar o restante da papelada. Ainda não joguei fora nenhum papel.

Tony ficou em silêncio por um instante e pareceu irritado quando voltou a falar.

— Deus sabe que eu amava o Bill, quase tanto quanto você o amou, mas ele era muito purista e um tanto extremista. Tudo para ele era preto ou branco, ou você está certo ou errado, ou é bom ou ruim. Não havia um meio-termo com o Bill. Ele não fazia concessão. Não compreendia as nuances da política e os ajustes que você precisa fazer para que as coisas funcionem. Tentei explicar isso a ele, mas Bill era teimoso feito uma mula. — Tony continuou falando, parecendo exaltado por um instante. — Ele achava que podia determinar se algo era certo ou errado. Mas não é assim que o mundo funciona.

— O mundo dele, sim — afirmou Olympia, quase sussurrando. — Ele nunca fazia nada que achava que era errado, nem nos deixava fazer. Era uma pessoa tão boa... — Sua voz se perdeu. — Acho que é por isso que o povo o amava tanto, porque ele era íntegro — acrescentou ela, um instante depois. — Pessoas assim são admiráveis. Ele não abria mão daquilo em que acreditava e tinha compaixão por todo mundo. É por isso que você o amava também — disse ela ao amigo mais próximo de seu falecido marido, que, naquele instante, parecia não o amar.

Tony estava pensando nas discussões que os dois tiveram, quando ele não conseguia convencer Bill a mudar de ideia. E agora o vice-presidente estava preocupado com as caixas que Olympia havia mencionado. Sabe-se lá o que havia dentro delas. Mas ficou aliviado por ela também não saber.

— Ele era um herói — afirmou Olympia, e Tony concordou com a cabeça.

— Com certeza... sim, ele era... De certo modo, não é surpresa que alguém o tenha matado. Ao longo da história, homens que tinham grandes ideais e princípios rígidos foram martirizados, como Jesus e vários outros, até os tempos modernos. É como se homens como ele, que têm uma luz interior, atraíssem tragédia.

Olympia achou o comentário estranho, e era a primeira vez que ele lhe dizia algo do tipo. Parecia que ele pensava que o marido dela estava predestinado a ser assassinado, e essa ideia lhe deu um calafrio.

A governanta de Olympia retirou os pratos e trouxe uma *tarte tatin* de sobremesa, uma torta de maçã sofisticada feita em casa, com chantilly para acompanhar. Ela sabia que era um dos doces favoritos de Tony. Quando a governanta o serviu, Olympia pensou em tudo o que o vice-presidente dissera sobre o amigo. Algumas coisas eram bastante surpreendentes, e ela teve a impressão de que era quase como se ele aceitasse a morte de Bill como algo inevitável. Olympia agora entendia que, para Tony, os fins justificavam os meios, mesmo que isso significasse mentir para ela. Só agora a viúva se dava conta de que o amigo em quem tanto confiava havia mentido, provavelmente diversas vezes.

Ao fim do jantar, Olympia parecia cansada. Fizera um grande esforço tentando parecer casual e despreocupada, conduzindo Tony aos assuntos que interessavam à CIA. Mas agora ela também enxergava quão facilmente ele teria vendido Bill, descrevendo-o como um homem rígido e pouco flexível, e fingindo que o falecido senador concordava com ele quando isso não era verdade. Era assustador imaginar o que aquele homem poderia dizer para salvar a própria pele. Ela agora o considerava capaz de qualquer coisa, de qualquer mentira que lhe fosse útil. Tony havia se mostrado um oportunista. E os agentes da CIA que estavam ouvindo de dentro da van pensavam a mesma coisa. Olympia conseguia ver, muito claramente agora, que Tony não era o homem que ela pensara que fosse, e, mais do que nunca, ela tinha certeza de que Bill estava coberto de razão quando decidiu se separar do velho amigo. Agora, seis anos depois, ele estava jogando mais sujo do que nunca, exatamente como Bill temera.

Os dois tomaram um café depois do jantar, e então Tony se levantou para ir embora. Havia um avião esperando por ele no aeroporto para levá-lo a Washington. Mas, antes de ir, ele lembrou a Olympia outra vez de lhe enviar as últimas caixas de Bill, para que ele pudesse ler tudo e poupá-la da tarefa.

— Eu odiaria fazer isso com você. Acho que você tem coisas mais importantes para fazer.

— Ler as anotações do Bill seria um prazer. Seria como visitá-lo depois de muito tempo.

Era exatamente isso que a viúva sentia quando lia os documentos do falecido, mas Tony tinha outros motivos para fazer aquilo e não percebeu que ela sabia disso. As caixas que Olympia havia mencionado, na verdade, não existiam. Ela as inventara como pretexto para introduzir os tópicos pertinentes, e a artimanha dera certo. Ela teria ficado orgulhosa de si mesma, se não estivesse tão decepcionada com o que descobrira. De repente, tudo o que Tony lhe dissera nos seis anos desde a morte de Bill parecia vazio e falso. Ela teve vontade de chorar quando fechou a porta assim que o vice-presidente foi embora, depois que ele lhe deu um beijo na testa e disse outra vez que a amava. Ela agora percebia que Tony não amava ninguém além de si mesmo.

Os agentes esperaram 15 minutos para tocar a campainha da casa de Olympia, para ter certeza de que Tony não voltaria. Tiraram a escuta eletrônica dela e se mostraram satisfeitos com o que haviam escutado. Ele mentira para ela várias vezes, sobre os lobistas que conhecia, sobre seu envolvimento com eles, suas viagens à Arábia Saudita e ao Irã e sobre os contatos que tinha por lá, até mesmo sobre o que achava da ideia de comprar petróleo estrangeiro. Além disso, Tony estava claramente preocupado com as anotações de seu falecido amigo e fizera tudo para convencer a viúva a mandar as caixas para ele avaliar o material.

Olympia soube, quando os agentes foram embora, que aquela havia sido a última vez que via Tony em sua casa. Mesmo se ele quisesse voltar, não poderia permitir. Ela compartilhava da mesma visão categórica de seu finado marido. E Tony Clark não passava de um mentiroso. Era apenas questão de tempo até que a CIA o encurralasse e ele fosse preso. Só esperava que eles não lhe pedissem que atuasse como isca outra vez.

Ela subiu para seu quarto sentindo o coração pesado. Só conseguia pensar em sair de casa e tomar um ar fresco. Queria ver pessoas, ver os filhos, seus velhos amigos. Estava cansada do livro e de ser a portadora da mensagem de Bill para o mundo. Precisava de uma pausa e queria se afastar de Tony Clark o máximo possível. Olympia percebeu que o que ela mais queria fazer agora era ver os filhos. Josh estava perto, em Iowa, mas quase nunca vinha a Nova York. Fazia meses que ela não o via. Darcy morava muito mais longe, no Zimbábue, então teria de esperar.

Ela mandou um e-mail para Jennifer antes de se deitar, pedindo-lhe que reservasse um voo para Chicago no dia seguinte, e uma mensagem de texto para o filho perguntando se podia ir visitá-lo e ficar com ele por alguns dias. Ela queria lhe dar um abraço apertado. Estava cansada de levar uma vida de luto. E, ali, no meio de todas as mentiras que Tony contara naquela noite, o feitiço havia se quebrado, junto com o coração dela. Olympia perdera um amigo — isso se alguma vez ele fora mesmo seu amigo ou de Bill, algo que ela agora duvidava. A viúva finalmente havia iniciado o longo caminho de volta da morte do senador. E já estava na hora. Descobrir a verdade sobre Tony a libertara.

Capítulo 11

Jennifer conseguiu colocar Olympia em um voo para Chicago na manhã seguinte. A viúva queria passar um dia inteiro visitando alguns lugares específicos. Ela e Bill haviam passado os primeiros anos de seu casamento ali, enquanto ele construía a base de sua carreira política. Depois de um tempo, acabaram se mudando para Washington, mas mantiveram um apartamento perto do lago em Chicago por muitos anos, e o pai de Bill ainda morava lá. Ele tinha 92 anos, e Olympia não o via fazia um ano, desde a última vez que ele fora visitá-la em Nova York, embora os dois conversassem por telefone de vez em quando. Ela tinha um apreço enorme por ele e sentia falta de vê-lo com mais frequência. Agora estava ansiosa para encontrá-lo. Ligou para ele antes de sair de Nova York e marcou de jantar com o sogro em Chicago naquela noite.

Então fez check-in no Four Seasons e deu um passeio a pé pela cidade que tanto amara, admirando as mudanças recentes e sorrindo ao ver cenas familiares. Sentiu um aperto no coração ao passar pelo antigo endereço e ficou olhando para o lago em silêncio. Para ela, estar ali era como uma viagem no tempo. As lembranças de Bill, e dos anos maravilhosos que os dois haviam passado ali, vieram numa enxurrada. Ela fora muito feliz naquele lugar, e seus dois filhos tinham nascido em Chicago. Era uma cidade sofisticada, porém menor e menos severa que Nova York, onde ela crescera. Bill a levara para lá assim que eles se casaram, e Olympia havia adorado viver ali com ele.

Ela pretendia visitar Josh no dia seguinte, na cidadezinha no interior de Iowa onde o filho morava. Ele ficara surpreso com a mensagem da mãe e com seu telefonema naquela manhã. Na verdade, estava muito feliz por ela resolver ir visitá-lo, e conseguira tirar uns dias de folga. Mal podia acreditar que a mãe finalmente tinha saído de casa e estava viajando de novo. Ela lhe contou que marcara de jantar com o avô dele em Chicago naquela noite. Josh ligou para Darcy para lhe contar a novidade, e a irmã ficou tão espantada quanto ele.

— Quem sabe ela está tomando algum remédio — sugeriu a jovem. — O tio Tony vai junto? Talvez ele tenha conseguido tirar a mamãe de casa.

— Acho que não. Ela não falou dele.

O motivo da visita da mãe era um mistério para ambos, mas parecia uma boa notícia. E o avô deles ficou igualmente aliviado e surpreso com aquela mudança. Todos já tinham perdido as esperanças de ver Olympia sair de novo para o mundo. Ela não dera nenhuma explicação, apenas dissera que decidira viajar por um impulso.

Quando Olympia foi encontrar o sogro naquela noite, ele ficou contentíssimo ao vê-la. Charles Foster era um homem forte e inteligente. Havia atuado como advogado e se envolvera nos bastidores do mundo político de Washington cinquenta anos antes. Até hoje ainda exercia influência. Era enérgico e vivaz, uma pessoa extraordinária. Fora ele quem convencera Bill a se candidatar ao Senado e a almejar a presidência no futuro. Tinha um profundo afeto e admiração por sua nora. Assim como ela, ficara arrasado com a morte do filho, mas encontrara uma forma mais saudável de se recuperar. Ele voltara a trabalhar, algo que o mantinha ocupado, e se engajava em vários assuntos. Mesmo com a idade avançada, era membro de diversas diretorias em todo o país e na Inglaterra.

Era um figurão da política e ainda exercia influência considerável em Washington. Todos que o conheciam, o reverenciavam, quase como seu filho. Ambos eram pessoas carismáticas com ideais nobres, grandes sonhos e valores sólidos.

Ele levou Olympia para jantar no Les Nomades, um restaurante famoso e elegante, e estava a par dos mais recentes livros publicados e dos acontecimentos mundiais mais importantes, entendia de música e arte, além de conhecer todas as pessoas importantes em Washington, inclusive algumas das mais jovens. Era uma lenda viva e parecia um senhor de apenas 65 anos. Suas faculdades mentais estavam em ordem, e ele continuava jogando tênis e golfe, indo a eventos sociais e saindo com os amigos, das mais variadas idades, que estavam espalhados pelo mundo inteiro. Ele parecia uma versão muito mais velha de seu falecido filho. Visitava o neto em Iowa pelo menos uma vez por mês e ficara profundamente entristecido ao ver a nora dar as costas para o mundo.

— Estou tão feliz de ver você aqui — disse para Olympia, com evidente prazer, depois que eles se sentaram.

Charles era viúvo fazia 25 anos, mas continuara vivendo com determinação. Preocupava-se com Olympia desde a morte de Bill, e com o fato de ela não ter seguido adiante sem ele. Mas também sabia que a decisão de olhar para a frente e seguir com a vida tinha de partir dela própria. Ninguém mais podia fazer isso por ela, muito menos forçá-la a tomar as rédeas da situação. Ele sabia muito bem que aquela viagem a Chicago era o primeiro passo e o sinal de esperança que todos estavam esperando.

— Achei que era hora de seguir adiante — revelou ela timidamente, enquanto Charles apenas assentia com a cabeça. Já estava mais do que na hora, na verdade. — Vou encontrar o Josh amanhã. E quero visitar a Darcy em breve. Ela está com um namorado novo, um médico francês.

O sogro ficou entusiasmado ao ouvi-la e percebeu uma nova luz em seus olhos. Preocupava-se muito com ela.

— Fiquei sabendo. — Ele estava por dentro das notícias da família e mantinha contato com ambos os netos. — E você, Olympia? — perguntou ele, num tom sério, depois que pediram o jantar. — O que você vai fazer agora?

— Não sei. Estou trabalhando em outro livro sobre o Bill.

Charles não pareceu muito feliz ao ouvir isso.

— Você acha mesmo uma boa ideia? — Ele não achava. — Isso faz você continuar olhando para trás, e não para a frente. Acho que não é isso que Bill teria desejado para você. O primeiro livro foi incrível, uma linda homenagem ao meu filho. Fico me perguntando se existe necessidade de haver um segundo. Ele não vai concorrer de novo a eleição nenhuma.

Charles Foster havia se adaptado à realidade da perda muito melhor do que a nora.

— Eu sei. Também comecei a ter minhas dúvidas sobre o livro — confessou ela, aliviada ao ouvi-lo dizer aquilo. — Não sei mais o que fazer. Meus filhos foram embora… o Bill…

Ela olhou para o sogro, em pânico, mas ele percebeu que era a emoção do momento. Era isso que todos queriam para ela, e escrever outro livro sobre o marido lhe parecia contraproducente. Charles desejava que Olympia encontrasse alguma atividade que a mantivesse ocupada.

— Você é formada em Direito. Por que não usa o seu diploma? Volte a estudar para se atualizar e arrume um emprego.

A viúva do senador inicialmente pareceu chocada com o que ouviu, mas gostou da ideia. O sogro sempre fora uma fonte de bons conselhos para ela. Charles costumava viver plenamente e era apaixonado por tudo o que fazia, e ensinara isso ao filho.

— Parei de exercer a advocacia quando meus filhos eram pequenos e nós nos mudamos para Washington — relembrou ela em voz baixa. Não conseguia se imaginar atuando como advogada depois de tanto tempo.

— Você pode aprender tudo o que precisa em seis meses ou um ano. E, mesmo se não voltar a exercer a profissão, pode arranjar um emprego onde consiga colocar em prática suas habilidades. Acho que trabalhar é importante para todos nós.

Ele nunca havia se acomodado, muito menos Bill. E agora Olympia não tinha mais a desculpa das crianças pequenas que precisavam dela.

— Você tem muito a oferecer, e há tanta coisa que pode fazer.

Aquilo era uma ideia nova para ela, e Charles conseguia ver que Olympia tinha perdido a fé em si e no mundo. Parecia insegura, o que não combinava com ela. Talvez pelo fato de a vida sem Bill ter se revelado ainda mais difícil do que ela temera. Perder a esposa não fizera Charles parar de viver, mas as circunstâncias chocantes da morte de Bill, assassinado bem ao lado da mulher, a haviam deixado paralisada. Ela quase sentiu vergonha ao ouvir Charles falando sobre tudo o que estava fazendo. Ele era tão animado com a vida, engajado em tantos projetos e fazia tantas coisas boas.

— Talvez eu volte a estudar — disse ela, pensativa, e Charles torceu para que Olympia fizesse mesmo isso.

Talvez depois ela até se animasse a fazer algum trabalho voluntário ou a se dedicar a um projeto filantrópico. Ele tinha contatos que poderiam ajudá-la, e faria isso com prazer. Já oferecera antes, mas ela estava imersa em seu livro. Charles odiava vê-la perder tempo com uma segunda publicação.

— Você pode viajar, fazer trabalho jurídico *pro bono*, arranjar um emprego, trabalhar para uma fundação. Há muitas coisas que você pode fazer. Você é livre agora.

Ele falava como se aquilo fosse uma oportunidade em vez de uma sentença de morte, que era exatamente como Olympia via a vida fazia seis anos. E Tony só reforçara aquela visão. Ela não mencionou o vice-presidente para o sogro porque sabia que o pai de Bill nunca gostara dele. Mais de uma vez, inclusive, o chamara de desprezível. Charles o via como um oportunista que só queria se aproveitar de Bill, o que agora estava se revelando verdade. O sogro nunca havia confiado no atual vice-presidente, e, se Tony fosse indiciado por atos ilegais, Charles logo ficaria sabendo, assim como todo mundo, incluindo os filhos dela. Olympia não queria dizer nada para ninguém por enquanto. Sabia que os filhos ficariam arrasados, pois tinham um apego profundo por Tony, mas fazia trinta anos que Charles o encarava com desconfiança.

Os dois conversaram animadamente durante todo o jantar, e Olympia se mostrou empolgada com as ideias de Charles quando ele a deixou no hotel. A vitalidade e o entusiasmo dele eram contagiantes. Ela estava contente por ter decidido encontrá-lo em Chicago. Sua intuição havia se mostrado certeira, e ela se sentiu triste por não ter visto o sogro mais vezes nos anos anteriores. Era uma sensação maravilhosa, estar outra vez em Chicago, sair para o mundo. E ela mal podia esperar para ver Josh no dia seguinte. Ao se despedir da nora, Charles a fez prometer que não perderia o embalo, começaria a explorar o mundo e deixaria o segundo livro de lado. Olympia lhe prometeu que faria isso.

Olympia dirigiu três horas até Chicago num carro alugado, o que lhe deu tempo para pensar nas sugestões de Charles. A fazenda onde Josh trabalhava ficava perto de Davenport. Ela foi até a casa do filho e sentiu-se emocionada ao revê-lo. Ele estava bronzeado e parecia saudável. Seus cabelos loiros estavam quase brancos por causa do sol, e ele se mostrou animadíssimo ao ver a mãe. A garota tímida ao lado dele, que parecia quase sua irmã gêmea, era Joanna, sua namorada. Olympia ainda não a havia conhecido, embora as duas tivessem conversado pelo Skype durante dois anos. Joanna era uma jovem inteligente e alegre, com uma atitude positiva em relação à vida. Os dois moravam juntos e trabalhavam na mesma fazenda. Ela havia feito o mestrado na Universidade de Stanford e crescera na Califórnia. Desde o começo do relacionamento, Josh disse à mãe que suas intenções com a jovem eram sérias. Ele não pretendia se casar por ora, mas esperava fazer isso um dia, por esse motivo Olympia a olhava atentamente. Parecia que a jovem estava com medo dela. A mãe de Josh era uma mulher impressionante, uma lenda. Mas Olympia se comportava de forma tão natural e normal ao vivo, e tão despretensiosa que Joanna se sentiu rapidamente à vontade na presença dela, e as duas se deram bem logo de cara.

Eles jantaram numa hamburgueria simples na cidade, e Olympia contou a Josh tudo sobre o jantar com o avô dele na noite anterior, e que havia sido bem divertido. Os olhos dela se iluminaram quando falou do assunto.

— Ele nos convidou para visitá-lo na Europa nesse verão — contou-lhe Josh. — Ele vai alugar uma casa no sul da França. — O sorriso dele era idêntico ao do pai, e Olympia sentiu uma pontada no coração. — Estamos planejando ir e queremos passar um tempo com a família da Joanna em Santa Barbara também. — Aquilo fez Olympia se dar conta de que o restante do mundo tinha seguido com a vida depois da morte de Bill, menos ela. — O que você vai fazer no verão, mãe?

Parecia seguro para Josh fazer aquela pergunta, agora que ela finalmente saíra para o mundo, em vez de ficar enclausurada em casa. Ele ainda não fazia ideia do que tinha feito a mãe mudar, e não queria pressioná-la sobre o assunto. Mas, o que quer que fosse, só podia ser algo bom.

— Não sei.

Ela pareceu perdida com a pergunta. Fazia anos que não pensava no verão. Não havia estações do ano em seu mundo recluso. Ela precisava recuperar o tempo perdido.

— Quem sabe eu não alugo uma casa na praia em algum lugar? — De repente, aquilo lhe pareceu uma ótima ideia. — Vocês iriam me visitar?

Os dois jovens fizeram que sim com a cabeça, sorrindo de orelha a orelha. Ela ficou triste ao se dar conta do fato de que havia se isolado inclusive dos filhos, exceto pelas conversas por Skype. Ela estava vivendo uma vida virtual, não uma vida real. Tornara-se a mãe virtual deles por seis anos, usando como desculpa o trauma que sofrera. Tony fazia com que ela se lembrasse disso constantemente, como se quisesse separá-la dos dois. Tudo o que ele fazia era no sentido de controlá-la. Ela não tinha entendido aquilo a princípio, mas agora estava começando a entender.

— Como está indo o seu livro, mãe? — perguntou Josh educadamente durante o jantar, pois, em geral, ela só falava sobre isso. Ele pôde ver uma sombra de tristeza passar pelo olhar da mãe como uma nuvem encobrindo o sol, e ela suspirou.

— Estive pensando em deixar o livro de lado por um tempo. Seu avô acha que eu deveria voltar a estudar e arranjar um emprego na minha área de novo. Ele sugeriu isso ontem à noite, e gostei da ideia. Estou meio enferrujada, mas seria divertido arregaçar as mangas de novo. Eu não me importaria de trabalhar para uma organização sem fins lucrativos em prol dos direitos das mulheres.

— Isso mesmo, mãe! — aprovou o filho, radiante.

Joanna sorria para eles. Josh mal podia esperar para contar a novidade à irmã. A mãe deles estava viva de novo. Ele só torcia para que aquilo durasse. Fazia muito tempo que eles sentiam a falta dela. E Joanna sabia que o namorado ficava triste com aquela situação, que se sentia impotente. Ele falava muito com a jovem sobre o assunto.

Olympia os deixou em casa depois do jantar e voltou para a pequena pousada onde estava hospedada. Eles passariam o dia seguinte juntos. Havia adorado Joanna, e podia ver que Josh estava feliz. Ele gostava do trabalho que executava ali, do estilo de vida que levava, e estava satisfeito com sua escolha de parceira e carreira. Queria uma vida simples, e uma carreira na agricultura era perfeita para ele. Josh adorava estar ao ar livre, sabia muito sobre pecuária e novas técnicas reprodutivas, e aprendera bastante na fazenda orgânica onde o casal trabalhava. E Joanna compartilhava dos mesmos objetivos e interesses. Eles pareciam o par perfeito. Josh costumava dizer que queria comprar a própria fazenda um dia, mas ainda tinha muita coisa a aprender. Joanna adquirira muito conhecimento ao trabalhar na fazenda de laticínios do pai. Olympia estava sorrindo, pensando em Josh, enquanto se arrumava para deitar, quando seu celular tocou. Ela viu que era Jennifer e ficou feliz por falar com a assistente. Começou a lhe contar sobre sua visita ao sogro e a Josh, mas Jennifer a interrompeu, parecendo tensa.

— A casa foi invadida e revirada ontem à noite — avisou Jennifer, obviamente abalada.

— Que casa? A minha casa? Do que você está falando? — Aquilo não fazia sentido. — Por que alguém invadiria a minha casa? Roubaram alguma coisa?

Olympia possuía algumas obras de arte valiosas que herdara dos pais, e objetos de valor sentimental, mas a ideia de alguém invadir sua casa parecia loucura.

— Não levaram nada de valor. Mas encontrei alguns papéis espalhados quando entrei no escritório, e acho que alguns deles sumiram. Parece que a pessoa que fez isso pegou caixas de papéis aleatoriamente.

— Meus papéis? Por quê?

Então ela imediatamente se lembrou do que dissera a Tony... ela inventara todas aquelas caixas de papéis só para ver como ele reagiria.

— Várias caixas foram levadas, e, para completar, seu aparelho de som. E sumiu também um quadro pequeno que ficava no hall de entrada. Acho que eles tentaram fazer com que parecesse um roubo, mas não foi. Eles nem encostaram na prataria, nenhum dos outros quadros foi levado. Você deixou um colar de pérolas em cima da cômoda, e ele ainda está lá.

Jennifer sabia que a patroa tivera várias reuniões com a CIA, mas Olympia não lhe dera explicações sobre o assunto. E Jennifer também não sabia nada sobre a escuta eletrônica que ela usara no jantar na noite de sábado, nem sobre os motivos que a levaram a fazer isso.

— Liguei para a seguradora e já dei parte na polícia. Quer que eu ligue para mais alguém? — continuou ela.

Olympia pensou antes de responder e se deu conta de que precisava ligar para John Pelham. Será que aquilo havia acontecido por causa do jantar com Tony e da menção aos papéis de Bill?

— Deixe que eu ligo. Quando isso aconteceu? — perguntou Olympia, aparentando mais calma do que de fato sentia.

— Deve ter sido no domingo, em algum momento depois que você viajou. Eles desarmaram o alarme, foi coisa de profissional, de acordo com a polícia, mas fizeram uma bagunça enorme no seu escritório, e deixaram um rastro de papéis escada abaixo. Assim que entrei aqui hoje de manhã, liguei para a polícia. Eles estão aqui desde cedo. Só agora tive oportunidade de ligar para você. Avise se quiser que eu tome mais alguma providência.

Olympia lhe agradeceu e ligou para o agente Pelham imediatamente, relatando tudo o que havia acontecido.

— Ouvi a gravação do seu jantar com o vice-presidente na noite de sábado. Ele obviamente está com medo do que tem nesses papéis que você mencionou. Você fez um ótimo trabalho.

Àquela altura, nenhum deles tinha mais nenhuma dúvida de quem havia orquestrado a invasão. Tony queria se apoderar de quaisquer provas incriminatórias que pensava que ela possuía, antes que Olympia as lesse. Mas não havia absolutamente nada. Essas provas não existiam, e os papéis que ele tinha levado não valiam nada, como ele descobriria quando os avaliasse. Ela se perguntou se ele voltaria para buscar o resto.

Antes que ela falasse qualquer coisa, Pelham lhe disse que designaria dois agentes para protegê-la em sua casa. Ela explicou que estava em Iowa visitando o filho, mas que pretendia voltar na quarta-feira.

— Vou mandar dois agentes para a sua casa — prometeu ele. — Tenho o número da sua assistente, vamos combinar tudo com ela. Pelo jeito, Clark está começando a entrar em pânico.

Ele levou um quadro e um aparelho de som para tentar despistar. Está procurando algo e tentando encobrir seus rastros. Ele tem muito a perder aqui. Não quero entrar em detalhes, mas temos as contas dele na Suíça. Temos todos os registros das transações dele e dos depósitos feitos pelos sauditas ao longo de todos esses anos. E conseguimos duas testemunhas dispostas a depor perante o grande júri sobre propinas que ele aceitou recentemente. Estamos fechando o cerco. Quero que tome cuidado, Sra. Foster. Não discuta isso com ninguém. Preciso que telefone para ele e conte sobre a invasão. Se ele é a pessoa para quem a senhora teria pedido ajuda em outra época, é para ele que tem que ligar agora. Se não fizer isso, ele vai saber que desconfia dele. Infelizmente, vamos precisar mais uma vez dos seus talentos como atriz. Fez um bom trabalho no jantar de sábado, e foi por isso que ele invadiu a casa, ou melhor, mandou alguém invadir.

O coração de Olympia afundou no peito com a ideia de telefonar para Tony. Ela não queria fazer isso, e não queria arruinar seu momento com Josh. Sentia como se tivesse fugido ao viajar para Chicago e Iowa, e não queria se isolar de novo, nem voltar a contar para Tony cada passo que dava.

— Quando você quer que eu ligue para ele? — perguntou ela, numa voz mortificada.

— Agora. A senhora acabou de descobrir, então precisa ligar para ele imediatamente. Tem que fazer o que normalmente faria. Vamos ficar em contato. Vou mandar os dois agentes para a sua casa agora mesmo, caso alguém volte para procurar mais alguma coisa. Depois que tiver falado com ele, me dê notícias.

Olympia ligou para o celular particular de Tony logo depois da conversa com Pelham e lhe contou sobre a invasão à sua casa. Conseguiu fingir que estava abalada, quase histérica, e foi bem convincente.

— Não consigo entender. Eles fizeram uma bagunça no meu escritório e levaram todas as anotações que eu ia usar no livro. É como se alguém estivesse tentando me impedir de escrever sobre o Bill. Por que alguém faria isso? E ainda levaram uma pintura linda da minha mãe, e meu aparelho de som, que não vale nada. Mas fiquei chateada por perder o quadro e os papéis do Bill.

— Sim, é claro — concordou ele, num tom compreensivo, expressando uma profunda preocupação. — Parece ser obra de vândalos, provavelmente jovens drogados que levaram o aparelho de som para vendê-lo e comprar mais uma dose. Devem ter levado o quadro só por diversão. E foi um grande azar eles terem roubado as anotações do Bill. Tinha alguma coisa importante?

— Na verdade, não, a não ser para o livro. Foi um furto aleatório. Nada daquilo tem nenhum valor, exceto para mim. E não tinha impressões digitais em lugar algum, então isso quer dizer que eles sabiam o que estavam fazendo. — Ela não sabia se isso era verdade, jogou a informação no ar para parecer ser mais convincente. — A Jennifer está uma pilha de nervos, coitada. Contratou seguranças para vigiar a casa, para que isso não volte a acontecer. Estou viajando e só volto na quarta.

— Ainda bem que você fez isso. Onde você está, aliás?

Olympia não tinha comentado com Tony que iria viajar e tentou parecer casual quando ele lhe perguntou onde estava. Fazia seis anos que ela não saía de Nova York, portanto aquilo era um acontecimento.

— Estou em Iowa, com o Josh. Fazia séculos que eu não o visitava.

— Vou tentar dar uma passada na sua casa essa semana. Ainda não sei como vai estar a minha agenda, mas aviso assim que souber. Tente não ficar preocupada com isso, você provavelmente já tem material suficiente para o livro.

Ele soava protetor, como sempre.

— Sim, eu tenho, mas me sinto violada. Quem seria capaz de fazer uma coisa dessas?

Os dois conversaram um pouco mais e logo desligaram. No minuto seguinte, a viúva telefonou de novo para Pelham e lhe contou toda a conversa.

— Estamos quase lá, Sra. Foster. Agora falta pouco.

Olympia só queria que aquilo tudo acabasse, pois não tinha a menor intenção de ver Tony outra vez. O jantar no sábado havia sido extremamente difícil.

— Vamos manter contato — prometeu o agente Pelham.

Olympia encerrou a ligação pensando que Tony era uma verdadeira cobra. Ele estava definitivamente assustado e lutava para se salvar, encobrindo seu rastro o máximo que podia. Seu sogro tinha razão sobre ele o tempo todo. Tony não passava de um sujeito desprezível, um oportunista. E agora se revelara um criminoso. Era de fato tudo o que Bill temia que o amigo fosse. Tudo o que Olympia queria agora era que Tony saísse de sua vida para sempre. De repente, ela se deu conta de que ele provavelmente seria preso, o que era algo chocante. Ele mentira para Bill e para ela e colocara em risco a reputação do finado senador. Só agora ela se dava conta de que Tony estava sempre por perto não para protegê-la e apoiá-la, e sim para controlá-la. Ele a convencera de que ela era uma mulher fraca e assustada, permanentemente debilitada pelo trauma que sofrera. Mas, agora que havia se distanciado um pouco daquela prisão, Olympia começara a redescobrir as próprias asas. Ela continuava tão forte quanto sempre fora. Só se esqueceu disso nos últimos seis anos. Porém agora estava de olhos abertos. Tony Clark não podia controlá-la, nem coagi-la a ficar em silêncio e fazê-la duvidar de si mesma e do que sabia. O jogo de Tony havia chegado ao fim, a verdade sobre ele a libertara. Por mais que ela o amasse e apreciasse sua amizade, sabia que nunca o perdoaria por estar disposto a arriscar a reputação de Bill e arrastá-lo junto consigo para o fundo do poço. Tinha chegado a hora de Tony pagar por sua desonestidade e pelos seus crimes, e de ela recuperar sua sanidade e libertar-se dele.

Olympia ficou um bom tempo acordada naquela noite, pensando no que havia acontecido em sua casa. O que eles teriam feito se ela estivesse lá? Será que a teriam amarrado? Vendado seus olhos? Ele estaria mesmo tão desesperado assim? A única certeza que tinha agora era de que Tony não era o homem que ela acreditara que fosse. Ele a convencera de sua inocência e de suas boas intenções, sendo que nada daquilo era verdade. Ela inclusive havia se perguntado se Bill não se enganara sobre ele, se não o julgara de forma severa demais.

Ela sonhou com o falecido marido naquela noite, jantando com ela e com o pai dele. Então Olympia percebeu que ele estava contente. Isso lhe deu confiança de que estava fazendo a coisa certa. Não tinha mais dúvidas agora. Bill estava certo sobre Tony. Ele era um homem desonesto, pensava apenas em si mesmo e em mais ninguém. Era motivado por sede de poder e ganância. Estava disposto a fazer o que fosse preciso para conseguir o que queria. Tony Clark não tinha amizade por ninguém, nem por Bill e muito menos por ela.

Capítulo 12

O dia seguinte à descoberta da invasão à casa dela conseguira ser especialmente agradável. Olympia, o filho e Joanna foram de carro a alguns dos lugares favoritos de Josh e almoçaram em uma fazenda que tinha um restaurante maravilhoso, que apenas servia itens criados e plantados lá dentro. Ele levou a mãe para apreciar as paisagens rurais que tanto amava, e ela teve a oportunidade de conhecer Joanna melhor, o que fez seu respeito pela jovem crescer ainda mais. O relacionamento dos dois baseava-se na gentileza e admiração mútuas, e ambos eram maduros para a idade. Aos 24 anos, Josh se mostrava surpreendentemente adulto e centrado, assim como ela. Joanna era a mais velha de cinco irmãos, uma jovem bastante responsável. Olympia conseguia visualizá-los se casando um dia, e torcia para que isso acontecesse. Os dois tinham os mesmos valores, pareciam ela e Bill. Josh vivia dizendo que queria passar o resto da vida numa fazenda e criar os filhos num ambiente rural, simples e saudável. A vida sofisticada que ele tivera na infância, sendo filho de político, não tinha nenhum apelo para ele. Grandes cidades, como Nova York, Washington e Chicago, eram lugares que ele não fazia questão de visitar novamente. Até a vida mais tranquila do tio que era senador em Connecticut parecia agitada demais para Josh. Ele queria o oposto do que conhecia. Joanna compartilhava da mesma opinião.

Olympia se perguntava às vezes como seus filhos haviam seguido caminhos tão diferentes dos pais. O sonho de Bill era chegar à Casa Branca, mas, considerando o modo como sua vida terminara, interrompida em plena campanha eleitoral, não era de surpreender que os filhos tivessem aversão à política e a qualquer tipo de vida pública. Eles não queriam nem mesmo morar em cidades grandes. Darcy então se comportava de forma ainda mais radical. Ela morava numa comunidade na África e ajudava pessoas extremamente pobres a obter alimentos básicos e água, embora Olympia não conseguisse imaginar a filha vivendo lá para sempre. Mas, claramente, Josh sentia-se em casa onde estava. Rejeitara a vida na qual crescera. Ambos fizeram isso como reação à morte do pai.

Mais tarde, os três prepararam o jantar na pequena casa de Josh. No dia seguinte, Olympia dirigiu de Iowa até o aeroporto de Chicago para pegar o voo de volta a Nova York. Diferentemente de seu filho, ela preferia cidades grandes e não se incomodava de ter uma vida pública. Ela e o marido foram felizes assim. Mas, agora, depois de passar dois dias com Josh e Joanna, e vivendo sua rotina rural, sentia-se relaxada e em paz. Ela ficou olhando pela janela do avião, pensando no jovem casal, enquanto voava para Nova York naquela noite. Estava feliz por eles e contente por ter ido visitá-los. Aquilo fortalecera novamente os laços entre Olympia e Josh. Ficou grata por ele não ter desistido dela. Depois de dois dias juntos, mãe e filho estavam mais próximos do que nunca.

Mas agora ela precisava enfrentar a realidade. A CIA estava fechando o cerco contra Tony. Ela sabia de todas as mentiras que o vice-presidente contara para ela e para Bill e que a amizade que ele dizia ser tão importante era apenas manipulação. Tony havia chegado ao ponto de mandar alguém invadir sua casa e roubar documentos que poderiam ser provas de seus acordos ilegais. Ela também tinha de enfrentar a prisão que construíra para si mesma nos últimos seis anos, por insistência dele. Agora Olympia conseguia ver claramente a influência negativa que Tony exercia sobre ela. Tudo o que ele fazia era carregado de segundas intenções. Aquilo precisava mudar. Ela precisava dar a volta por cima.

Ela ficou triste ao entrar em casa naquela noite e ver na parede a marca do quadro roubado. Dois agentes da CIA estavam esperando por ela, como se fossem um lembrete da invasão que seu suposto melhor amigo havia orquestrado. Quando Tony ligou para seu celular, à meia-noite, ela não teve coragem de atender e deixou a chamada cair na caixa postal. Não queria mais ouvir mentiras, nem ser falsa com ele fingindo que nada havia mudado. O que sabia agora tinha manchado todos aqueles anos de amizade. Ela não sabia mais quem ele era. Olympia se deitou naquela noite tentando não pensar em nada daquilo, apenas nos dias felizes que passara com o filho. Mas o eco das palavras de Tony e a lembrança de suas mentiras a perseguiam. Tudo o que ela queria agora era que o pesadelo acabasse. John Pelham prometeu que terminaria logo.

Alix voltara ao trabalho na segunda-feira depois de eles trazerem Faye de volta de Durham, e a primeira coisa que fez foi dizer a Felix que não poderia sair da cidade para fazer nenhuma reportagem pelo menos durante as duas semanas seguintes, até que Faye voltasse à faculdade. Isso se ela voltasse, o que ainda não estava definido. Por enquanto, ela queria ficar em casa, e estar na mesma cidade e sob o mesmo teto que a filha.

— Como ela está? — perguntou Felix num tom sussurrado.

— Muito abalada. Foi uma experiência traumatizante.

Os jovens tinham visto os corpos dos colegas mortos no chão, caídos em poças de sangue. Faye descrevera a cena para ela nos mínimos detalhes, e Alix chorou só de ouvir o relato. E mais feridos morreram nos dias que se seguiram. Alix não tinha certeza se seria uma decisão sensata a filha voltar para Duke depois daquela experiência. Queria acompanhar o estado de Faye nas próximas semanas. A universidade oferecera aconselhamento psicológico para os alunos que pretendiam voltar, mas não havia dúvidas, na mente de todos, de que aquilo os marcaria para sempre. Era impossível vivenciar uma tragédia daquela proporção e continuar sendo a mesma pessoa.

Felix concordou em não mandar nem Alix nem Ben a nenhuma missão nas próximas semanas e mantê-los em Nova York. As ameaças de morte contra Alix ainda não tinham sido solucionadas nem rastreadas. Embora estivesse mais do que evidente que elas estavam relacionadas à investigação sobre a vida secreta de Tony Clark e às propinas recebidas por ele, não havia provas que ligassem as ameaças a ele. Era possível que algum dos lobistas a estivesse ameaçando, mas a CIA ainda não havia conseguido descobrir quem estava por trás disso. Fazia uma semana que ela não recebia nenhuma carta, e o agente Pelham lhe garantira que eles estavam investigando o caso a fundo. Ele esperava que logo estivesse em uma audiência com o grande júri.

Pelham foi conversar com Alix na emissora na manhã de terça, e ela o recebeu em sua sala. Ele disse que a CIA estava investigando todas as contas de Tony, nos Estados Unidos e no exterior, e todos os pagamentos que ele recebera nos últimos vinte anos seriam minuciosamente destrinchados também, e havia muitos. Pelham só não lhe contou que eles já tinham quase todas as evidências de que precisavam. Estavam aguardando o restante das informações sobre os pagamentos que o vice-presidente recebera dos sauditas. Só as quantias que ele tinha em suas contas na Suíça já eram suficientes para que passasse um bom tempo na prisão por sonegação de impostos. As duas principais testemunhas, que também eram lobistas importantes, haviam concordado em depor diante do grande júri, e ambas possuíam evidências comprometedoras contra Tony. Eles estavam quase prontos para emitir um mandado de prisão. A repórter ficou chocada quando Pelham lhe disse que a casa de Olympia tinha sido invadida, logo depois do jantar da viúva com Tony. O vice-presidente havia mordido a isca. Os invasores roubaram caixas de papéis. Mas não havia nada de incriminador naquelas anotações, e agora era tarde demais para Tony se safar, mas ele não sabia disso. Acabara caindo na conversa de Olympia e mentira para ela durante todo o jantar.

Alix sentiu muita pena de Olympia quando ficou sabendo da invasão, porém, mais do que isso, sabia que Olympia havia acreditado em Tony por muitos anos, que valorizara demais sua amizade e que fora leal a ele. Era uma mulher decente e honesta, e Alix tinha certeza de que havia sido um duro golpe para a viúva descobrir que o amigo era um mentiroso e uma farsa. Alix tinha certeza de que Tony teria culpado Bill se precisasse salvar a própria pele. Ele não tinha o menor escrúpulo e fizera Olympia de boba. A amizade deles fora reduzida a cinzas. Alix podia imaginar como Olympia estava se sentindo.

Depois que Pelham foi embora, a jornalista contou a Ben sobre a invasão.

— Que cretino — disse Ben sem hesitar. — Coitada. Você disse que ele era o melhor amigo dela.

— Era o único amigo dela desde a morte do marido. Pelo menos assim ela pensava. Deve ter sido muito difícil para ela cooperar com a CIA para desmascará-lo. Ela só fez isso para salvar a reputação do marido. Nós a convencemos de que Clark ia afundar Bill com ele. Acho que ele teria mesmo feito isso. Talvez ainda até tente fazer, a não ser que existam evidências inegáveis contra ele.

— E existem? — perguntou Ben, com um olhar preocupado.

— Acho que eles estão quase lá, segundo Pelham. A CIA quer montar uma acusação perfeita. Eles falaram que só vão dar o passo decisivo quando estiverem com todas as provas em mãos. Eu não sei o que de fato eles descobriram, mas sei que é quase o suficiente para incriminá-lo de vez, principalmente se alguns dos lobistas que lhe repassaram propinas testemunharem contra ele para se salvarem. Nenhum deles está disposto a se queimar por causa de Tony Clark e já concordaram em falar em troca de imunidade. Se não fizerem isso, vão se dar mal também, por terem pagado propinas para o vice-presidente. É tudo tão bizarro.

Nesse caso, "cretino" era um termo gentil demais.

— Acho que eles não vão conseguir convencer nenhum saudita a testemunhar contra ele — comentou Ben com ceticismo.

— Não, mas se conseguirem provar que Tony estava fazendo negócios com eles há um bom tempo, e que recebia propina, já é o suficiente. A evidência pode até ser circunstancial, mas o rastro que ele deixou para trás revela vários anos de atos ilícitos.

Fora Alix que revelara à CIA os nomes dos quatro sauditas com quem Tony se encontrava, graças a seu contato em Teerã. As informações dela haviam se provado sólidas.

— O que Pelham falou sobre as ameaças contra você?

— Ele disse para eu esperar mais algumas semanas antes de voltar para casa. Uma notícia ruim para você — respondeu Alix, sorrindo para o amigo. — Mas sério mesmo... eu posso ficar num hotel com a Faye se você preferir. Ele disse que a Faye ainda teria os agentes da CIA e que ia designar outros para mim. Vamos ficar bem.

— Sinceramente, eu preferia que vocês continuassem na minha casa, se não se importarem. Fico mais tranquilo protegendo vocês pessoalmente. Ainda não perdi o jeito.

O treinamento que recebera na equipe SEAL era instintivo, e ele não hesitaria em usá-lo para proteger Alix e Faye.

— Não, mas perdeu sua privacidade e seu quarto de hóspedes. Ter uma adolescente em casa não é o ideal para você.

Eles tinham deixado Faye na casa de uma amiga naquela manhã, a caminho do trabalho. A jovem passaria o dia inteiro lá. Sua cabeça ainda doía um pouco, e ela e as amigas ficariam no apartamento, em um prédio residencial de alta segurança na Quinta Avenida, vendo filmes. Alix tinha certeza de que a filha estava segura, e eles ficaram de buscá-la ao voltar para casa, a não ser que ela decidisse passar a noite com a amiga, o que Alix também achava seguro. Então, quando a jornalista e o amigo estavam prestes a deixar a redação, Faye ligou para dizer que dormiria na casa da amiga. Elas e mais três amigas iam pedir comida tailandesa e ficar vendo filmes e seus programas de TV favoritos. Faye não precisaria trocar o curativo naquela noite, pois Alix havia feito isso de manhã.

Então Alix e Ben pararam para comprar comida no caminho de casa. Ela não estava com muita fome. Na verdade, sentia-se exausta. Ficou se perguntando quando Tony Clark seria preso, e tinha certeza de que Olympia estava pensando a mesma coisa. Aquele suspense era como uma nuvem pairando sobre suas cabeças. Principalmente na de Olympia, que estava pessoalmente envolvida na história.

Alix tinha trabalho para fazer naquela noite: ler o material que Felix lhe passara sobre sua próxima pauta. Enquanto isso, Ben tentava pôr em dia o registro de suas despesas. Ele acabou indo para a cama antes da jornalista, e já passava da meia-noite quando ela finalmente entrou no quarto de hóspedes, vestiu a camisola, deitou-se na cama e tentou dormir. Mas ela não conseguia parar de pensar em Olympia e em Tony Clark. Os dois eram como peças de um quebra-cabeça que ainda não se encaixavam. O que ele queria dela e de Bill? O que ele realmente queria era a presidência, mas, antes disso, havia se contentado em pegar carona no sucesso de Bill e torcer por uma indicação à vice-presidência, uma aliança que poderia levá-lo à Casa Branca como presidente oito anos mais tarde. Tudo isso fazia sentido. Ele tinha um sonho, um plano alternativo e uma meta a longo prazo. E Olympia não tinha nenhuma função real naquilo, até que um maluco matou seu marido. Depois que Bill morreu, Clark voltou a ficar de olho tanto na vice-presidência quanto na Casa Branca, e, sem Foster, estava até de olho na "arma secreta" de Bill, sua bela esposa, um ícone que todos amavam. O falecido senador havia ameaçado se desassociar de Clark antes de morrer, o que teria posto um fim a todos os sonhos dele. Mas, depois da morte de Bill, Tony voltou ao páreo, em todas as frentes. Era perfeito. Ele controlava Olympia com demonstrações de amor e amizade, e acabou se tornando seu mentor e melhor amigo, o que parecia nobre e tacitamente implicava a aprovação póstuma de Foster, já que eles haviam sido tão próximos. Tony acabou se casando com uma jovem rica e bonita, cujo pai bancaria sua campanha para que a filha virasse primeira-dama. E ela até teve filhos com ele para fazê-lo parecer um cara respeitável e amável. Então o que havia de podre nessa história? Alix estava sempre procurando, mas não conseguia encontrar a peça que não se encaixava, a não ser que, de certo modo, a morte de Bill tivesse sido um golpe de sorte para Tony.

Alix repassou tudo o que sabia em sua mente, como se contasse carneirinhos. O azar de Tony Clark era que a jornalista começara a investigar essa história e, por pura sorte, descobrira informações comprometedoras de sua fonte em Teerã. Então a CIA acabou se envolvendo na investigação, juntando todas as pistas. De repente, o vice-presidente estava em maus lençóis. Os lobistas que haviam lhe pagado generosas quantias não queriam se queimar. O informante no Irã levou Alix aos sauditas, e ela acabou descobrindo as informações comprometedoras. O dinheiro das propinas estava em bancos na Suíça. O castelo de cartas estava desmoronando. E agora Tony se via desesperado, tentando destruir as evidências das quais ouvira falar, anotações que Bill Foster supostamente fizera sobre suas atividades ilegais... o que levou Alix de volta a Bill, que, antes de morrer, descobrira que Clark era um homem mentiroso, desonesto e perigoso. E Bill pretendia romper sua parceria com ele, o que deixaria Tony desonrado e desamparado. Da noite para o dia, Bill se tornara uma grande ameaça aos sonhos de Tony. Apesar da amizade de tantos anos dos dois, Clark sabia que um dia seus segredos poderiam vir à tona, se Bill Foster estivesse vivo... Bill sabia de tudo. Ao se dar conta disso, Alix sentou-se na cama. Já era uma da manhã quando a repórter pulou da cama e correu para o quarto de Ben. Ela bateu à porta e, antes que o amigo pudesse responder, entrou no quarto escuro. Percebeu um movimento rápido, então um clique e, um segundo depois, ele acendeu a luz e ela pôde ver que o cinegrafista lhe apontava uma arma para a cabeça.

Ela levou um susto e deu um passo para trás. O som que ouvira tinha sido Ben engatilhando o revólver. Ele mantinha o dedo no gatilho, parado a dois metros dela, com fúria nos olhos. Seu corpo inteiro estava tenso ali, só de cueca. Ele resmungou quando viu que era ela e baixou a arma, então sentou-se na cama, parecendo abalado.

— Pelo amor de Deus, Alix, não faça mais isso! — Ele pôs o revólver na cômoda e se levantou de novo. — Eu podia ter atirado em você. Não entre aqui no meio da noite me dando um susto desses.

Ben estava visivelmente perturbado. Era difícil deixar velhos hábitos de lado.

— Eu não sabia que você dormia com uma arma — falou ela, nervosa.

Ele a assustara. Ver um revólver apontado para sua cabeça a deixara apavorada, e o olhar do cinegrafista também. A jornalista sabia que ele estava sempre pronto para defendê-la, mas podia facilmente ter atirado nela, e não teria errado.

— Você está aqui para eu poder te proteger, lembra?

— Só não atire em mim, se não for pedir muito... É que pensei numa coisa — explicou ela, olhando intensamente para ele e de repente se lembrando do porquê entrara em seu quarto correndo àquela hora.

— Mas não podia esperar até amanhã?

Ele ainda estava abalado por ter apontado uma arma para a amiga. Poderia ter atirado nela por engano. Não conseguia nem pensar no que poderia ter acontecido. Ele era um exímio atirador, treinado para matar.

— Acho que não. Isso não pode esperar. Bill Foster é a chave disso tudo. Ele sabia o que Clark estava fazendo. Ia anunciar a separação dos dois numa possível chapa para concorrer à presidência. É uma mensagem péssima de se dar a alguém, e, mais cedo ou mais tarde, os motivos teriam vindo à tona. Bill Foster era a maior ameaça para o futuro de Tony. Poderia tê-lo destruído se revelasse o que sabia, e Tony tinha plena consciência disso. Olympia sabia que os dois tinham discutido sobre o assunto. Bill era um homem honesto. Em hipótese alguma teria continuado sendo aliado de um homem como Tony Clark depois de descobrir o que ele estava fazendo. E se os motivos viessem a público? Para onde isso levaria Tony? Para a sarjeta. Para sempre. O país inteiro amava Foster e confiava nele. Acho que nem Tony Clark teria conseguido desacreditá-lo, mesmo se tentasse, e ele sabia muito bem disso. Precisava da aliança com o Foster e de sua bênção, e estava prestes a perder isso. Tony tinha que se livrar dele, Ben. Ele precisava, senão não haveria como enterrar esse segredo. Bill Foster poderia ter destruído todo o futuro político de Clark. E o vice-presidente não podia deixar isso acontecer.

Alix parecia estar com os olhos queimando enquanto lhe contava sua teoria.

Ben olhava fixamente para ela, e parecia tão angustiado quanto no momento que acendera a luz e percebera que estava apontando uma arma para ela.

— O que você está tentando me dizer?

— Acho que Tony Clark mandou matar Foster para que ele não abrisse a boca. Ele tinha que silenciá-lo de alguma forma. E só havia uma maneira de fazer isso: matando Bill. Acho que foi Tony. Não pessoalmente, acho que ele pagou alguém para executar Bill.

— Eles nunca provaram que foi um assassinato por encomenda — ressaltou Ben. — Acho que você está vendo muita TV. Ou deixando seus amigos no FBI te influenciarem — disse ele, resmungando e sentando-se outra vez na cama.

Alix o despertara de um sono profundo e lhe dera um susto enorme, e agora vinha com aquela teoria maluca. O cinegrafista olhou para a companheira de trabalho, desanimado.

— Senadores não saem por aí mandando matar os outros, Alix. Clark é um cara do mal, não há como negar isso, ele é corrupto e só quer saber de dinheiro, de muito dinheiro. Acho que ele está disposto a mentir, trapacear e roubar, aceitar propinas e até se casar por interesse, mas não acho que ele contrataria alguém para assassinar seu melhor amigo para silenciá-lo. Isso me parece um pouco absurdo.

— Faz todo o sentido, sim — afirmou ela, parecendo aborrecida com Ben. — E por que Clark não mandaria alguém matá-lo? Enquanto Foster estivesse vivo, sempre haveria o risco de o segredo vir à tona. Ele precisava se livrar do senador. Não havia outro jeito. Ele foi morto por um atirador desconhecido, supostamente um sírio com um passaporte ilegal e que não deixou nenhum rastro. O homem foi morto antes que pudesse ser interrogado. Os sauditas com quem Clark estava lidando poderiam ter cuidado de tudo isso para ele, ou o colocado em contato com alguém que fizesse isso. Clark vive num mundo perigoso. E a verdadeira identidade do atirador nunca foi revelada. Não acho que foi um ato de terrorismo. Acho que foi uma encomenda paga por Tony Clark.

Ben ficou olhando para Alix, esperando que ela não estivesse falando sério. Mas a repórter estava convencida, e todas as peças daquele quebra-cabeça se encaixavam de um jeito espetacular na opinião dela.

— Você realmente acha que ele mandaria matar Foster?

Ben não queria que aquilo fosse verdade. Era terrível demais.

— Ele é um sociopata, ou você ainda não percebeu isso?

Havia um quê de urgência em sua voz, e Ben percebeu que ela estava convencida do que dizia. Ele achava aquela teoria improvável demais. Não confiava em Tony Clark e estava disposto a acreditar que o sujeito era capaz de todo tipo de negócios escusos, porém assassinar seu maior aliado e melhor amigo parecia algo impensável, até mesmo para Tony Clark.

— Não acho essa tese convincente — respondeu Ben com cuidado. — Talvez alguém tenha até encomendado o assassinato. Mas não foi Clark. Seria perverso demais, Alix, até para ele.

— Mas e se foi ele mesmo?

Ela estava tentando fazê-lo enxergar as possibilidades, e não projetar os próprios valores em Clark.

— Se foi ele, o cara é um monstro. Mas, sinceramente, não acho que Clark seria capaz de fazer uma coisa dessas. Matar um homem, destruir a vida dos seus filhos, deixá-los sem pai... só para silenciar uma pessoa? De jeito nenhum.

— Para mim, faz sentido — disse ela em voz baixa —, mas talvez eu esteja louca. Quero falar com Pelham sobre isso amanhã e ver o que ele acha.

— Você pode não estar louca — disse Ben, pensativo, revirando aquilo na mente —, mas de verdade, Alix, tomara que esteja sim. A família inteira vai ser destruída mais uma vez se você estiver certa. Como alguém poderia se recuperar disso... os filhos dele... a mulher... meu Deus. Se isso for verdade, é algo monstruoso.

Os dois se entreolharam por um longo instante, e Alix concordou com a cabeça.

— Sim, seria mesmo. Talvez eu esteja enganada. — Mas ela achava que não estava. — Desculpe por assustar você quando entrei correndo.

— Por que você não tenta dormir um pouco, em vez de entrar correndo no meu quarto e se arriscar a levar um tiro? Tente não ficar pensando em senadores que mandam matar uns aos outros. Você podia sonhar com alguma coisa feliz, que tal? — brincou ele, olhando para ela como se Alix fosse uma criança travessa. — Podemos falar sobre isso de novo amanhã cedo. Quem sabe você não consegue me convencer?

Ela então voltou para o seu quarto e se deitou na cama de novo, mas não conseguia parar de remoer aquela teoria. Na manhã seguinte, estava mais convicta do que nunca. Ben ainda não acreditava que Clark mandara matar Foster. Considerava uma hipótese maluca e improvável demais, em sua opinião. Parecia um filme ruim.

Eles não comentaram sobre o assunto no caminho até a redação. Assim que Alix entrou em sua sala, ligou para John Pelham no escritório da CIA e pediu-lhe que viesse até a emissora. Ela não ia tratar de um assunto daqueles por telefone, e também não comentaram nada com Felix. Já sabia que Ben achava que ela estava louca. Ele lhe dera outra bronca por quase matá-lo de susto na noite anterior, e ela disse que não sabia como ele podia dormir com uma arma na cueca.

— Algum problema? — perguntou Pelham, preocupado. — Outra ameaça?

— Não. É um pouco mais complicado.

— Clark ligou para você?

Eles pretendiam prendê-lo dali a algumas horas, ou no máximo alguns dias, e o agente sênior estava sobrecarregado. Não queria perder tempo à toa, mas, pelo tom de Alix, o assunto era mesmo importante.

— Não, não ligou.

— É alguma questão mais séria?

O tom de Pelham era sombrio. Ele participara de uma reunião pela manhã com o chefe da CIA e o diretor de Inteligência Nacional, que tinham ido de avião a Nova York para tentar se preparar para o escândalo, quando o vice-presidente fosse indiciado. Eles não estavam nada ansiosos para aquilo, e a reunião fora intensa.

— Se eu estiver certa, é.

Aquilo não parecia nada bom, e todas as teorias de Alix haviam se mostrado corretas até agora. Ele confiava nas intuições e nas fontes da jornalista.

— Chego em meia hora.

Então, 25 minutos depois, ele entrou na sala de Alix. Ela o convidou a se sentar e lhe expôs sua tese. Explicou tudo com muita seriedade, e o agente ouviu sem dizer uma palavra. A repórter não sabia dizer se ele achava que ela estava louca ou não. Seu rosto não demonstrava nenhuma expressão. Ele levara anos aperfeiçoando isso.

— Acho que a morte de Bill Foster foi um crime encomendado, e não um ato aleatório de terrorismo, como se pensava até agora. Eu poderia jurar que Clark armou tudo. Ele precisava silenciar Foster. O senador era uma bomba-relógio ambulante para a carreira do Clark, e é só com isso que ele se preocupa. Se Foster abrisse a boca, Tony Clark estaria acabado. Ele tinha que eliminar o senador, ou mandar alguém fazer isso. Não poderia matá-lo pessoalmente. Ele tinha tudo a ganhar com a morte do Foster.

Pelham não fez nenhum comentário, e, quando Alix terminou de expor sua teoria, ele ficou em pé, com uma expressão inescrutável no rosto.

— O que você acha? — perguntou a repórter, sem ter ideia se o agente acreditava nela ou não.

— Eu darei um retorno sobre esse assunto.

Isso foi tudo o que ele disse, e saiu da sala sob o olhar fixo de Alix. Ben entrou um instante depois.

— E então, o que ele falou?

— Ele não falou muita coisa. Na verdade, não falou nada. Provavelmente acha que sou maluca. Só me ouviu tagarelar, levantou e foi embora.

Ela ainda parecia atordoada com a reação de Pelham.

— Só isso? — questionou Ben com uma expressão séria.

— Só isso. Nenhuma reação.

— Então ele acredita em você.

— Como você sabe disso?

— Porque isso significa que ele vai checar a informação. Se ele achasse que você é maluca, teria dito isso e mandado você pastar. Meu comandante na equipe SEAL era assim. Quando a gente tinha razão, ele nunca dizia uma palavra. Agia imediatamente.

— E agora?

Alix estava confusa.

— Agora vamos voltar ao trabalho e deixar a CIA trabalhar. Você colocou um abacaxi na mão do Pelham.

Ben então voltou para a sala dele, e Alix retornou ao computador para responder e-mails. Ela odiava ficar na redação, achava tão entediante. Principalmente agora que só conseguia pensar em Tony Clark.

Alix não sabia disso, mas havia uma equipe de dez homens na sala de Pelham naquele momento. Eles tinham um trabalho muito claro a fazer, e cada um deles recebera uma parte da tarefa. Quando a reunião acabou, eles saíram depressa um atrás do outro, e Pelham ficou olhando pela janela de seu escritório. O caso de Tony Clark estava ficando mais complicado a cada minuto.

Assim que entrou em casa, Olympia pediu a Jennifer que pesquisasse algumas faculdades de Direito, entre elas NYU e Columbia. Ela pretendia fazer um mestrado.

— Você vai voltar para a faculdade?

A assistente estava surpresa. Jennifer passara a manhã inteira lidando com a empresa de alarmes. Os homens que invadiram a casa no fim de semana haviam destruído o sistema, que era bastante sofisticado, inclusive. Os ladrões sabiam o que estavam fazendo.

— Estou pensando em voltar.

Para Jennifer, a iniciativa era um grande passo. Ela esperava que a patroa estivesse finalmente se curando. Então, naquela mesma tarde, imprimira algumas páginas da internet para que Olympia desse uma olhada enquanto os catálogos que havia solicitado não chegavam.

Olympia estava lendo as páginas impressas quando o agente Pelham ligou.

— Lamento ter que pedir isso, mas seria possível convidar o vice-presidente para jantar na sua casa de novo, só mais uma vez? Precisamos de mais informações dele.

Os olhos dela se encheram de lágrimas ao ouvir aquilo.

— Eu preferiria não fazer isso.

Olympia não queria ver Tony de novo. Sabia coisas demais sobre ele agora, e tentar extrair informações do suposto amigo era algo estressante demais. Ela ainda não se recuperara do último encontro e sentia-se mal toda vez que pensava naquilo.

— Vou fazer todo o possível para evitar isso, se conseguir — prometeu Pelham.

Assim que a viúva desligou, Tony ligou. Era como se tivesse adivinhado que estavam falando dele. Contou que estava em Nova York por causa de uma viagem de última hora, mas que não poderia ficar para jantar com ela. De qualquer forma, queria vê-la. Então sugeriu passar em sua casa para tomar um chá. Ela não sabia o que dizer, e também não queria despertar suspeitas recusando-se a recebê-lo. Concordou que ele viesse e ligou imediatamente para o número de emergência que Pelham lhe dera. O agente agora queria que ela lhe avisasse sempre que Tony entrasse em contato ou que os dois marcassem de se encontrar.

— O que eu faço agora? — perguntou ela, numa voz de pânico.

— Deixe ele ir. É um momento oportuno para nós. Vou mandar uma agente para a sua casa em dez minutos. Quero que você use a escuta.

Olympia não argumentou, e, dez minutos depois, a mesma agente que fora da outra vez chegou para colocar a escuta eletrônica nela. A van com os aparelhos receptores estaria em frente à sua casa em cinco minutos. A agente conseguiu ir embora antes de Tony chegar. Ele estava atrasado, ficara preso no trânsito, e parecia feliz em vê-la.

Jennifer serviu chá aos dois, e Tony perguntou a Olympia se havia alguma novidade da polícia sobre a invasão. Quando ela disse que não, ele expressou solidariedade e preocupação, como sempre.

— Tomara que eu consiga recuperar o quadro da minha mãe. Eu adorava aquele quadro.

Ele olhou para ela e fez que sim com a cabeça, então Olympia notou que Tony parecia estressado. Quando ela lhe perguntou se havia acontecido alguma coisa, ele explicou que a semana tinha sido agitada e que ainda precisava comparecer a audiências do Senado no dia seguinte e pelo resto da semana. Ele estava curioso para saber o que Olympia tinha ido fazer em Chicago. Ouvindo Tony falar, Olympia ficou surpresa com o fato de não sentir absolutamente nada ao olhar para ele. Era como se estivesse entorpecida. Tony de repente se tornara um estranho para ela. Dessa vez, Olympia não se sentia nem culpada por estar usando uma escuta eletrônica. Mas a conversa deles acabou sendo muito supérflua. Ela podia jurar que, a essa altura, Tony já teria dado uma olhada em todas as anotações de Bill e descoberto que não havia nada de incriminador nelas, mas ele não perguntou mais sobre o assunto, parecia ter outras coisas em mente, afinal, ele era o vice-presidente.

— Como foi sua visita ao Josh? — perguntou ele, enquanto se levantava para ir embora.

Olympia sorriu ao se lembrar da viagem.

— Foi maravilhosa. Foi ótimo conhecer o dia a dia do Josh. Ele agora é um fazendeiro de verdade.

O rosto da viúva relaxou quando ela disse isso, e Tony sorriu, parecendo-se com o homem de quem ela ainda se lembrava, mas que não conhecia mais.

— Fiquei impressionado por você ter ido vê-lo. Deve ter sido difícil — comentou, num tom protetor. — Fico preocupado vendo você fazer esse tipo de coisa. Você estaria mais segura em casa.

— Por que seria mais seguro aqui? — Ela o encarou com os olhos arregalados. Afinal, sua casa havia acabado de ser invadida. Mas Olympia não mencionou isso e continuou falando antes que ele tivesse chance de responder. — E eu jantei com o pai do Bill em Chicago antes de ir ver o Josh.

Tony pareceu incomodado ao ouvir aquilo. Sabia que Charles não gostava dele. Nunca tivera papas na língua para dizer isso.

— Como ele está?

— Continua firme e forte. Ele é incrível.

Tony apenas assentiu, sem fazer nenhum comentário, então ela o acompanhou até o hall de entrada. Antes de ir embora, ele se virou para ela, hesitou por um instante e a surpreendeu com o que disse em seguida.

— Você devia ter se casado comigo, Olympia. Era isso que Bill ia querer, para nós dois. Ele não ia querer que você ficasse sozinha nessa casa, à mercê de invasores, de pessoas que querem lhe fazer mal ou se aproveitar de você. Eu poderia ter protegido você de tudo isso. Ele não hesitava em se colocar em risco. Nunca teve medo de se expor por aquilo em que acreditava. Homens se expõem facilmente ao terrorismo e a todo tipo de ataques. Ele preferia se manter firme em seus ideais e morrer por suas crenças a recuar e ser flexível. Eu nunca teria feito isso com você.

Aquilo era algo perverso de se dizer sobre um amigo. Olympia sabia que não era verdade, e odiava Tony por isso.

— O que você está me dizendo? Que ele sabia que ia morrer? Que ele tinha sido alertado?

— Estou dizendo que homens como Bill se importam mais com seus princípios do que com as pessoas que os amam.

— Eu não acho — retrucou ela, numa voz que soou estranhamente ríspida. — Ele me amava e eu o amava. — Ela estava chocada com o que Tony estava dizendo.

— Eu também — defendeu-se Tony, triste. — Mas nosso amor não salvou o Bill. Ele acabou caindo nas garras do destino. Se cuide, Olympia. Nos vemos na semana que vem.

Ele tocou o topo da cabeça de Olympia com os lábios, olhou para ela uma última vez e foi embora. Ela estava tremendo quando fechou a porta. Não gostara nada daquele discurso, pois não fazia o menor sentido. Tony parecia amargurado e zangado com Bill, e até com ela. Era como se eles dois o tivessem decepcionado, e ela não entendia por quê. Parecia que ele havia se despedido para sempre.

Vinte minutos depois, uma agente entrou para tirar a escuta eletrônica de Olympia. Na manhã seguinte, ela estava tomando o café quando o agente Pelham ligou perguntando se podia passar na casa dela. Ouvira a gravação da visita de Clark no dia anterior e entendera tudo.

Ele chegou levando dois agentes desta vez, e entrou na casa com uma expressão séria. Jennifer os acompanhou até a sala de estar. Tinha a sensação de que algo ruim estava prestes a acontecer, mas saiu da sala discretamente quando os três homens se sentaram, já que Olympia não pediu que ela ficasse.

— Sra. Foster — ele começou a falar em voz baixa, odiando o que estava prestes a dizer. — Tenho uma coisa muito difícil para lhe contar. Surgiu uma coisa importante no caso do governo contra o vice-presidente.

— Ele fez mais alguma coisa? Algo que vai afetar meu marido? — perguntou ela, assustada. Tony parecia não ter limites em sua perfídia, em sua atitude traiçoeira para com Bill.

— Já afetou. O mal está feito — respondeu ele de forma enigmática, antes de ir direto ao assunto. Olympia tinha o direito de saber aquela informação antes de todo mundo, e não havia tempo para prepará-la. — Temos motivos para acreditar que o vice-presidente estava envolvido na morte do seu marido. O assassinato inicialmente pareceu um ato aleatório de terrorismo, atacando tudo o que esse país tem de bom e decente. Mas começamos a investigar outra teoria, a de que o vice-presidente seria o maior beneficiário da morte do seu marido. O futuro político de Tony Clark estava em xeque quando Bill descobriu que ele estava aceitando propinas e fazendo acordos ilegais. Então examinamos minuciosamente as contas do vice-presidente no exterior. Não há evidências conclusivas, mas ele pagou cinco mil dólares para um homem em Dubai dois dias antes da morte do senador. Não conseguimos rastrear quem recebeu o dinheiro, e duvido que a identidade dessa pessoa seja real, mas a quantia é o padrão para assassinato por encomenda, além de a data ser uma grande coincidência. Acreditamos que Tony Clark pagou para matarem seu marido. Temos um motivo e uma oportunidade, e também evidências circunstanciais — explicou o agente.

Olympia olhou para ele horrorizada. Começou a abrir e a fechar a boca sem emitir nenhum som. Não conseguia. Queria gritar, mas não saía nada, e, enquanto olhava para Pelham, a sala começou a girar à sua volta, seus olhos se reviraram, e ela desmaiou. O que o agente Pelham lhe contara foi um choque para ela. Sobreviver ao assassinato de Bill já havia sido muito difícil, mas saber que Tony provavelmente tinha pagado para que aquilo acontecesse era mais do que Olympia podia suportar. Ele desembolsara cinco mil dólares para pôr fim à vida do homem que ela tanto amava, o pai de seus filhos, um herói em seu país. Aquilo era impensável. E enquanto a sala rodopiava ao seu redor, tudo o que Olympia queria era que Tony morresse também.

Capítulo 13

Quando Olympia recuperou a consciência, os agentes da CIA já haviam saído da sala e esperavam no hall. Jennifer estava com ela. A assistente lhe deu um copo de água enquanto Olympia se esforçava para se recompor. Então John Pelham voltou para falar com ela de novo, deixando os outros agentes no hall. Ele pediu desculpas pela informação chocante que lhe dera, mas não havia mais dúvidas em sua mente, depois da conversa que tivera com Alix. E aquilo era respaldado pelas contas de Clark no exterior e pelos informantes da CIA no submundo. Era bem provável que Alix estivesse certa, e eles fariam tudo o que pudessem para acrescentar o assassinato à acusação e ir atrás de todas as evidências possíveis para prová-lo.

— Você tem certeza disso? — perguntou ela, numa voz fraca, quando Jennifer saiu novamente da sala.

— Sim, tenho. Ainda vai levar um tempo para conseguirmos provar isso, mas temos registro da transação através de uma das contas estrangeiras do Tony que encontramos, além das contas na Suíça. E um dos nossos informantes mais confiáveis no Oriente Médio confirmou. Não foi um assassinato político. E sim uma questão pessoal, por isso a quantia paga foi tão pequena. Isso vai mudar drasticamente o caso contra ele. Além de lavagem de dinheiro, sonegação de impostos e recebimento de propinas, vamos incluir uma acusação de assassinato. Amanhã haverá a audiência do grande júri, com os dois lobistas que vão testemunhar contra ele.

— E então vocês vão prendê-lo? — perguntou ela, abalada, ainda meio tonta.

Parecia que Pelham havia lhe dado um golpe, só que, na verdade, o golpe viera de Tony Clark. Ele fizera a pior coisa que ela podia imaginar. Olympia sentiu-se enjoada.

— Assim que o grande júri nos der o veredito para uma indiciação, vamos prendê-lo. Acredito que já no dia seguinte. Ele não vai saber dos trâmites antes disso. E, considerando o que sabemos agora, ou acreditamos que sabemos, acho que você não deveria vê-lo de novo.

Só agora Olympia se deu conta de que ele quase chegara a admitir, na última vez que esteve em sua casa. Ele tentara fazer com que parecesse que Bill a abandonara e a traíra, mas fora Tony quem fizera isso. O vice-presidente traíra ambos e pagara alguém para matar Bill. Tony Clark era um monstro. Ela ainda estava em estado de choque com o que Pelham lhe contara, e pálida quando ele foi embora, alguns minutos depois.

Quando Jennifer entrou de novo na sala, Olympia contou-lhe tudo, e as duas mulheres se abraçaram, chorando. Era inacreditável que Tony tivesse destruído a vida de um homem tão bom e amado por tantas pessoas. Além de ter inventado uma justificava para isso, ainda culpava Bill pelo que acontecera.

Pelham ligou para Alix na emissora quando ela estava prestes a ir embora e lhe contou, em uma voz controlada, que seu palpite sobre a morte de Bill Foster estava certo.

— Ainda não temos todos os detalhes, mas temos quase certeza de que foi um assassinato por encomenda, e que Clark pagou usando dinheiro de uma conta no exterior.

Alix sentiu um embrulho no estômago ao ouvir aquilo.

— A Sra. Foster já sabe disso?

Alix parecia horrorizada e não conseguia imaginar como Olympia receberia aquela notícia, ou como continuaria vivendo depois de saber daquilo. Só o fato de perder o marido já havia sido um golpe muito duro.

— Contamos para ela hoje.

— Como ela reagiu?

— Foi um choque para ela. Estamos avançando com o grande júri. Sei que você não vai contar nada a ninguém. — A jornalista agira de maneira totalmente honrada até agora, e o agente a respeitava muito por isso. — Eu aviso quando você puder revelar o caso.

Isso era o mínimo que ele podia fazer por Alix, já que ela lhe fornecera todas as pistas e informações para que ele desvendasse o caso. Agora todos enxergavam o quadro completo. Tony Clark era capaz de fazer qualquer coisa para proteger seu futuro, até matar o melhor amigo e futuro parceiro de campanha. Era um ato mais do que sórdido, mesmo para um profissional como John Pelham, acostumado a esse tipo de coisa. Clark havia causado dor a muita gente.

Alix ficou sentada à sua mesa olhando para o vazio por alguns minutos depois que desligou, tentando absorver o que havia acabado de escutar, mas era bem difícil compreender que alguém pudesse ser tão perverso e cruel assim. Ela não conseguia nem imaginar como Olympia devia ter se sentido ao ouvir a notícia, ou como ela e os filhos sobreviveriam sabendo de tudo o que Clark fizera. Como alguém podia se recuperar de uma coisa dessas? Mas, pelo menos, já fazia algum tempo que Bill não estava mais entre eles. De algum modo, teria sido ainda pior se ele tivesse morrido recentemente.

Alix ainda parecia atordoada quando Ben veio chamá-la para ir embora. Eles tinham de buscar Faye na casa de uma amiga. O cinegrafista se tornara o motorista delas, seu segurança, cozinheiro, anfitrião e melhor amigo, e Faye parara de reclamar por ter de ficar no apartamento dele. Ben era tão gentil com as duas que a jovem havia parado de se queixar por não poder voltar para casa. Além disso, depois do trauma que sofrera, estava até gostando de dormir na mesma cama que a mãe. Assim se sentia como uma garotinha outra vez. O ferimento em sua cabeça já estava bem melhor, e ela tinha pesadelos sobre o atentado, porém se sentia mais forte do que no começo. Aquilo ia levar algum tempo, e ela ainda não decidira se voltaria à faculdade para terminar o curso ou se ficaria em Nova York. E não sabia o que faria no outono.

— Você está bem? — perguntou Ben a Alix, parecendo preocupado. — Algum problema? Faye está bem? — Ela fez que sim com a cabeça e olhou para ele com uma expressão transtornada.

— Eu estava certa.

— Sobre o quê?

— Sobre Bill Foster. Foi mesmo um assassinato por encomenda. Eles acham que Clark pagou pelo serviço com dinheiro de uma conta no exterior. Ele obviamente achou que não seria pego, e não foi mesmo, até agora.

— Meu Deus. Quem contou isso para você? — Ben parecia atônito.

— Pelham. Ele acabou de me ligar.

— Como é possível? E ninguém nem suspeitava disso?

— Pelo jeito, não. Eles acabaram concluindo que foi um ato aleatório de terrorismo. Não tinham motivos para suspeitar de Clark até agora.

— Minha nossa. Ele é mesmo um sociopata. A mulher do Foster já sabe?

— Acabaram de contar para ela.

— Bill deve ter morrido de novo para ela. Assassinado pelo melhor amigo. A coisa vai ficar feia quando essa história vier à tona. Propinas, acordos ilegais envolvendo petróleo, um senador assassinando o outro. Não podia ser pior. O presidente vai adorar isso.

— Amanhã haverá uma audiência secreta com um grande júri sobre o caso. Só depois disso é que vão expedir um mandado.

Então a repórter se levantou. Eles tinham de buscar Faye e já estavam atrasados.

No carro, Alix não disse nada. Não conseguiu, estava abalada demais. Ela havia exposto sua teoria, mas torcera para que não fosse verdade. Queria que não fosse, pelo bem de Olympia. Aquela mulher já havia sofrido demais.

Faye notou que a mãe estava quieta no caminho até a casa de Ben.

— Você está bem, mãe?

— Estou.

— Teve um dia ruim no trabalho?

— Mais ou menos.

Ela não conseguia falar, nem inventar nenhuma desculpa. Estava perdida em pensamentos.

Ben tentou preencher as lacunas da conversa, mas também estava chocado. Quando chegaram à casa dele, os três deram uma olhada na geladeira e acabaram decidindo pedir uma pizza. Mas, quando o pedido chegou, Alix não conseguiu comer. Só conseguia pensar em Olympia e no que ela devia estar sentindo. Esperava que a gentil mulher não estivesse sozinha, que tivesse a companhia de alguém. Alix pensou em ligar para lhe oferecer apoio, mas não tinha intimidade o suficiente para isso, ainda mais para falar sobre um assunto tão delicado. Era algo para ser dividido com os filhos dela, cujo pai tão amado lhes tinha sido tirado por um homem que eles conheciam e que também amavam.

Alix foi para o quarto depois do jantar e deitou-se na cama. Faye entrou logo depois para checar se ela estava bem.

— Você está passando mal? — perguntou a jovem com delicadeza.

— Mais ou menos. — Ela não queria explicar. — Fiquei sabendo de uma notícia triste hoje, sobre um assunto que estávamos cobrindo. Conheço por alto as pessoas envolvidas, e estou me sentindo péssima.

— Que tipo de caso? Como o que aconteceu em Duke? — perguntou a filha com tristeza no olhar. — Um atentado a tiros?

— Na verdade, foi um assassinato, há seis anos. Mas só hoje descobriram quem armou tudo. A vítima tinha uma esposa simpática e dois filhos da sua idade, na época. Foi o melhor amigo deles quem encomendou o serviço. Às vezes, a raça humana é decepcionante — disse Alix numa voz triste, e Faye concordou com a cabeça.

— Eu meio que me sinto assim depois do que aconteceu na faculdade. Simplesmente não entendo. — Então ela suspirou e olhou para a mãe. — Decidi que vou voltar, mãe. Vai ser difícil. Mas falta pouco para eu me formar. Posso decidir o que fazer depois disso. Talvez eu estude um semestre no exterior no ano que vem, na França. Vou ver como me sinto depois de voltar.

Alix sentiu um leve aperto no peito quando a filha disse que talvez passasse um semestre fora. Mas talvez fosse bom para ela. E achou certo Faye querer voltar para a faculdade agora. A universidade voltaria a funcionar na semana seguinte, e as férias de verão já estavam quase chegando.

— Eu vou com você para te ajudar a se instalar — prometeu Alix.

A jornalista queria garantir que a filha estava em condições de voltar à rotina e que não seria traumático demais para ela. Alix sabia que Faye ficaria bem, ela era uma garota forte. As duas haviam conversado muito sobre o assunto, e ela teria um aconselhamento psicológico na faculdade.

Elas conversaram baixinho por um tempo, deitadas na cama, e então Alix foi à cozinha para preparar uma xícara de chá e acabou encontrando Ben colocando pratos na lava-louça. Parecia que eles eram praticamente uma família, embora fossem apenas amigos. Ela contou a ele que Faye decidira voltar para a faculdade.

— Acho que ela tomou a decisão correta — opinou ele num tom sério.

— Eu também acho, mas vai ser difícil enquanto ela estiver lá.

— Os jovens podem consolar uns aos outros. Todos precisam enfrentar os momentos difíceis da vida, não se pode contorná-los nem fugir deles. Acho que é uma decisão inteligente e corajosa da parte dela.

Ben abriu um sorriso para Faye quando ela entrou na cozinha, pegou uma garrafa de água e voltou para o quarto, que agora parecia confortável e familiar.

Todos eles haviam passado por momentos difíceis: Alix, quando tivera Faye ainda bem jovem e tivera de lidar com a perda do marido num acidente logo depois; Ben, quando perdera o filho; e agora Faye. Ninguém estava livre de nada, não importava a idade. E Alix não podia deixar de pensar que agora Olympia Foster e os filhos enfrentariam novamente momentos muito difíceis, revivendo a morte de Bill e a traição do amigo em quem eles mais confiavam. Alix sentia uma profunda compaixão por eles.

Ela e Ben ficaram um tempo sentados à mesa da cozinha discutindo o assunto, antes de irem se deitar.

— Quando você vai levar Faye para Duke? — perguntou ele.

— No próximo fim de semana. O semestre está quase terminando.

— Posso ir junto, se você quiser, e se Faye não achar que estou me metendo muito na vida dela.

Ele queria ser respeitoso com ambas e lhes dar espaço se precisassem ficar a sós, mas também gostaria muito de estar presente para oferecer apoio, na medida do possível.

— Ela gosta de você, com certeza vai ficar feliz se estiver junto.

Além disso, dessa vez, eles poderiam ir de avião, o que seria bem melhor do que a viagem de carro desde Nova Orleans.

Ben acompanhou Alix até o quarto de hóspedes e lhe deu boa-noite no corredor. Então se lembrou da noite em que ela se convenceu de que Clark matara Foster, e ele achara que ela estava louca. No fim das contas, ela não estava nada maluca. Clark, sim, era um louco. E um homem terrível, capaz de atrocidades inimagináveis.

Quando Alix entrou no quarto, Faye estava dormindo. A jovem parecia uma garotinha de pijama cor-de-rosa com uma trança no cabelo. Seu ferimento ainda estava enfaixado, embora já estivesse fechado. Alix deitou-se na cama e abraçou a filha, sentindo mais uma vez gratidão por ela estar viva. Só precisava disso na vida. Nada mais importava.

Depois da visita de Pelham, Olympia passou uma noite quieta em seu canto quando Jennifer foi embora. A assistente tinha se oferecido para ficar, mas Olympia queria estar sozinha. Queria pensar no que havia acontecido e em como daria a notícia aos filhos. Seria um grande choque para eles, mas Josh e Darcy tinham o direito de saber. Ela não sabia se devia lhes contar agora ou depois que Tony fosse preso. No fim, decidiu esperar. Não se sentia em condições de falar com eles naquele dia e lhes dar o apoio de que precisavam. Queria ligar para ambos quando se sentisse mais forte. Ainda estava muito abalada.

Ela mal conseguiu dormir naquela noite, e achou ótimo Tony não ter ligado, como costumava fazer. Ela sabia que ele estava ocupado se preparando para as audiências do Senado, marcadas para o dia seguinte, e ficou aliviada por não ouvir a voz dele. Não havia mais nada a dizer. Ela não queria falar com ele nunca mais. Agora que sabia a verdade, simplesmente não conseguiria nem ouvir a voz dele.

No dia seguinte, Jennifer notou que Olympia parecia exausta, mas não comentou nada. Os catálogos da NYU e da Universidade Columbia haviam chegado, e a viúva os folheou, tentando não pensar na audiência do grande júri, marcada para aquele dia. Eles teriam de chegar a um veredito. Ela viu que havia vários cursos que talvez lhe interessassem. Mal podia esperar para contar a Darcy sobre voltar a estudar na próxima vez que elas se falassem, quando as coisas já estivessem mais calmas. Porém, antes disso, sabia que teria de contar aos filhos sobre Tony. Olympia temia a reação dos dois. Eles ficariam arrasados, assim como o pai de Bill.

214

Para desespero de Olympia, Tony ligou naquela noite. Era a última pessoa com quem ela queria falar. Mas se forçou a atender a ligação para que ele não suspeitasse de nada. Falar com ele agora era angustiante e a fez se sentir ainda pior. Tony disse que a audiência no Senado havia sido boa e que ele jantara na Casa Branca com o presidente, nos seus aposentos particulares. A primeira-dama estava em uma viagem oficial, e eles tinham alguns negócios para tratar. Tony contou isso num tom de grande importância, e Olympia se sentiu meio tonta.

— E o que você fez hoje? Voltou a trabalhar no livro?

— Na verdade, não. Estou dando uma olhada em uns cursos que quero fazer. Pretendo voltar a estudar Direito, para me atualizar. Foi ideia do Charles. Eu gostei e vou fazer.

Tony pareceu chocado com a afirmação.

— Por que você se daria a esse trabalho? Você não vai voltar a exercer a advocacia, vai? Por que faria isso?

— Talvez eu volte — respondeu ela, vagamente, desesperada para encerrar aquele telefonema. — Como Megan está? — perguntou, tentando mudar de assunto.

— Está sentindo enjoo matinal — respondeu ele, num tom pouco compreensivo —, mas foi ela quem quis ter outro bebê, então vai ter que aguentar.

Olympia não pôde deixar de pensar que Megan sentiria muito mais enjoo quando ficasse sabendo que o marido seria preso pelos crimes que cometera, incluindo assassinato. Queria sentir pena dela, mas não conseguia. É claro que ele havia enganado Megan também, mas Olympia não estava convencida de que ela o amava, e achava que a jovem tinha os próprios motivos para ter concordado em se casar com Tony.

— Eu ia tentar dar uma passada na sua casa nesse fim de semana, mas acho que não vou conseguir. Tenho muita coisa para fazer. O presidente está com um novo projeto e quer a minha ajuda. Então passo aí na semana que vem.

Ela lhe deu uma resposta evasiva, esperando que ele não fosse a lugar algum na semana seguinte, exceto para a cadeia.

Desligaram depois de Tony dizer que a amava, fazendo Olympia se sentir enjoada, olhando para o telefone em sua mão. Ela se perguntou se o grande júri já teria chegado a uma decisão, o que os dois lobistas teriam dito em seu depoimento, e se eles teriam convencido o grande júri da culpa de Tony para que ele fosse indiciado e levado a julgamento. John Pelham dissera que achava que ainda não chegaria a esse ponto. Tony teria de renunciar e provavelmente declarar-se culpado, como parte de um acordo. E, com a acusação de assassinato, seria um enorme escândalo. A CIA apresentaria as evidências durante a audiência, com a ressalva de que haveria mais depois, e eles acrescentariam o que sabiam sobre o assassinato de Bill Foster e o suposto envolvimento de Tony no crime.

Ela passou a noite inteira praticamente acordada, pensando em Tony e esperando que Pelham ligasse de manhã, mas ele não ligou e ela não queria incomodá-lo. Sabia muito bem que tinha de ser paciente e aguardar as novidades. As rodas da justiça giravam devagar, mas ela também sabia que aquele monstro seria pego no final. A vida de Tony, como ele a conhecia, havia acabado para sempre.

Capítulo 14

John Pelham esperou para telefonar para Olympia quando eles tivessem o resultado do grande júri, que agira com calma e tomara uma decisão cuidadosa. Tony Clark seria indiciado por receber propinas, pagamentos ilegais dos sauditas em acordos de petróleo por pelo menos 12 anos, por sonegação de impostos, lavagem de dinheiro, devido às contas no exterior, e também por ser responsável pelo assassinato do senador William Foster. Havia tantas acusações contra ele que o júri precisou de dois dias inteiros para ouvir todas as evidências, e um terceiro dia para anunciar seu veredito. Tony teria a oportunidade de renunciar, mas, se não fizesse isso, sofreria impeachment pela Câmara de Representantes e o processo seria conduzido pelo Senado. Não era algo simples, e o presidente precisava ser alertado sobre a prisão de Tony. Havia um procedimento para isso que nunca tinha sido colocado em prática, e depois o presidente teria de nomear um novo vice. O efeito dominó que envolvia a situação toda seria enorme.

O agente Pelham tinha em sua mesa o mandado de prisão assinado por um juiz federal, quando ligou para Olympia Foster e disse que Tony Clark seria preso naquela noite. O diretor de Inteligência Nacional também havia sido avisado. Acompanhara cada passo do caso.

— Ele ligou para você?

— Todos os dias — respondeu ela, num tom pesaroso —, mas ele estava ocupado demais para vir até aqui. Passou a semana inteira em audiências do Senado.

— Eu preferiria que você não atendesse mais nenhuma ligação dele, caso ele entre em contato com você hoje à noite. Ele pode acabar desconfiando de alguma coisa. Queremos que tudo corra da maneira mais tranquila e discreta possível.

Era dever do agente dizer aquilo, mas ele sabia que o país inteiro estaria alvoroçado no dia seguinte, quando a notícia viesse à tona. Pelham prometera avisar Alix assim que o vice-presidente fosse preso. Queria lhe dar a notícia em primeira mão. Afinal de contas, ela merecia. Fizera tudo o que podia para ajudá-lo, sem deixar que nada vazasse no noticiário.

Olympia lhe agradeceu e lhe desejou boa sorte. Agora só restava esperar que tudo fosse resolvido. Só então ela ligaria para os filhos, mesmo sendo tarde, para que eles não ficassem sabendo da notícia pela imprensa. Ela estava preocupada com Josh e Darcy. Sua noite foi longa, mais uma noite infinita. John Pelham não deu notícia até as sete da manhã do dia seguinte, e parecia cansado e tenso ao telefone. A noite dele fora ainda mais longa e mais difícil que a dela.

— Ele está sob custódia?

— Não, não está — admitiu Pelham, exausto. Fazia dias que ele passava a noite acordado. — O sistema de alerta dele foi melhor que o nosso. Quando chegamos à casa dele, ele tinha sumido.

Levou um minuto para que Olympia assimilasse o que havia escutado.

— Você quer dizer que ele não estava em casa? — perguntou ela numa voz engasgada, pois parecia sem fôlego.

— Não, ele sumiu mesmo. Colocamos agentes federais para procurá-lo em todos os locais aonde ele poderia ter ido. Achamos que ele fugiu para o Canadá num avião particular ontem à noite. Um informante nos contou que dois de seus comparsas sauditas de longa data estavam esperando por ele em Montreal. Acreditamos que Tony esteja com eles, usando uma nova identidade. Houve algum vazamento de informação. Ele conseguiu sair escondido de casa e despistar a equipe do Serviço Secreto, que achou que ele tivesse ido dormir. Deve ter saído por uma janela ou usado algum disfarce. Nós o perdemos, e ele não vai voltar. Deve estar na Arábia Saudita, em Jidá ou Riad. Ele sumiu, Sra. Foster, para sempre.

Tony Clark não seria levado a julgamento. Pelham acabara de contar a mesma coisa ao presidente, e, dali a uma hora, a notícia estaria nos meios de comunicação e circulando pela internet.

— Sinto muito — continuou Pelham. — Nós queremos fazer justiça tanto quanto você. Foi uma operação grande e intensa. Fizemos tudo com muito cuidado, mas ele acabou escapando. É um homem inteligente e muito perigoso. Muito mais do que imaginávamos, e os laços dele no mundo árabe são bem fortes. Eles vão protegê-lo. Certamente não teremos mais notícias dele, e duvido que ele entre em contato com a senhora de novo. Mas, se isso acontecer, nos avise.

Eles tinham juntado o máximo de informações nas últimas horas. Pelham não contou a Olympia que o presidente estava espumando de raiva. O que Tony Clark fizera era ultrajante, mas o fato de ele ter conseguido fugir na cara da CIA era uma vergonha nacional. John Pelham não sabia nem se ainda teria um emprego depois disso. Apesar de tudo, ele estava furioso pelo fato de um criminoso como Clark ter conseguido escapar. O vice-presidente estava mais preparado do que qualquer um imaginava. Seu plano de fuga havia sido impecável.

Depois que desligou o telefone, Olympia ficou olhando pela janela, pensando em Tony e em quanto ela o odiava agora. O único consolo que tivera nos últimos dias era saber que ele pagaria pelos seus crimes e que iria para a cadeia. Não era o suficiente, mas já era alguma coisa. Só que ele conseguira se safar. E ela precisava contar para seus filhos. Então resolveu fazer uma ligação para Darcy no Zimbábue pelo Skype, antes que a filha visse qualquer coisa no jornal.

Darcy ficou feliz por ver a mãe na tela quando atendeu a chamada, e arrasada após ouvir o que Olympia tinha a dizer. A viúva passou meia hora falando com a filha, mas parecia forte. Assim que desligou, telefonou para Josh. Ele chorava como um bebê. Eles tinham amado Tony a vida toda. Assim como Olympia e Bill. Todos eles o amavam, mas Tony não amava ninguém além de si mesmo. E agora sumira no mundo. Depois de falar com os filhos, Olympia ligou para Charles em Chicago e lhe contou tudo. Ele ficou ouvindo em silêncio, e então começou a chorar junto com ela.

O avião decolou do Aeroporto Internacional de Dulles pouco depois das dez da noite, levando um único passageiro com um passaporte britânico, e aterrissou em Montreal à uma da manhã. Um 747 pertencente à família real saudita estava esperando para partir de Montreal logo em seguida. O plano de voo tinha sido submetido. Membros da família e seus empregados já haviam embarcado, e outros passageiros continuaram chegando durante a hora seguinte. Os passaportes tinham sido conferidos e carimbados, e havia pessoas de diversas nacionalidades na comitiva. Franceses, britânicos, alemães, filipinos, italianos. Não havia nenhum americano. Os vistos estavam todos em ordem. O plano de voo foi aprovado, e o avião decolou às duas e dez da manhã, com destino a Riad. Eles tinham imunidade diplomática, mas não havia sido necessário recorrer a ela, pois não tinha nada de extraordinário na partida, na tripulação ou nos passageiros a bordo.

Porém, examinando mais de perto a pedido da CIA, nas primeiras horas da manhã, descobriram que havia a bordo um cidadão alemão cuja descrição batia com a de Tony Clark, mas o homem tinha outro nome. E havia um passaporte saudita a mais, para um homem, o que ninguém era capaz de explicar. Tudo o que a CIA conseguiu descobrir é que o homem era Tony Clark e estava viajando com três passaportes, nenhum deles emitido pelos

Estados Unidos, nem em seu nome. Era impossível determinar, em terra, qual passaporte era o dele, ou se todos pertenciam à mesma pessoa. Tony Clark como cidadão americano evaporara no ar. Agora era um alemão ou saudita, e ninguém em Riad iria conferir isso ou questionar a família real, ou quem eles tivessem levado consigo. Isso se Tony Clark estivesse mesmo a bordo. Ele poderia estar escondido em qualquer lugar, inclusive nos Estados Unidos, porém uma fuga junto aos sauditas parecia a hipótese mais provável, e ele podia ir para qualquer lugar a partir dali, contanto que não entrasse em um país que tivesse acordo de extradição e pudesse deportá-lo para o território americano, onde ele teria de enfrentar as acusações penais, e havia muitos países, mesmo na Europa, que não fariam isso. Ele fizera com que fosse impossível que alguém o entregasse à justiça, ou mesmo que o encontrasse. Criara um dilema para o presidente e para todas as autoridades federais. Seu plano de fuga fora brilhante.

Pelham ligou para Alix pouco depois das sete da manhã e lhe contou o que havia acontecido. Ele tinha acabado de falar com Olympia. Alix levantou-se da cama depressa assim que desligou o celular e bateu com força na porta de Ben.

— Não atire em mim! — disse ela, com medo de entrar e vê-lo saindo do banho nu.

Ben abriu a porta quando a ouviu.

— O que foi?

— Tony Clark sumiu do mapa ontem à noite. Na verdade, fugiu do país. A CIA acha que ele está a caminho da Arábia Saudita, via Canadá, com uma nova identidade. Vão anunciar que ele foi indiciado daqui a uma hora. O presidente convocou uma coletiva de imprensa. Tenho que ir para a redação.

— Que merda. Você está falando sério?

— Estou.

Ela correu de volta para seu quarto, vestiu uma calça jeans e calçou sapatilhas, colocou um blazer vermelho, caso fosse entrar ao vivo, e explicou para Faye o que havia acontecido. Então pegou sua bolsa, nem se deu ao trabalho de pentear o cabelo nem de se maquiar, e chamou um Uber pelo celular. Três minutos depois, estava saindo do apartamento enquanto Ben e Faye se entreolhavam, estupefatos. Alix não estava acompanhada de nenhum segurança, mas as ameaças haviam parado tão repentinamente quanto começaram.

Ben ligou a TV no noticiário, mas ainda não havia nenhuma menção ao caso. Haveria um pronunciamento do presidente às oito da manhã, e Alix tinha menos de uma hora para chegar ao estúdio e se arrumar para entrar ao vivo. Felix já estava na emissora quando ela chegou, tomando antiácidos. Ela lhe telefonara no caminho do Brooklyn até lá.

— Cacete, o que aconteceu? — perguntou ele enquanto a seguia até o camarim para que ela fizesse o cabelo e a maquiagem, e Alix o atualizou sobre o assunto. — E eles vão contar isso para o povo? Vai ser o maior escândalo da história política dos Estados Unidos. O presidente vai parecer um idiota, assim como a CIA e todas as outras agências federais. Todos vão ficar com cara de palhaço, vai ser um verdadeiro circo.

— Não — disse ela, sendo sensata. — O presidente vai parecer um herói, porque eles estão atrás do Tony. E, se ele for inteligente, vai nomear alguém que arregace as mangas depressa e o ajude a limpar a sujeira.

— E quem seria essa pessoa?

— Isso eu não sei. Mas Tony Clark é um cretino esperto por ter conseguido escapar dessa vez.

— Ah, é? E ele vai fazer o que agora? Passar o resto da vida montado num camelo? Você já foi à Arábia Saudita? Faz sessenta graus no verão, não tem jantares na Casa Branca, e ele vai morrer sem ter sido eleito presidente. Isso foi mesmo esperto da parte dele? Além disso, ele mandou matar Bill Foster e pagou pelo serviço com o dinheiro que tinha no exterior. Se você quer a minha opinião, acho que ele é doido.

Aquilo tudo era mesmo inacreditável. A essa altura, o cabelo de Alix estava perfeito, e a maquiagem, impecável. Ela só teve tempo de chegar à sua mesa e escrever em seu iPad o que pretendia dizer. Felix lhe pedira que apresentasse a chamada antes da coletiva de imprensa. Em seguida, ela emendaria no editorial, já que a repórter sabia mais sobre o caso do que qualquer outra pessoa na emissora, e também tinha noção do que não deveria dizer, e sabia exatamente como não despertar o ódio eterno da CIA fazendo-os parecerem incompetentes por terem deixado Tony escapar. Alix sentiu pena de John Pelham, que fizera um trabalho formidável, seguindo todas as pistas e juntando as peças, mas Tony Clark fora mais esperto. E não havia como saber quem tinha alertado o vice-presidente de que ele estava prestes a ser preso. Talvez alguém dentro da própria CIA? Eles provavelmente nunca descobririam.

O produtor assistente veio buscar Alix para a contagem regressiva. Ela parecia séria e calma quando entrou no ar, respeitável porém bela, com seu blazer vermelho e o rosto sombrio. Então começou explicando que houvera uma crise nacional nos últimos dias envolvendo o vice-presidente e fez um breve resumo de todas as acusações chocantes que existiam contra ele. Logo depois, a imagem mostrou o presidente na Casa Branca, um ar solene. Eles estavam trabalhando para contornar a situação, que ainda era complicada demais. Um vice-presidente que supostamente se envolvera em todo tipo de atividade ilegal, incluindo um assassinato encomendado, e fora indiciado por um grande júri, fugira do país antes de ser preso. Era uma vergonha nacional. A nação inteira ficou em choque, vendo em silêncio as notícias à mesa do café da manhã. A última parte da fala do presidente deixou Alix atordoada. Tony Clark deixara uma carta na casa dele, renunciando à vice-presidência. A carta fora encontrada e entregue ao presidente momentos antes da transmissão. Alix ficou estupefata. Ele havia pensado em tudo nos mínimos detalhes.

Depois da coletiva de imprensa, a câmera voltou a mostrar Alix, que expôs a situação da forma mais racional possível e explicou como funcionava um grande júri, e o que precisaria para que um novo vice-presidente fosse nomeado. Todos estavam tentando adivinhar quem o presidente escolheria para substituir Clark na vice-presidência. Em todos os canais, todo mundo só falava sobre esse assunto. Ben e Faye estavam no Brooklyn assistindo a Alix na TV.

— Sua mãe é brilhante — comentou o cinegrafista.

Olympia e Jennifer estavam vendo Alix na casa da viúva também.

— Parece que estou sonhando — comentou Jennifer.

Na verdade, era mais um pesadelo que um sonho. Olympia pensou em Megan, que fora abandonada, com duas crianças pequenas e um terceiro bebê a caminho, por um homem que a desonrara e entraria para a história como um dos piores criminosos de sua época. Nem o dinheiro do pai dela seria capaz de mudar isso. Talvez pudesse ter ajudado Clark a chegar à presidência, mas não poderia mudar o fato de que ele estava sendo acusado de 22 crimes federais, incluindo assassinato. Minutos depois, foi exibida uma imagem de Megan, escondida atrás de óculos escuros, embarcando em um avião particular para a casa dos pais, na Califórnia, com seus filhos e uma babá, acompanhada pelo Serviço Secreto. Ela fora contaminada por associação, e os noticiários não tiveram nenhuma pena dela. Tornara-se imediatamente uma menina rica e mimada que tinha se casado com um criminoso. O resto era irrelevante. Por outro lado, a solidariedade com a família Foster foi bem intensa, pois a notícia de que o vice-presidente estivera envolvido na morte de Bill tocara o coração de todos. Além de tudo, ele era pai, marido e um homem bom. Havia batalhões de repórteres acampados em frente à casa de Olympia, atravancando a rua, mas eles não conseguiram falar com ela. Nova-iorquinos compadecidos começaram a deixar flores na porta de sua casa. A polícia estava tentando controlar a multidão e o trânsito na rua, mas ninguém tinha visto Olympia. Ela estava enfurnada em casa, novamente de luto pela morte absurda do marido, obrigada a viver com o fato de que o melhor amigo de Bill encomendara seu assassinato e conseguira escapar.

O resto do dia na emissora foi um pandemônio. Uma lista de nomes possíveis para a vice-presidência estava sendo discutida no ar e na imprensa. No dia seguinte, o presidente dos Estados Unidos nomeou o presidente da Câmara dos Representantes como seu novo vice-presidente. Era a escolha mais sensata e mais conservadora para se apresentar a uma nação em choque, uma escolha que garantiria a confirmação imediata pelo Congresso. Houve comentários da mídia internacional e de chefes de Estado do mundo todo sobre os últimos acontecimentos. Líderes sauditas negaram qualquer responsabilidade pelos atos do vice-presidente e por sua fuga. Também não estavam nada contentes com a notícia. Não queriam nenhum envolvimento com o escândalo nos Estados Unidos nem com os crimes de Tony Clark.

Olympia estava lendo o *New York Times* no dia seguinte quando seu celular tocou. A chamada era de um número que ela não reconheceu. Ela atendeu, distraída, e levou um susto ao ouvir a voz dele. Era Tony. Ela ficou em silêncio, paralisada.

— Não tive oportunidade de me despedir. — Foi a primeira coisa que Tony falou.

Olympia estava assustada demais para dizer qualquer coisa, ficou apenas ouvindo.

— Quero que você saiba que a única coisa verdadeira no meio disso tudo é que eu amo você. Sempre amei, desde o primeiro minuto. Bill não merecia você. Eu precisava mais de você do que ele.

Tony só pensava em si mesmo e em mais ninguém.

— Você matou o meu marido. — Ela o acusou abertamente.

— Ele sempre foi um homem marcado. Não se pode viver sob regras tão rígidas no mundo de hoje. Não é assim que funciona.

Alguém ia acabar matando o Bill. Eu não tive escolha. Ele teria destruído tudo o que eu levei anos para construir. Não seria justo, Olympia, nós éramos amigos. Quando ele se dissociasse de mim, teria que explicar por quê, e estaria tudo terminado para mim. Ele sabia disso e não se importava. Que espécie de amigo é esse?

Tony falava como um louco, com seus valores degenerados.

— Então você acha que fez o certo ao contratar um assassino para matar o meu marido? Ele era leal a esse país, não iria acobertar você. Agora está tudo acabado para você, de qualquer forma. Veja o que você fez com a Megan e com os seus filhos — disse ela, embora achasse que os filhos estariam melhor sem ele.

—— Eles vão ficar bem — falou Tony, sem parecer muito preocupado. — Vou sentir saudade só de você. Quem sabe um dia você vem me visitar.

Tony soava melancólico, parecia que havia perdido a noção da realidade, incapaz de entender o que ela sentia em relação a ele e o que no fundo fizera com todos. Ele era um homem desequilibrado, não tinha noção da gravidade de seus atos. Seu narcisismo o havia cegado para todo o resto.

— O que você vai fazer agora? Se esconder para sempre? — perguntou ela numa voz fria e trêmula.

— Bom, com certeza não vou voltar para ser preso. A vida aqui é diferente. Combina comigo.

Ele seria um eterno fugitivo, sabia disso, mas parecia não se importar.

— Você não participou dessa armação, Olympia, ou participou? Meu mundo ia desmoronar se descobrisse que sim. Foi aquela repórter cretina que começou tudo isso. Ela tem sorte de não ter acontecido nada com ela. Mas agora não me importo mais.

Olympia notou que ele não esperou pela resposta dela, e ela não falou nada. Tony não tinha nenhum direito de saber.

— Vou sentir uma saudade enorme de você — acrescentou ele, parecendo triste.

— Nunca vou te perdoar pelo que você fez com o Bill. Eu te amava como amigo, e ele também. Você nos traiu. Você deixou meus filhos sem pai. Matou o homem que eu amava. Vai carregar toda essa culpa e vai ter muito tempo para pensar nisso.

Aquilo não parecia ter nenhuma importância para Tony. Ele não ligava para nada nem para ninguém, nem mesmo para os próprios filhos.

— Nunca mais me ligue. Você está morto para mim. Você é quem devia ter morrido no lugar dele.

— Você devia ter se casado comigo quando eu propus. Tudo seria diferente agora. Você estaria feliz, e não sozinha.

— Prefiro ficar sozinha para sempre a ficar com você.

— Se cuide, Olympia. Estarei pensando em você. Eu te amo.

Ele não tinha a menor noção de como era errado dizer aquilo. E então a chamada foi encerrada, e Olympia ficou olhando para o telefone, perguntando-se onde ele estaria agora. Em algum lugar na Arábia Saudita, provavelmente. Ou no inferno, onde de fato merecia estar.

Olympia ligou para John Pelham logo em seguida para contar sobre o telefonema de Tony, depois ligou outra vez para os filhos. Eles pareciam estar se recuperando do choque, conforme assimilavam as revelações mais recentes. Olympia ressaltou que eles jamais haviam de fato conhecido Tony. Ninguém, na verdade. Bill enxergara sua verdadeira personalidade anos antes, mas fora o único, e aquilo lhe custara a vida. Ela sabia que Josh e Darcy ficariam bem. Eles eram jovens, fortes e saudáveis, tinham uma vida boa, com pessoas do bem à sua volta. Perder o pai tinha sido um golpe terrível, para todos eles, mas Bill lhes deixara um nobre exemplo a seguir. As lembranças que tinham dele seriam eternas, mais do que as lembranças do homem que o matara. O amigo que Tony parecera ser para todos eles jamais existira. Tony Clark não passara de uma ilusão, uma máscara vazia, e um assassino desalmado.

Capítulo 15

Quando Ben e Alix levaram Faye de volta para Duke, as coisas já estavam um pouco mais calmas. Nenhuma das duas precisava mais de seguranças, e a vida foi retomando sua rotina, embora elas tivessem ficado hospedadas no apartamento de Ben até a partida de Faye. Era mais fácil. Faye ficou em silêncio durante o voo, o que era bastante compreensível. Estava com seus fones de ouvido, escutando música em seu iPod, de olhos fechados. De vez em quando, Alix olhava de relance para Ben por cima da cabeça da filha. Eles podiam facilmente visualizar as imagens que estariam passando pela mente da jovem, do dia em que ela levara um tiro e seus amigos foram mortos.

Quando Faye viu o campus, foi atingida pelas lembranças do atentado. Eles viram um canteiro de flores na entrada principal quando chegaram de carro. Vinte e duas coroas de flores eram substituídas a cada poucos dias por floristas locais, em homenagem ao número total de vítimas.

O clima era de sobriedade quando eles passaram pelas flores e seguiram para o alojamento estudantil. Então Faye apertou a mão da mãe com força. Alix envolveu a cintura da filha quando elas saltaram do carro em frente ao prédio. Faye não dividiria o quarto com mais ninguém, até o semestre seguinte, em respeito à companheira que morrera. Os pais da jovem tinham retirado os pertences da filha enquanto a universidade ainda estava fechada. Quando Faye entrou no quarto, sentiu uma dor no coração ao perceber que jamais voltaria a ver a amiga. As duas haviam se divertido muito e se davam bem. A menina era de Atlanta, e Faye tinha ido passar vários fins de semana com ela. Recebera uma linda carta dos pais dela e ligara para eles de Nova York. A menina era filha única, e foi uma tragédia para os pais dela, como para todas as outras famílias.

No dia que a universidade reabriu, houve uma cerimônia em homenagem aos estudantes e aos professores que haviam morrido no atentado. Alix e Ben acompanharam Faye, depois os três deram um passeio pelo campus. Faye acabou encontrando pessoas conhecidas, outros alunos e uma professora assistente que também fora ferida. Todos se abraçaram, e três meninas foram visitar Faye em seu quarto quando eles voltaram para o alojamento. Sabiam que ela se sentiria solitária sem sua companheira, então Alix sugeriu que a filha pedisse para mudar de quarto, o que parecia uma solução mais saudável do que permanecer ali, mesmo que por pouco tempo. Mas Faye não quis, pois ficaria ali por um período pequeno.

Ben e Alix deixaram Faye com as amigas e voltaram ao hotel. A repórter sentia um peso no coração, pensando em tudo o que a filha estava enfrentando, e não queria se separar dela, porém sabia que, mais cedo ou mais tarde, Faye teria de retomar a vida normal.

— Ela vai ficar bem. — Ben tentou reconfortá-la.

O cinegrafista fora um grande apoio para as duas. Era tão afetuoso e solidário. Alix não conseguia imaginar por que ele nunca se envolvera com outra mulher depois de se separar da esposa. Ben tinha tanto a oferecer, mesmo como amigo, e fora tão gentil com as duas, hospedando-as em sua casa enquanto as ameaças a Alix continuavam a chegar, e estava ali, em Duke, com elas. O apoio dele fora essencial logo após o atentado. Ben era uma pessoa extremamente gentil e generosa, e tinha ficado evidente que ele se preocupava muito com Alix e a filha.

— Eu sei que ela vai ficar bem — disse Alix, pensativa —, mas vai carregar esse trauma para sempre.

Ela jamais se esqueceria do que havia acontecido ali, nem Alix se esqueceria do momento em que vira a filha ensanguentada pela TV, quando estava em Nova Orleans.

— Ela também vai carregar as coisas boas que ficaram. A vida é uma questão de equilíbrio. Ela terá ambos — disse ele, e a jornalista não pôde deixar de pensar no filho do amigo.

Os dois conversaram por mais um tempo, sentados em um banco em frente ao hotel. Era uma noite tranquila, e o céu estava estrelado. Alix se deu conta de que os anos tinham passado muito rápido. Parecia que ontem mesmo Faye ainda era um bebê, e Alix estava apavorada. Agora já era quase adulta e estava sozinha na faculdade. A jornalista se deu conta de que, às vezes, só olhando para o passado é que percebemos o quanto nos divertimos. Comentou isso com Ben, e ele deu uma risada.

— Senti a mesma coisa quando saí da equipe SEAL. Na época, eu não me dava conta de que aquilo era ótimo. Estava ocupado demais cumprindo missões e tentando permanecer vivo. Algumas coisas na vida são melhores em retrospectiva. Sinto isso com as nossas missões de trabalho também. Não que eu quisesse repeti-las, mas as lembranças são incríveis.

— Não tinha ideia de que ela ia crescer tão rápido — desabafou Alix.

Ben concordou com a cabeça, compreendendo o que a companheira de trabalho queria dizer. Faye tinha apenas 15 anos quando ele e Alix começaram a trabalhar juntos, e ela costumava falar muito sobre a menina e às vezes reclamava sobre a dificuldade de se ter uma filha adolescente. Mas agora Faye já era quase uma mulher, e Alix se sentia solitária sem a presença dela em casa.

— Minha mãe diz a mesma coisa sobre mim — continuou a jornalista.

Eles se separaram quando estavam na porta de seus quartos e se encontraram cedo no dia seguinte, para levar Faye para tomar o café da manhã fora do campus, em uma cafeteria que ela adorava. Depois Alix voltou com Faye para o quarto dela, para ajudar a filha a arrumar o restante das coisas. Faye se sentia melhor do que no dia anterior, e contente por ter tomado a decisão de voltar à faculdade. Mas ainda estava considerando cursar o semestre seguinte na França. Podia até fazer cursos em francês, pois era fluente no idioma.

A tarde passou bem rápido, e Ben e Alix tiveram de partir às seis para pegar o voo de volta a Nova York. Faye precisava estudar e foi se encontrar com alguns amigos. Havia dois rapazes bonitos no grupo. Um deles também perdera o colega de quarto, e ele e Faye ficaram conversando sobre o assunto. Ele ficou chocado ao saber que Faye levara um tiro, e a achava muito corajosa por voltar depois disso. Mas ela garantiu que estava bem e contente por ter retornado para a universidade. Eles podiam consolar uns aos outros, pois todos tinham passado pela mesma coisa, e Faye sentia-se melhor ali do que com as amigas em Nova York. Ali eles a compreendiam. Todos estavam indo para um restaurante tailandês quando Faye abraçou a mãe e lhe deu um beijo, despedindo-se com lágrimas nos olhos. Ben também ficou emocionado.

Eles ouviram a conversa do rapaz com Faye. Ele tinha perguntado se Ben era pai dela. Ouviram Faye responder que ele era apenas um amigo. Ben e Alix sorriram um para o outro. Então os dois foram de carro até o aeroporto, conversando sobre o fim de semana, enquanto a jornalista tentava se convencer de que Faye ficaria bem sozinha. Devolveram o carro alugado e ainda deu tempo de tomarem cappuccinos no Starbucks do aeroporto antes de embarcar.

— Obrigada por ter vindo com a gente — agradeceu-lhe Alix, num tom sério, mas com um bigode branco de espuma no lábio superior que a fazia parecer o Papai Noel.

Ben sorriu ao notar aquilo.

— Por que você está rindo?

— Você está com um bigode — explicou o cinegrafista, e ela riu enquanto limpava a boca com um guardanapo que ele lhe deu.

Alix pareceu pensativa por um instante, então virou-se para ele enquanto ambos esperavam o voo ser anunciado.

— Fiquei me perguntando uma coisa o fim de semana inteiro... Agora eu conheço você ainda melhor do que antes, quando viajávamos apenas em missões de trabalho. Por que você não voltou a se casar? Seria um ótimo companheiro. É incrivelmente paciente, gosta de fazer tarefas domésticas e se dá muito bem com jovens. Tenho muito menos paciência do que você. Às vezes fico nervosa quando estou com crianças. A Faye e eu costumávamos brigar muito — confessou ela, tomando outro gole da bebida, que estava deliciosa.

— Eu lembro. Você sempre me contava. — Mas fazia um bom tempo que ela e Faye não brigavam. Agora se davam bem, e isso já fazia alguns anos. — Respondendo à sua pergunta, acho que não gosto de rótulos. Eu era muito jovem quando me casei, talvez não tenha pensado direito. Tinha 24 anos, estava na Marinha, e era isso que as pessoas faziam. Elas se casavam jovens. Hoje em dia é muito mais complicado. A gente tem expectativas diferentes. Queremos encontrar a combinação perfeita, temos que gostar dos mesmos livros, dos mesmos filmes, ter as mesmas opiniões políticas e ideias parecidas sobre como gastar nosso dinheiro. Há toda uma lista de quesitos que queremos que combinem, na nossa idade. Não quero apenas preencher a lista de ninguém, e, sinceramente, acho que eu não conseguiria mais me adaptar a um relacionamento. Sou independente demais, principalmente depois de passar todos esses anos fazendo só o que eu queria. Não quero ninguém me dizendo o que fazer.

— Nem eu — admitiu ela. — Morar com um filho é uma coisa, porque é você quem dita as regras. Eu nunca conheci um homem com quem quisesse viver, nem nunca tive uma colega de quarto, a não ser minha filha. Eu deixaria a outra pessoa maluca. Seria capaz de matar se alguém começasse a se intrometer na minha vida. Não tenho essa vontade de me casar. Minha mãe diz que vou me arrepender um dia, quando estiver mais velha. Ela e o Gabriel parecem se divertir muito juntos, mas ela também não quer se casar. Acho que ele se casaria, e até já propôs isso a ela algumas vezes. Eu não quero correr o risco de ter um relacionamento que não dê certo e isso acabar afetando a Faye.

— Mas ela não mora mais com você.

Aquela era uma desculpa esfarrapada, na opinião de Ben. E fora Alix quem tocara no assunto, não ele. De qualquer forma, a jornalista estava curiosa sobre ele, depois de ter visto como ele se dava bem com Faye e até com ela. Bem diferente de quando os dois estavam trabalhando, quando ambos se comportavam de uma forma um pouco mais fria, entrando e saindo de jipes militares, andando com soldados e vivendo em uma espécie de camaradagem de guerra. Mas morar no apartamento dele tinha sido como brincar de casinha, algo com que ambos estavam desacostumados, porém tinha dado certo, para surpresa dela.

Jogaram fora os copos de café quando o voo foi anunciado, pegaram as malas e embarcaram. Alix trabalhou um pouco no computador, pois havia Wi-Fi no voo, e Ben resolveu colocar a leitura em dia. Olhou para Alix de novo.

— Queria saber quando eles vão nos mandar para a próxima missão. — Ele pensou em voz alta. — Felix comentou alguma coisa com você?

A jornalista fez que não com a cabeça. O caso do vice-presidente tinha sido turbulento demais. Dessa vez, toda a ação acontecera ali no próprio país.

— Provavelmente logo. Não tem nenhuma grande pauta para a gente no momento, mas, assim que surgir algo, tenho certeza de que ele vai nos dar.

Agora que Faye voltara à faculdade, Alix estava disposta a viajar. Nesse meio-tempo, Felix cumprira sua palavra, mantendo-os em Nova York.

Ambos estavam se perguntando onde estaria Tony Clark, provavelmente em algum lugar da Arábia Saudita, tendo uma nova vida. A jornalista não conseguia imaginar como ele se adaptaria à nova rotina, e não podia escapar à escolha que fizera, mesmo se depois por acaso se arrependesse. Ben também não o invejava. Tony havia embarcado em um caminho sem volta. Suas contas bancárias tinham sido confiscadas, pois todo o dinheiro viera de ganhos ilícitos, de propinas e sonegação de impostos, portanto ele não tinha recursos próprios e, no momento, dependia completamente dos homens que haviam facilitado sua fuga e o levado para onde quer que ele estivesse. Agora estava vivendo em uma cultura totalmente diferente, à mercê dessas pessoas, uma posição nada invejável, e que não mudaria tão cedo, já que ele não podia trabalhar na Arábia Saudita. Tony não poderia fazer nada, dependeria de seus ex-parceiros comerciais para cada centavo de que precisasse. Pelham descobrira que ele lhes pagara uma enorme quantia antes de fugir para garantir sua segurança no futuro, para que ninguém o matasse. Tony acreditava que um dia poderia ser útil aos sauditas em algum tipo de negociação ou troca de informações. E pelo fato de haver uma pequena chance de ele ter razão, os homens devem ter concordado em mantê-lo vivo, embora o ex-vice-presidente não tivesse mais nenhuma utilidade para eles.

Já que não tinham despachado nada e só haviam levado malas de bordo, Ben e Alix passaram direto pela esteira de bagagem quando chegaram ao aeroporto JFK. Saíram do aeroporto e chamaram um táxi. Faye mandara uma mensagem de texto para a mãe dizendo que estava muito feliz com a ida deles até lá para ajudá-la a se instalar. Disse que aquilo fora muito importante para ela e agradeceu a Ben também. Alix retransmitiu a mensagem dentro do táxi, a caminho do centro. Eles não pararam para comprar comida, pois tinham o suficiente para improvisar um jantar naquela noite. Quando entraram no apartamento, notaram um silêncio estranho sem Faye, embora ela não tivesse passado muito tempo na casa de Ben, e Alix já tivesse ficado ali sem a filha.

Os dois fizeram um sanduíche para cada com o que havia na geladeira, que não era muita coisa. Ben comeu um sanduíche de presunto, e Alix, um de peito de peru. Havia também umas maçãs na fruteira, de sobremesa. Comeram sem falar nada. Alix pensava em Faye e sentia sua falta. Então, depois de comer, foram para a sala de estar. A guerra parecia ter terminado em todas as frentes, e a vida começava a voltar ao normal, o que quer que isso significasse.

Alix olhou para Ben com relutância, como se tivesse uma declaração a fazer.

— Acho que vou voltar para a minha casa amanhã. Já abusei demais da sua hospitalidade.

Fazia várias semanas que ela estava no apartamento dele, desde que havia começado a receber as ameaças, e Faye passara quase duas dessas semanas ali também. Era muito tempo para ficar na casa de outra pessoa, embora ele insistisse que adorava a companhia dela.

Ben fez uma cara triste e sentou-se ao lado dela no sofá. Parecia decepcionado, o que a surpreendeu.

— Eu estava esperando que você fosse ficar por mais um tempo.

— Não tenho uma boa desculpa para isso — disse ela num tom irônico, dando risada. — Ninguém mais está tentando me matar. Não estou recebendo ameaças de morte, minha rua não está alagada, não tem nenhum cano vazando, o aquecimento está funcionando. Pelo jeito, vou ter que ir para casa — ela o provocou. Esses eram todos os motivos-padrão para ficar no apartamento de um amigo. — Não tenho um ex-namorado agressivo me ameaçando e não vou ser despejada — acrescentou mais dois motivos, e ele riu.

— Não podíamos simplesmente inventar algum motivo? Talvez você pretendesse se mudar para o Brooklyn e quisesse ver como é morar aqui. Ou então que sua vizinha é uma prostituta e você não vai com a cara dos clientes, que sempre tocam a sua campainha por engano.

— Gostei dessa! — Alix se animou. — Vamos usar essa desculpa. A história da prostituta.

— Que tal você apenas passar um tempo aqui porque é agradável para nós dois, e pelo fato de você ser uma boa companhia e de eu gostar de você?

— Mas eu tenho um apartamento ótimo e gosto dele. Como vou justificar ficar aqui e não voltar para casa?

— Tem alguém controlando isso? Isso por acaso é da conta de alguém? E nós nos importamos com isso? Você não tem que dar satisfações para ninguém, nem eu.

— Não sei bem o que eu diria para Faye.

— Fico feliz quando você está aqui. Você é uma ótima companhia. Assim tenho alguém com quem conversar à noite, alguém para ouvir minhas histórias. Podemos conversar sobre o seu dia.

Esses eram motivos pelos quais as pessoas moravam juntas, mas geralmente não amigos, na idade deles.

— Não quero empatar a sua vida — justificou-se Alix, referindo-se a um suposto caso amoroso. Eles nunca haviam discutido aquilo.

— Não tem nada para empatar — falou ele, sem constrangimento. — A última vez que saí com alguém foi há seis meses, e foi um desastre. Além disso, vou ficar preocupado se você for para casa. E se as ameaças recomeçarem?

— Se isso acontecer, eu te aviso. — Ela sorriu para Ben e percebeu que ele estava mesmo sendo sincero e queria realmente que ela ficasse. — Você está falando sério?

— Estou. Estive pensando nisso a semana inteira. Não quero que você volte para o seu apartamento. Quero que fique aqui.

— Por quanto tempo?

Talvez ele tivesse em mente só mais uma ou duas semanas.

— Pelo tempo que você quiser. Podemos deixar isso em aberto e ver no que dá.

Ela pareceu confusa ao ouvir a proposta dele e não sabia ao certo se havia entendido o convite, embora achasse que sim. O que ele estava sugerindo era um pouquinho ingênuo. Alix considerava os dois velhos demais para serem colegas de apartamento, e ambos estavam acostumados a ter o próprio espaço e podiam pagar por isso. Não precisavam morar no mesmo apartamento para dividir o aluguel, que era o motivo principal para a maioria dos jovens. Os dois também não estavam envolvidos amorosamente, já que eram apenas parceiros de trabalho e amigos. Porém ela precisava admitir que a sugestão dele tinha certo apelo.

— Deixe eu ver se entendi. — Ela o encarou antes de fazer a pergunta seguinte. — Você está se oferecendo para ser meu colega de apartamento ou meu segurança, ou um pouco dos dois?

— Todas as anteriores, e talvez outras coisas também — respondeu ele, parecendo tímido por um instante, o que não combinava com ele.

Aquele era um novo território para ambos, e Ben a pegara de surpresa. Alix não estava esperando nada parecido com aquela proposta e pretendia voltar para sua casa no dia seguinte.

— Que coisas?

— Bom, o que você quiser.

— Ben! — Ela olhou para ele e começou a rir. — O que está acontecendo aqui?

— Eu já falei. Não gosto de rótulos. Você pode ser o que quiser, com ou sem nome. Colega de apartamento, melhor amiga, namorada, parceira no crime, o que estiver a fim no dia.

Aquilo era o mais perto que ele podia chegar de descrever o que tinha em mente, algo difícil de explicar, depois de terem sido colegas de trabalho e amigos por quatro anos. Mas, para Ben, algo havia mudado, e ele estava tendo dificuldade de expressar isso em palavras.

— Você está me pedindo em namoro?

Alix ficou olhando para ele, meio brincando, e o cinegrafista não soube dizer se ela gostava da ideia ou não, o que o deixou aflito, mas, agora que estava metido nisso até o pescoço, iria até o fim.

— Na verdade, eu estava pensando que a gente podia incluir isso. Eu gosto dessa ideia, se for boa para você também.

— Isso é sério? — Ela estava atordoada. Não esperava isso dele.

— É, sim. Tenho pensado em você desde que se mudou para cá. Logo no segundo dia percebi que não queria que você fosse embora. Bom, acho que foi no primeiro, para ser sincero. Eu gosto de morar com você, é legal ter você por perto, e a Faye também.

— Eu também gosto de ter você por perto. Só nunca pensei em nós dois dessa maneira. Pensei que seríamos colegas de trabalho para sempre, embora minha mãe tenha me chamado de maluca por não ter um romance com você.

Na verdade, aquela foi a primeira vez que Alix pensou no assunto, quando a mãe lhe disse algo sobre Ben ser ótimo e bonito. Perguntou por que ela não estava dormindo com ele. Mas Alix não achara que aquela era uma opção para nenhum dos dois, embora também tivesse gostado de passar uns dias com ele.

— E então, o que você acha? Qual parte do plano te agrada?

Ele havia oferecido várias opções, e todas pareciam boas para Alix. Ela estava sorrindo, então Ben se aproximou da jornalista no sofá, com um brilho nos olhos que ela nunca havia notado antes. Ele achava que as negociações estavam durando tempo demais. Então beijou Alix na posição que estavam sentados, tomou-a nos braços e, algum tempo depois, os dois foram para o quarto dele, tiraram suas roupas e se deitaram na cama. Alix o interrompeu por um instante e sussurrou para ele no escuro antes de continuarem. Nada daquilo estava nos planos da repórter para aquela noite, mas ela estava gostando, e muito. Gostava dele mais do que havia imaginado, e eles já se conheciam tão bem, o que tornava tudo muito melhor.

— Cadê o revólver? — sussurrou ela, entre um beijo e outro.

— Por quê? Você vai me dar um tiro?

— Não quero esbarrar nele e disparar. — Ela nunca tinha dormido com um homem que guardava um revólver ao lado da cama.

— Eu tirei as balas e o guardei numa gaveta e a tranquei, depois que você me deu aquele susto e eu quase atirei em você. Achei que seria melhor enfrentar um ladrão de mãos vazias a atirar em você.

— Que bom. Podemos deixar essa gaveta trancada para sempre?

— Se é isso que você quer — sussurrou ele, muito mais interessado em fazer amor com ela naquele exato momento do que em falar sobre armas de fogo.

— Ótimo... obrigada.

Então os dois se entregaram à paixão e descobriram tudo o que não sabiam um sobre o outro e que jamais haviam suspeitado. Era o começo de uma nova dimensão entre eles, sem rótulos. Curiosamente, o que aconteceu naquela noite fora por causa de Tony Clark e das ameaças que Alix recebera enquanto o investigava. Depois, quando eles estavam deitados na cama, exaustos e sem fôlego, Ben sorriu para a mulher por quem havia se apaixonado em algum momento da vida. Não havia palavras para o que ele sentia por ela, e eles não precisavam de palavras. Tinham o que nunca sequer souberam que queriam, e haviam esperado quatro anos para descobrir juntos. Quando ele adormeceu ao lado dela, a jornalista o beijou e, pela primeira vez, percebeu que o amava. Então se aninhou nos braços dele e adormeceu também.

Capítulo 16

Uma semana depois, Alix e Ben ainda estavam revisando os últimos detalhes do caso de Tony Clark. A pedido de Felix, a jornalista tentara fazer uma entrevista com Megan Clark na Califórnia, na casa dos pais dela em Santa Barbara, mas não conseguira. A Sra. Clark havia se recusado a falar com a imprensa, mas Alix conseguira marcar uma entrevista com o recém-nomeado vice-presidente e viajara para Washington junto com Ben. O secretário de imprensa da Casa Branca estabelecera a condição de que ela não poderia abordar o caso do ex-vice-presidente desmoralizado, e Alix concordara, pois estava mais interessada em saber as opiniões do atual vice-presidente sobre uma série de assuntos importantes do que sobre o escândalo político. Todos queriam seguir em frente, porém, nos círculos em que ele era conhecido, as ondas de choque causadas pelas atividades criminosas do ex-vice-presidente ainda foram sentidas por várias semanas. Era difícil entender como ele pudera ser tão espantosamente desonesto sem que ninguém notasse. Ele tinha sido muito sagaz, e possuía um vasto arsenal de máscaras para se esconder. O aspecto mais perturbador, é claro, era o trágico assassinato de Bill Foster. O resto era só uma série de jogos envolvendo quantias inimagináveis de dinheiro. Bill Foster, por outro lado, perdera a vida, Olympia não tinha mais o marido, e seus filhos haviam ficado sem o amado pai, o que era a pior coisa no mundo. Além deles, Megan, a mulher de Clark, e seus filhos também tinham sido vítimas.

Como sempre, Alix fez uma excelente matéria em sua entrevista com o novo vice-presidente, e Felix a elogiou muito quando ela voltou à redação no dia seguinte. Ela e Ben estavam sentados na sala dela revisando suas despesas quando Felix entrou. Ele conseguira reduzir sua dose de antiácidos para dois por vez, em vez de engolir um punhado ao mesmo tempo, como vinha fazendo nas últimas semanas. Alix começara a ficar preocupada, pois achava que ele podia engasgar. Todos eles tinham se saído muito bem no caso Clark. A cobertura do escândalo político havia chegado aos maiores índices de audiência, e os diretores da emissora estavam extremamente satisfeitos.

— Deve ser ótimo estar de volta ao seu próprio apartamento — disse Felix para Alix enquanto parava para conversar com eles.

A jornalista assentiu e disse algo vago e incompreensível, que ele nem escutou direito. Ben deu uma risada quando Felix saiu da sala.

— Quando nós vamos contar para ele? — perguntou Ben, curioso sobre como ela queria lidar com a nova situação deles no trabalho.

Não havia motivos para que ninguém suspeitasse de nada. Eles também não tinham comentado nada com Faye, embora Alix tivesse admitido o romance recentemente para sua mãe em um telefonema. Isabelle ficou contente com a notícia. Queria que os dois fossem visitá-la naquele verão, quando Faye estivesse lá. Ela estava planejando passar as férias de verão inteiras na casa da avó, até setembro. Alix dissera à mãe que não sabia quais eram seus planos, e que eles provavelmente estariam trabalhando, mas talvez pudessem tirar uma ou duas semanas de folga em algum momento. Isabelle torceu para que isso acontecesse mesmo.

— Achei que você não gostasse de rótulos — disse ela.

— Estou começando a gostar ainda mais dessa ideia.

Ben deu um sorriso para ela e roubou um beijo enquanto ninguém estava olhando.

— Se você fizer isso aqui na redação, não vamos precisar contar nada para eles — disse ela, sorrindo.

Alix sentia-se renovada e feliz, e estava gostando de morar com ele. Os dois se davam bem, faziam longos passeios nos fins de semana, e à noite preparavam o jantar juntos. Certo dia, pegaram uma balsa para Fire Island e deram uma caminhada na praia. Estavam fazendo coisas que nenhum deles se dava ao trabalho de fazer havia anos. De repente, eles conseguiram arranjar tempo para isso. Viver juntos, com ou sem rótulos, estava sendo muito bom para ambos.

Alix também participara de várias avaliações sobre o caso junto com o Serviço de Operações Clandestinas da CIA, sobre o encontro dela com o informante em Teerã. Ela lhes repassou todos os detalhes do encontro, confirmando os nomes dos quatro empresários da Arábia Saudita com quem Tony fizera negócios, segundo a mesma fonte. Revelou tudo o que sabia de seus contatos nos lobbies e encontrou-se com o diretor de Inteligência Nacional. Alix lhes passara tudo o que tinha de informação antes da audiência do grande júri, mas revisou tudo outra vez com eles para garantir que não havia deixado escapar nenhum detalhe, por menor ou mais insignificante que aparentemente fosse. Ela queria fazer o possível para fortalecer a acusação contra Tony Clark e confirmar todas as evidências que tinha, para o caso de eles conseguirem levá-lo ao tribunal, o que era improvável. Aquilo não mudava o fato de que ele havia fugido. Pelham lhe contou que um informante local no Oriente Médio confirmara que Tony fora visto recentemente no Bahrein, mas agora não tinha mais nada para negociar. Não possuía uma base de poder, apenas informações antigas, que seus contatos sauditas já dispunham de encontros anteriores. Ele se tornara obsoleto da noite para o dia quando deixara de ser vice-presidente. E as fontes da CIA no local diziam que ele estava morando numa casinha que recebera em Jidá. Tony agora era irrelevante para os sauditas, e os funcionários mais graduados da CIA se perguntavam se eles o matariam em algum momento. Era uma possibilidade, embora eles suspeitassem, por causa de uma vasta quantia sacada de uma de suas contas no exterior antes da fuga, que Tony tivesse pagado por proteção. Mas, se eles respeitariam isso ou não, ninguém sabia nem podia prever. Aqueles homens eram tão inescrupulosos quanto ele, e também muito espertos.

Alix recebeu inúmeros elogios por sua cooperação, e John Pelham lhe agradeceu novamente depois da reunião deles com o diretor.

— Como Olympia Foster está? — perguntou a jornalista.

— Falei com ela faz alguns dias. Tivemos algumas reuniões com ela também. Acho que agora está melhor do que quando tudo isso começou. Acho que Clark a mantinha em rédeas curtas. Não sei exatamente como ele conseguia fazer isso, mas agora ela parece mais serena. Homens como ele exercem um efeito estranho sobre as pessoas. Ele é um mau-caráter. Ficar preso em Jidá com recursos limitados não será uma vida agradável. E tenho certeza de que os comparsas dele da indústria do gás e do petróleo também não estão contentes com a situação. Provavelmente não sabiam que ele estava recebendo propinas dos lobistas também, achavam que tinham um acordo exclusivo com Tony. E o assassinato de Bill Foster acabou pegando mal para eles. É isso que acontece com quem se envolve em jogos perigosos — comentou John Pelham, sem demonstrar nenhuma pena de Tony. — Mais cedo ou mais tarde, você acaba se queimando. Um dia o passado volta para te atormentar.

Era o que estava acontecendo com Tony e, de certo modo, ele não estava mais seguro, pois não tinha mais nada a oferecer. Estava à mercê daqueles homens.

Pelham agradeceu a Alix mais uma vez, dizendo que esperava que eles pudessem trabalhar juntos de novo algum dia. Ela falou que ficara muito grata pelos seguranças que o agente havia designado para ela e para a filha. Pelham ainda lhe contou que o agente do

FBI que levara um tiro em Duke passava bem e que já estava de volta ao trabalho.

— E você me parece muito bem protegida — comentou Pelham, sorrindo para Ben.

O agente sabia tudo sobre a história de Ben na equipe SEAL da Marinha, pois a CIA o havia investigado no início da operação. Pelham ficara impressionado com algumas das missões de Ben. Ele tivera uma carreira de destaque na equipe SEAL e fora condecorado inúmeras vezes, antes de começar a trabalhar na TV.

Alix esperava rever Olympia algum dia. Mas não lhe parecia correto incomodá-la no momento. Aquilo tudo ainda era muito recente, e a mídia a assediara por um tempo, sabendo que ela fora próxima de Tony, especialmente quando a verdade sobre o assassinato do marido foi revelada. Olympia se recusara a comentar qualquer coisa. A atitude era considerada digna por todos e típica dela. Alix pensava muito nela e se perguntava o que a viúva estaria fazendo. Esperava que o desaparecimento de Tony a tivesse libertado. De certa forma, o fato de ele ter fugido para outro país a fim de evitar a justiça fora a melhor coisa que podia ter acontecido a ela. Dessa forma, Olympia não seria obrigada a reviver o passado em público em um julgamento.

A única vez que Olympia fora vista desde a fuga de Tony havia sido em um jantar na campanha para o irmão dela. A viúva fizera uma rara aparição para demonstrar apoio à família, embora já fosse óbvio, havia anos, que os dois não eram próximos. De qualquer forma, posou para fotos com ele.

Ela jantara com o sogro em sua casa e visitara Josh mais uma vez em Iowa. E, depois de estudar com toda calma os catálogos de várias faculdades de Direito e de visitar tanto a Columbia como a NYU, decidiu se inscrever em um programa de mestrado na Columbia, que a atualizaria sobre as últimas mudanças no sistema judicial e lhe permitiria se concentrar na estrutura legal de organizações sem fins lucrativos, algo que lhe interessava bastante. As aulas começariam em setembro. Josh ficou orgulhoso da mãe quando ela lhe contou a novidade. E Charles Foster ficou muito contente pelo fato de a nora ter seguido o conselho dele. Mas, quando ela contou para Darcy na África pelo Skype, a filha ficou estupefata.

— Você vai voltar para a faculdade, mãe? — Ela abriu um sorriso radiante para Olympia pela tela do computador. — O que a fez tomar essa decisão?

Olympia passara tanto tempo reclusa desde que o pai deles morrera que era difícil imaginar que ela ainda pudesse ter uma vida de verdade. Era tudo o que Josh e Darcy queriam para a mãe. E ela dera esse passo por conta própria.

— Foi sugestão do seu avô. — Ela deu o crédito a Charles Foster. — Vi que era hora de parar de me esconder nas sombras.

— E o segundo livro sobre o papai? — perguntou Darcy, preocupada por um instante.

— Deixei isso de lado por ora. Não tenho certeza de que possuo material suficiente para um segundo livro, e talvez o mundo não precise de outra publicação sobre os princípios e os ideais do Bill. Há outras pessoas no cenário político atual, é a vez delas agora. Acho que o seu pai entenderia.

Darcy ficou com os olhos marejados de lágrimas ao ouvir aquilo. Era música para os seus ouvidos, e teria sido para o pai dela também. A filha tinha certeza disso.

— Acho que o papai ia querer que você fosse feliz, mãe. Você ficou de luto por um bom tempo.

Olympia concordou com a filha, e então se deu conta de que Tony se empenhara muito para mantê-la para baixo. Tony queria que ela ficasse em silêncio, inacessível e invisível, que não revelasse nada que Bill pudesse ter lhe contado sobre ele. E, caso o fizesse, ela pareceria desequilibrada, por estar tanto tempo reclusa. Tony convencera Olympia de que ela nunca se recuperaria do trauma. Ela acreditara nele por muito tempo, e ele era possessivo em relação à viúva. Tony lhe causara um dano quase tão grande quanto a morte do marido, fizera uma lavagem cerebral nela e ninguém havia suspeitado disso, nem a própria Olympia. Ele fizera tudo de forma magistral, em todas as frentes, e fora extremamente tóxico para ela. Olympia agora se sentia ela mesma de novo, livre. Seus filhos também conseguiam ver isso. Ela finalmente estava de volta.

— Estou pensando em voltar para a faculdade também, mãe — revelou Darcy depois do grande anúncio de Olympia. — Quero fazer mestrado, ou na NYU ou na Columbia também. Já me inscrevi e estou esperando a resposta. Volto para Nova York em agosto.

Olympia ficou espantada ao ouvir aquilo. O plano da filha, anteriormente, era passar mais um ano na África.

— Quem sabe podíamos ir para a faculdade juntas. Se você não se importar, eu gostaria de morar na sua casa por um ano — falou Darcy.

Olympia ficou muito animada ao ouvir aquilo, era a melhor notícia que recebia em meses, mas com certeza significava uma mudança de planos para a filha.

— E o seu médico francês aí?

Darcy pareceu triste por um instante. Havia acabado de fazer 23 anos e, com a mãe começando um novo capítulo de vida, ela gostava da ideia de passar um tempo morando em casa.

— Aconteceu alguma coisa com ele? — acrescentou Olympia delicadamente.

A jovem deu de ombros e demorou para responder.

— Ele é uma pessoa maravilhosa, mãe, mas é dez anos mais velho que eu, e nós queremos coisas diferentes. Acho que ele não quer nada fixo por muito tempo, e ele cresceu na África. O lar dele é aqui. Eu estou pronta para voltar, e ele achou que isso era uma boa ideia.

Seu lábio tremeu quando ela disse isso, e seus olhos se encheram de lágrimas. Olympia queria poder dar um abraço na filha. Bom, em agosto poderia fazer isso.

— Que tal fazer uma viagem comigo nesse verão? Josh e Joanna vão visitar seu avô na França. Quem sabe poderíamos encontrá-los lá.

O rosto de Darcy se iluminou com a sugestão, e Olympia prometeu ligar para Josh a fim de combinar os detalhes. Mesmo uma semana ou dez dias juntos seria ótimo para todos. Eles não faziam isso desde a morte de Bill, e antigamente costumavam viajar juntos todo ano. Era hora de retomar velhas tradições e revivê-las, e começar novas tradições. Olympia mencionou que já havia alugado uma casinha nos Hamptons em julho e estava passando um tempo lá sozinha.

— Eu ia adorar, mãe — disse Darcy, com os olhos brilhando.

Elas conversaram por mais um tempo, e Olympia prometeu falar com Josh sobre a viagem, ou talvez estender o aluguel da casa nos Hamptons, ou ambos. Estava animada com todas as possibilidades. E então, antes de desligarem, Darcy perguntou à mãe sobre Tony, e se alguém sabia onde ele estava. Olympia hesitou por um instante e respondeu, embora na verdade não quisesse falar muito no assunto.

— Parece que ele foi visto no Bahrein e na Arábia Saudita. A suspeita é de que ele esteja vivendo em Jidá.

— Você acha que ele vai voltar um dia?

— Não, acho que não. Seria loucura. Ele vai ser preso se voltar.

— E a mulher dele?

— Tenho certeza de que ela vai pedir o divórcio, ou quem sabe tentará ir procurá-lo para ficar com ele, mas duvido muito, considerando tudo o que sabemos sobre ele agora.

— É tão estranho. É como se ele tivesse morrido. Todo mundo está falando coisas horríveis sobre ele. É como se nós nem o conhecêssemos — desabafou Darcy, ainda abalada com a história.

Mas a mãe dela falou de um jeito firme e claro.

— Não, nós não o conhecíamos. Acho que seu pai foi o único que percebeu quem ele era, no fim das contas.

— Acho que nunca vou entender o que aconteceu — disse Darcy, com tristeza. Fora a maior desilusão de sua vida.

— Acho que nenhum de nós vai entender nunca. Pessoas como ele simplesmente não são humanas. Não têm consciência nem empatia pelas outras. Ele é um sociopata.

— Que triste — lamentou Darcy.

Então Olympia mudou de assunto. Mas pelo menos agora conseguia falar sobre Tony sem sentir um mal-estar. No começo, quase desmaiava toda vez que pensava nele e no que ele fizera com Bill. Mas agora estava bem mais forte.

Elas encerraram a chamada no Skype alguns minutos depois, e Olympia ligou para Josh naquela noite a fim de falar da viagem para a França com Darcy. Ele adorou a ideia. Josh e Joanna estavam bastante animados. O jovem se mostrou surpreso ao saber que a irmã pretendia voltar para casa.

— O que aconteceu com o médico francês?

— Não sei direito, mas parece que já deu o que tinha que dar. Ele é mais velho, e provavelmente percebeu que Darcy é jovem demais para ele. Ela pretende morar aqui em casa por um ano enquanto faz mestrado. Para mim, parece uma ideia divina.

E, para Josh, sua mãe parecia estar maravilhosamente bem, o que era a melhor parte. Parecia que Olympia havia ficado desaparecida por seis anos, mas agora voltara para eles. E pensar que ele quase perdera as esperanças.

As coisas foram se encaixando lentamente depois disso. Olympia conseguiu estender a estada na casa em Bridgehampton e disse aos filhos que eles eram bem-vindos quando quisessem. Estava animada com a ideia de voltar a estudar em setembro. Pensar nisso a fazia se sentir jovem outra vez. Darcy foi aceita na NYU. O fato de ser filha de Bill Foster provavelmente ajudou Darcy a ser admitida excepcionalmente depois do prazo, além do trabalho que ela desenvolvera na África.

Então a família escolheu uma data para todos estarem juntos em Paris por uma semana, quando Darcy já estivesse nos Estados Unidos, depois que Josh e Joanna tivessem passado uns dias com Charles na França. Olympia achava que a filha sentiria falta do médico francês, mas estaria ocupada com a faculdade no outono. Elas teriam muita coisa a fazer. Novos capítulos haviam começado para todos.

Capítulo 17

Alix havia acabado de sair do ar, logo após anunciar um novo escândalo sexual em Washington, e correu até sua sala para trocar o blazer Chanel azul-escuro por algo mais confortável e feminino. Ben ia levá-la para jantar em um restaurante novo do qual tinham ouvido falar. A vida a dois estava sendo divertida. Assim que tirou o blazer, Ben a tomou nos braços, beijou-a e começou a abrir seu sutiã. Então eles ouviram a porta se abrir e se afastaram num pulo, como crianças culpadas. Felix estava parado olhando para os dois. Ele não tinha sequer suspeitado do que estava acontecendo com seus funcionários.

— Não parem por minha causa. Adoro pornografia na redação. Como foi que não percebi isso? É recente, inspirado no que está acontecendo em Washington?

Ele parecia estar achando graça, e não constrangido. Mas sentiu-se tolo por não ter suspeitado daquilo antes. Alix e Ben eram adultos e podiam fazer o que bem quisessem, e havia um bom tempo que não viajavam juntos. Felix se perguntou se os dois estavam apenas entediados ou se aquilo era sério.

— Desculpa, Felix — disse Alix, corada, vestindo novamente o blazer.

— Não se preocupe. Vocês são adultos, e eu não tenho nada com isso.

O produtor gostava de ambos. Sempre se perguntara por que nunca acontecera nada entre eles. Achava que os dois combinavam, motivo pelo qual trabalhavam bem juntos.

— Longe de mim querer interromper o romance de vocês, mas será que teriam tempo de cobrir um terremoto em Pequim? Há meia hora aconteceu um, nível 7.2, e está uma confusão danada lá. Resolvi colocar vocês dois no voo da meia-noite. Quem sabe podem até fazer amor nas alturas, só não sejam presos em Pequim.

Felix a provocava, e Alix parecia envergonhada. Ben não se deixou abalar tanto.

— Quão grave é? — perguntou Ben, focando no terremoto na China.

— É muito cedo para sabermos, mas parece que há muitas vítimas. Equipes de resgate internacionais e a mídia do mundo todo estão indo para lá agora. Acabamos de reservar o voo de vocês.

Alix olhou para o monitor em sua mesa, que estava no mudo. Era por isso que eles não tinham ouvido. Viu as primeiras imagens de vídeos amadores gravados com celulares, o que era bem comum hoje em dia. Alguém sempre conseguia imagens da cena antes da chegada da imprensa. Ela ligou o som e ouviu gritos e prédios desmoronando, além de um barulho assustador vindo do chão. O terremoto tinha sido breve, mas causara muitos danos. Havia pessoas correndo pelas ruas e crianças chorando.

— Vamos para casa fazer as malas — disse Alix num tom sério, e Felix sorriu para eles.

— Não me levem a mal. Eu amo vocês dois, e sou totalmente a favor do que quer que esteja acontecendo, contanto que estejam felizes. Não queremos nenhuma vítima aqui — disse Felix.

— Nem nós — garantiu Ben ao chefe.

— Que bom. Então vão cobrir as notícias e voltem ilesos. Cuidem um do outro — disse ele, com gentileza. Estava contente com a descoberta.

— Sempre voltamos — respondeu o cinegrafista.

Felix acenou para eles e saiu da sala. Alix resmungou e olhou para Ben. Estava visivelmente constrangida por ter sido flagrada pelo chefe. Pareciam dois jovens dando um amasso na redação.

— Que vergonha.

— Poderia ter sido pior. Eu estava prestes a tirar seu sutiã quando ele entrou.

— Não devíamos fazer isso aqui — retrucou ela, severa.

— Me lembre disso da próxima vez.

Os dois estavam se divertindo juntos e, sem nenhum grande acontecimento para cobrir no trabalho desde o caso do vice-presidente, tinham muito tempo de folga.

— Acho que nosso jantar já era — disse Alix, chateada.

Ben olhou no relógio. Tinham de ir para o aeroporto dali a três horas.

— Bom, vamos ter que calçar as botas de combate de novo — comentou o cinegrafista, fazendo a repórter sorrir. — Vai ser bom pôr o pé na estrada de novo. Tem sido legal aqui, mas eu estava sentindo falta.

— Eu também.

— E pense no dinheiro que eles vão economizar com a gente.

— Como assim? — Ela parecia confusa.

— Um quarto de hotel em vez de dois. Eles deviam nos dar um bônus.

Ben então chamou um Uber e os dois foram para casa. Felix lhes enviou um longo e-mail com informações, que eles leram juntos no caminho até o Brooklyn, e ambos foram arrumar as malas quando entraram em casa. Ben terminou primeiro e preparou algo para os dois comerem. Alix resolvera colocar botas robustas, uma calça jeans e sua jaqueta militar, caso eles tivessem de ir direto ao trabalho quando desembarcassem, o que era bem provável.

— Você é a única mulher que eu conheço que fica bem com esse tipo de roupa. Agora vou ficar maluco pensando na lingerie sexy que você costuma usar por baixo. Eu não sabia disso antes.

— Bom, agora você sabe. — Ela o beijou.

Ele fizera uma omelete rápida para o jantar, e os dois partiram para o aeroporto pontualmente na hora marcada. A emissora mandara um carro com motorista particular para buscá-los, e o trânsito estava tranquilo. Chegaram ao aeroporto a tempo de fazer o check-in e ir para o lounge. Alix ficou assistindo às notícias e viu novamente as mesmas imagens de Pequim. Então ligou para Faye na casa de sua mãe na França para lhe dizer aonde estavam indo. Alix ainda não tinha contado à filha sobre o romance, queria ter certeza do que estava fazendo primeiro, mas Faye sabia que a mãe continuava morando no apartamento de Ben. Alix estava surpresa com o fato de a jovem ainda não ter lhe perguntado nada. Pensou que talvez Faye não quisesse saber. Elas conversaram por um tempo, até a hora do embarque. Alix se despediu dizendo que telefonaria de Pequim se conseguisse. Era bem provável que os meios de comunicação estivessem interrompidos e talvez isso durasse um bom tempo.

Alguns minutos depois, já acomodados no avião, Alix olhou para Ben com um grande sorriso.

— Por que você está tão feliz? — perguntou ele, também sorrindo.

— Por nós. Tem sido muito legal até agora.

Ela falava como se esperasse que aquilo fosse acabar a qualquer momento, mas nada acontecera para deixar nenhum dos dois preocupados. Agora o relacionamento entre os dois estava melhor do que antes, e o sexo acrescentara toda uma nova dimensão à sua vida.

— Você ouviu o que Felix disse — lembrou ele, enquanto um comissário de bordo lhes servia champanhe.

— Sobre o quê?

Ela bebeu um gole do champanhe com uma expressão curiosa.

— Ele disse para nós fazermos amor nas alturas.

— Nem pense nisso, Ben Chapman. Estamos trabalhando. Como você pode pensar numa coisa dessas?

— Porque sou louco por você — sussurrou ele, e a beijou.

254

Alix retribuiu o beijo e sorriu.

— Comporte-se.

— Assim não tem graça.

— Então veja um filme, durma, coma, faça alguma coisa.

Ele a beijou de novo e, minutos depois, o avião decolou. Contornaram Nova York e seguiram rumo a Pequim. Sentiram-se felizes por estarem juntos em mais uma viagem.

A situação em Pequim era pior do que eles imaginavam. Quando chegaram, juntaram-se a um grande grupo da imprensa internacional que estava trocando informações, compartilhando pontos da cidade que tinham averiguado, e também tradutores, já que quase ninguém falava inglês nem nenhuma outra língua além de mandarim, inclusive nos hotéis. Vários prédios haviam desabado, o que aumentara ainda mais o número de mortos e vítimas, e havia corpos presos nos destroços e crianças feridas; paramédicos e equipes de resgate. A Cruz Vermelha estava em ação, uma equipe da Suíça com cães de resgate e profissionais israelenses, americanos, alemães, britânicos e franceses. Era toda uma comunidade tentando ajudar, e os jornalistas passaram uma semana inteira trabalhando, sem parar nem para respirar. Todos estavam exaustos, e Alix pegara um resfriado forte. Tivera tosse, por causa de toda a poeira de gesso no ar. Além disso, o fedor de corpos em decomposição começava a deixar todos perturbados. Tinha sido um trabalho duro, física e mentalmente, desde que eles chegaram, e Alix não conseguira contatar Faye a semana toda, pois todas as torres de celular estavam fora do ar. O exército chinês estava ajudando, e todos experimentavam um sentimento de coesão e compaixão humanitária que os unia. Ben e Alix tinham dormido na traseira de um caminhão militar britânico nos últimos dias. Todos os suprimentos necessários para as equipes de resgate e para os habitantes locais haviam sido trazidos de avião.

Ficaram lá por duas semanas ao todo, e, no caminho de volta para casa, pararam em Hong Kong para passar o fim de semana. Foi um alívio fugir daquelas cenas desoladoras em Pequim, com milhares de mortos, pessoas mutiladas e feridas, crianças órfãs, e casas e lojas destruídas. A cidade sofrera perdas terríveis, e as pessoas que ajudaram tinham feito um excelente trabalho.

Eles jantaram no L'Atelier de Joël Robuchon na primeira noite lá, e isso fez com que os dias passados em Pequim parecessem ainda mais surreais. Hong Kong era tão sofisticada e civilizada, e parecia totalmente distante do que eles tinham vivenciado por duas semanas. As roupas militares de Alix estavam cobertas de terra, e ela as mandou para a lavanderia do hotel. Foi até fazer compras com Ben e sentiu-se culpada por ser tão fútil depois de tudo o que tinham visto, mas era difícil resistir àquelas lojas fabulosas. Ben comprou para ela um lindo bracelete de jade, que o dono da loja disse que lhe traria sorte. Era a primeira vez que ele dava um presente a Alix, e ela o colocou no braço e anunciou que a joia agora era seu amuleto da sorte.

Quando chegaram a Hong Kong, Alix conseguiu falar com Faye. A filha disse que estava preocupada com os dois. Ela assistira a toda a cobertura na TV e tinha visto a mãe várias vezes. Já não ficava mais impressionada com aquilo, mas pelo menos podia ver que ela estava viva e bem. Faye estava gostando de passar um tempo com a avó, e parecia relaxada.

— Você está doente? — perguntou a jovem. — Vi você espirrando e tossindo faz alguns dias.

— Peguei um resfriado. Tem tanta poeira e poluição no ar que tossi o tempo todo. Agora estou melhor. Nós voltamos amanhã.

Porém Felix havia mudado novamente os planos. Ligou para eles à meia-noite e disse que tinham de ir para o Cairo na manhã seguinte, pois havia acontecido um atentado com bomba lá, causando a morte de um ministro.

256

Eles ficaram quatro dias no Cairo e então voltaram para casa. Haviam passado quase três semanas fora, mas parecera um século para ambos quando aterrissaram em Nova York. Tinha sido uma viagem longa porém produtiva.

Naquela noite, os dois estavam deitados na cama depois do banho, e Alix já estava quase dormindo. Ela olhou para Ben ao seu lado e pensou que tinha sorte de estar com ele e tê-lo em sua vida.

— Espero que não aconteça nenhum tsunami nem comece nenhuma guerra hoje — falou ela, sonolenta. — Estou cansada demais para me mexer ou embarcar em outro avião.

Ele a puxou para perto e a segurou nos braços.

— Vamos fazer isso na próxima vez — disse ele, com seriedade.

Alix olhou de relance para Ben.

— Fazer o que na próxima vez?

— Amor nas alturas — respondeu ele, parecendo sério.

— Para com isso, nós não vamos... — Ela parou de falar e olhou para ele, então continuou: — Eu te amo, Ben, o que quer que a gente seja...

Os rótulos eram irrelevantes. Os dois se amavam, e isso era tudo o que importava. O resto era só detalhe. E tinha sido uma ótima viagem. Felix ficaria muito satisfeito.

Capítulo 18

A viagem de Olympia para Paris com os filhos havia sido perfeitamente organizada e planejada por ela e Jennifer. Eles tinham reservas no Peninsula Hotel, na avenida Kléber, um lugar relativamente novo que diziam ser bastante luxuoso, com belos quartos e suítes, comida excelente, funcionários impecavelmente treinados e uma frota de Rolls-Royce com motoristas na porta, esperando para levá-los aonde quisessem ir, assim como o Peninsula em Hong Kong.

Olympia não ficou nada decepcionada quando viu seus quartos. As janelas abriam-se para uma linda vista dos telhados de Paris. A viagem tinha um clima de férias. Era a primeira vez que Josh e Darcy viajavam com a mãe em seis anos. E ela mal podia esperar para explorar Paris com os dois, fazia dez anos que não iam à capital da França. E parte da beleza de Paris era que nada mudara. A Torre Eiffel brilhava lindamente a cada hora durante a noite. O céu tinha uma exuberância romântica e pitoresca em tons de rosa e malva ao pôr do sol. A claridade continuava até depois das dez da noite. O Arco do Triunfo e vários outros edifícios tinham sido limpos. A Praça da Concórdia estava deslumbrante. Havia muitas banquinhas de livros, o Louvre e suas pirâmides continuavam inalterados. As cafeterias ao ar livre eram sedutoras, as caminhadas à beira do Sena eram pacíficas, Notre Dame, Sacré-Coeur, a Madeleine. Eles

259

andaram de uma ponta à outra de Paris e foram a ótimos restaurantes à noite. Olympia queria paparicar os filhos e aproveitar cada minuto com eles, pois havia se ausentado por muito tempo. Aquele era o lugar perfeito para comemorar sua volta. Joanna mostrou-se uma ótima companheira de viagem. E eles gostaram de passar um tempo com Charles também.

Darcy estava triste com o fim do romance com o médico francês, mas era realista a esse respeito. Os dez anos de diferença entre eles pesavam muito. Ele amava a África como seu lar, pois crescera lá. Aos 23 anos, ela não estava pronta para se mudar para a África para o resto da vida, e queria voltar para casa. E o médico lhe dissera que não acreditava em casamento e que queria ter filhos um dia, mas sem nenhum laço oficial entre eles. Os dois eram de culturas completamente diferentes, sem contar a diferença de idade. Ela o amava, mas era óbvio para ambos que o relacionamento nunca daria certo a longo prazo. Ela passara um ano maravilhoso na África, mas queria fazer outras coisas agora. Já Josh e Joanna estavam animados por estarem ali, e passaram um dia passeando pela Normandia de carro, o que lhes deu um gostinho da paisagem rural francesa, enquanto Olympia e Darcy foram às compras.

A semana passou bem depressa e, na última noite, jantaram em um restaurante magnífico com lindos jardins, chamado Apicius. As mulheres tinham feito compras na avenida Montaigne e no Faubourg-Saint-Honoré e voltado com alguns tesouros, o que deu a Josh a chance de passear no Bois de Boulogne, pois ele odiava fazer compras. Era uma viagem de que todos sabiam que lembrariam para sempre. Era uma celebração da vida em um lugar fabuloso, e eles prometeram um ao outro que viajariam juntos todo ano, como costumavam fazer antigamente.

— No ano que vem, nosso roteiro pode ser Roma e Veneza — comentou Darcy, e Josh sugeriu Espanha, Noruega ou Baviera.

Eles tiveram uma conversa animada em seu último café da manhã juntos antes de Josh e Joanna pegarem o voo para Chicago.

Olympia e Darcy voltariam para casa em Nova York. Todos lamentavam que as férias estivessem terminando. Josh e Joanna tinham prometido passar um fim de semana em Nova York.

Ao voltar para Nova York, Darcy ficou emocionada de estar em casa, na própria cama e no próprio quarto. Sentia que o clima da casa tinha mudado. O escritório onde a mãe se enclausurara por seis anos e que usara como refúgio do mundo, com o incentivo de Tony, continuava o mesmo, com as fotos e recordações de seu pai, mas todos os papéis e as pesquisas para o segundo livro de Olympia haviam desaparecido. Ela decidira não o escrever, e uma pilha de livros de Direito chegara enquanto eles estavam viajando e a esperava. A viúva sentia-se animada para o início das aulas.

Elas viajaram de carro para passar alguns dias em Bridgehampton. Darcy já havia entrado em contato com alguns de seus velhos amigos e feito planos com eles, incentivada por Olympia. Ao fim de sua terceira semana em casa, ela já havia visto vários deles. Quando eles apareciam, a casa de Olympia se enchia de vida novamente. Parecia um lugar diferente do túmulo que se tornara quando ela se enterrou viva ali.

E, quando ela e Darcy tinham tempo, iam a museus, visitavam exposições, saíam para fazer compras e tentavam planejar os fins de semana na praia. Olympia ainda não entrara em contato com seus amigos dos anos que fora casada com Bill, e não queria fazer isso tão cedo, principalmente depois das revelações sobre Tony Clark. Mas sentia-se feliz por estar perto de Darcy e de seus amigos. Ela e Jennifer achavam ótimo tê-los por perto. Todos aproveitavam a casa em Bridgehampton.

Olympia costumava fazer longas caminhadas na praia e estava em paz. Havia passado um verão feliz e animado com os filhos. Ela estava finalmente superando o choque de tudo o que descobrira sobre Tony. Sentia-se simplesmente aliviada por ter se livrado dele, mas seu sogro achava que o ex-vice-presidente merecia uma punição mais severa por seus crimes e lamentava que ele não tivesse sido levado à justiça nos Estados Unidos. Mas Olympia estava totalmente ciente de que um julgamento por assassinato teria sido uma agonia para todos eles.

Charles passou um fim de semana agradável na praia com Olympia e Darcy ao voltar da França, depois foi a Washington para visitar alguns amigos. Ainda gostava de acompanhar o cenário político em Washington, e estava a par de tudo o que acontecia. Antes de ir embora, disse a Olympia que estava muito orgulhoso por ela ter decidido voltar aos estudos. Ela lhe deu todo o crédito por isso.

— Espero que um dia eu seja como ele — disse Darcy, admirando o avô.

Então Olympia voltou à cidade para algumas reuniões com os advogados de Bill sobre seu patrimônio, e deixou Darcy na casa em Bridgehampton com os amigos.

Depois da reunião, Olympia foi comprar algumas coisas que elas precisavam na praia. Foi a uma loja de material de ferragens e estava empurrando um carrinho cheio de lanternas, pilhas, um pequeno kit de ferramentas e outras coisas práticas. Estava procurando repelente de insetos quando deu um encontrão em outra mulher com um carrinho e ficou surpresa ao ver que era Alix. Ela estava comprando algumas coisas para o apartamento de Ben que ele sempre prometia que ia comprar e nunca comprava. As duas mulheres se entreolharam por um longo instante, então Alix sorriu para ela.

— Eu não queria incomodar você ligando para a sua casa... mas pensei em você muitas vezes, torcendo para que estivesse bem. Como você tem passado? — perguntou Alix num tom cordial.

Olympia parecia mais saudável e mais viva do que da última vez que as duas se encontraram. Estava bronzeada, usava calça jeans e espadrilles, e parecia mais relaxada do que durante a terrível época em que a CIA estava investigando o vice-presidente com a ajuda dela.

— Tenho andado ocupada.

Olympia sorriu para ela, e Alix ficou novamente impressionada com a elegância e a beleza da viúva. Ela ainda tinha algo de mágico, mas parecia mais acessível e mais humana, e também mais feliz. Alix esperava que estivesse mesmo. Havia de fato gostado daquela mulher, embora não se conhecessem bem, e Olympia confiara nela e gostara dela também.

— Minha filha voltou da África. E eu viajei com meus filhos para Paris recentemente. É a primeira viagem que fazemos juntos desde... bom, há muito tempo — continuou Olympia, tropeçando nas palavras por um instante, decidindo não dizer "desde que meu marido morreu". — E vou voltar para a faculdade de Direito no outono. Espero poder trabalhar depois do curso.

Seus olhos se iluminaram quando ela disse isso, e Alix sorriu.

— Você tem estado mesmo ocupada! E o livro?

Olympia balançou a cabeça e respondeu num tom sério.

— Cheguei à conclusão de que um único livro já era o suficiente. Aquilo estava me consumindo demais. Mudando de assunto, vi suas matérias sobre o terremoto em Pequim. Você estava ótima, como sempre. E mais alguma outra coisa que você fez em Washington, não lembro bem o que era. Sou grande fã do seu trabalho.

— Obrigada. Eu sou uma grande fã sua também. Fico feliz por você estar tão ocupada.

— Como está a sua filha depois do que aconteceu em Duke?

Elas tinham o número do celular uma da outra, mas nunca haviam entrado em contato depois da investigação. Nenhuma das duas se sentia à vontade para incomodar a outra, embora tivessem sentido uma simpatia e admiração mútua quando se conheceram. Só que aquilo acontecera num momento terrível.

— Ela está bem. Recuperou-se de forma surpreendente. Está passando o verão na França com a minha mãe — respondeu Alix.

— Vou visitá-la em breve com um amigo. Ela sempre disse que queria cursar um semestre lá, mas ainda não se organizou para isso. Talvez durante a primavera. Ela acabou de terminar o segundo ano.

Foi agradável contar as novidades sobre suas vidas e suas famílias. As duas tinham se conhecido durante um dos momentos mais difíceis da vida de Olympia, que também foi o fim de uma era. E Alix percebeu que o processo de cura havia começado quando Tony saiu da vida da viúva. Olympia agora parecia completa, e em paz. Alix ficou feliz por ver isso. Elas conversaram por mais alguns minutos e então ambas voltaram às compras. Alix acenou para a viúva na fila do caixa quando estava saindo da loja. Elas não sugeriram se encontrar, nem prometeram almoçar juntas, nem mesmo telefonar uma para a outra. Aquele encontro havia sido fortuito e simpático para ambas, fechando mais um capítulo. Alix ficou contente por tê-la visto, e Olympia parecia ter gostado da conversa também. A jornalista mal podia esperar para contar aquilo para Ben à noite.

— Ela agora parece uma pessoa de verdade — comentou Alix —, não um fantasma. Aquele cretino quase a destruiu.

— Ele destruiu a si mesmo — Ben lembrou a ela. — E, onde quer que esteja agora, deve se arrepender amargamente de tudo o que perdeu. Deve pensar nisso o dia inteiro.

— Espero que sim — disse Alix, com um ar pensativo, mas aliviada por ter encontrado Olympia por acaso.

Ela sorriu ao pensar na viúva e desejou-lhe o melhor, do fundo do coração. Ela merecia ser feliz. Tinha lutado muito para ser feliz.

Apesar de Felix reclamar, como sempre fazia, Ben e Alix tinham pedido duas semanas de férias em agosto. Iam visitar a mãe dela, e Faye, que a essa altura estava com Isabelle fazia dois meses, divertindo-se muito. Ela e Gabriel haviam feito várias viagens curtas pela Europa com a jovem. Faye adorava estar com eles e fizera vários amigos na vila, alguns dos quais tinham sido seus colegas de escola quando ela era pequena e morava lá. E um deles tinha um irmão com quem ela estava saindo. Ele era dois anos mais velho que Faye e estudava ciência política em Paris, mas estava passando o verão na casa dos pais.

Alix e Ben mal podiam esperar para chegar à Provença. Planejavam fazer algumas viagens curtas também. Haviam coberto diversos casos, um após o outro, no último mês, e estavam cansados, mas animados com a ideia de ver Isabelle e passar um tempo na França com Faye. Alix estava envergonhada por não ter explicado seu relacionamento com Ben para a filha. Era óbvio que eles estavam morando juntos havia vários meses, Faye sabia que a mãe não tinha voltado para seu apartamento, mas Alix apenas afirmara que eles eram colegas de apartamento e bons amigos, e que sentia-se bem em ficar com ele, mas nada além disso. Alix queria contar, mas não tinha encontrado o momento certo. Sempre uma delas estava ocupada. E Faye partira para a França logo após o fim do semestre letivo. Alix queria lhe contar por Skype ou pessoalmente, e não por e-mail nem por mensagem. Porém nunca encontrava a ocasião certa. Faye ficara com eles por mais alguns dias antes de partir para a França, mas Alix voltara para o quarto de hóspedes com ela, por isso não havia nenhuma evidência óbvia de seu romance com Ben. Era uma situação inusitada que não fazia sentido nem para Alix, e complicava a vida deles.

— Por que você está escondendo isso dela? — perguntava Ben com frequência. Ele também se sentia constrangido com a situação.

— Ela não é mais criança. É uma mulher de 19 anos. Você era só um ano mais velha quando ela nasceu.

— Não sei como explicar o nosso relacionamento — revelou Alix, sentindo-se estúpida toda vez que dizia isso. Mas era verdade, ela não sabia mesmo.

— Nós nos amamos. Isso não é suficiente?

A resposta dele era simples, e Alix sabia que o companheiro tinha razão. Isabelle sabia sobre eles e não tinha nenhum problema com isso. Pensando bem, Faye não ficava chocada com a relação entre a avó e Gabriel, nem se importava quando ele viajava com elas ou passava a noite na casa de Isabelle nos fins de semana. Ela achava bom a avó ter alguém. Alix prometera a si mesma que contaria tudo à filha quando chegassem à Provença. Senão não poderiam dormir no mesmo quarto, o que iria arruinar as férias.

— Do que você tem medo? — perguntou Ben finalmente a caminho da Provença, tentando entender o comportamento dela.

Era a única coisa em Alix que não fazia sentido para ele. A jornalista era uma pessoa sincera, corajosa e tinha fortes convicções. Era íntegra e boa mãe. E estava feliz no relacionamento. Parecia ridículo manter o romance deles em segredo.

— E se não der certo entre nós? Veja os erros que cometi na vida. Dormi com um cara que eu mal conhecia quando tinha a idade dela, engravidei, me casei e entrei para uma família que me odiava. Aí fiquei viúva quatro meses depois, e os pais dele não queriam nenhum contato com a gente, por isso a Faye deixou de ter esses avós. E perdeu o pai quando tinha só 3 meses. Nunca pude dar um pai a ela. E a deixei com a minha mãe pelos primeiros cinco anos de vida, porque estava ocupada demais fazendo minhas próprias coisas. E preferi fazer isso em vez de cuidar dela. Que moral eu tenho para falar de relacionamentos? E se ela perguntar se vamos nos casar? Nenhum de nós acredita em casamento, estou feliz com o que a gente tem, e você também. Além do mais, na nossa idade, isso faz sentido. Mas que tipo de exemplo estou dando para ela?

— Você é um ser humano e uma boa pessoa, e a considero uma excelente mãe. E você tem o direito de cometer erros... Era muito jovem quando ela nasceu. Acho que você fez a coisa certa ao deixar sua mãe tomar conta dela por alguns anos. E, ora bolas, você é uma repórter premiada, não tinha um empreguinho qualquer. Acho que algum dia você vai acabar ganhando um Emmy. E merecidamente. Suas matérias fazem diferença no mundo. Você é uma defensora da luz num mundo de trevas. Olha o que você fez com Tony Clark! Você salvou Olympia Foster e o país de um vice-presidente corrupto. E eu que pensei que você estivesse maluca quando falou que ele tinha mandado matar Bill Foster. Mas você estava certa, no fim das contas. Então por que está se justificando? Realmente incomoda você o fato de nós não sermos casados? O problema é esse? Isso significa tanto assim para você?

Ele queria mesmo saber, pois se casaria com Alix se fosse importante para ela, mas nunca lhe dissera isso.

— Não, prefiro não me casar. Não quero estragar o que nós temos nem mudar nada. Só não sei como explicar isso para Faye. Não quero que ela pense que eu sou uma vadia. — Ele sorriu ao ouvir isso. — E não posso prometer para ela que vamos ficar juntos para sempre. Não temos como saber. Um de nós pode morrer, ou nós dois podemos nos cansar um do outro. Quero acreditar no "felizes para sempre", mas não sei se consigo. Isso deu certo para quantas pessoas que você conhece? Não muitas. Só uns poucos casais sortudos.

— Quem sabe nós seremos um deles?

— Não sei bem se o casamento aumenta as chances de isso acontecer — retrucou Alix. — Acho que, a vida inteira, sempre fiz o que quis, sem me importar com o que os outros pensavam. Faço aquilo em que acredito, e isso também se aplica a nós dois. Eu acredito em você, Ben. Eu te amo. Eu te admiro, acho você a melhor pessoa que conheço. Mas, e se você se cansar de mim daqui a um ano? Ficar entediado ou não me aguentar mais? E então, como eu faço? Hoje falo para ela que você é o amor da minha vida, e daqui a um ano? Ups, acho que me enganei. Que espécie de lição é essa? Que espécie de exemplo precioso é esse que eu vou dar?

— Você está ensinando a ela sobre a vida, que as pessoas se amam e que tentam fazer dar certo da melhor forma possível. Mas às vezes acontece uma merda que fode tudo. Você cai de cara no chão, então se levanta, sacode a poeira e continua em frente, tentando outra vez. Talvez essa seja a melhor lição de todas. Veja só a gente. Você fez uma coisa inconsequente quando tinha 20 anos, mas disso nasceu a Faye, que foi um presente fantástico. Eu achei que tivesse um casamento de verdade, mas, quando nosso filho morreu, tudo foi por terra. E agora estou aqui com você, e te amo mais do que já amei qualquer outra pessoa na vida. E veja a Olympia Foster. Tinha um casamento feliz, até que o melhor amigo matou o marido dela, e ela mesma quase morreu por isso. Você disse que ela voltou à vida, que os filhos dela estão bem e que ela vai voltar para a faculdade no outono. Talvez a lição seja essa: é preciso tentar, e tentar, e tentar, e continuar tentando e amando, e fazendo a coisa certa. Os outros nem sempre jogam de acordo com as regras, mas você ainda precisa agir corretamente, e dedicar todo o seu coração a isso. Não é isso que estamos fazendo?

Ele fazia tudo parecer tão óbvio e simples. Alix o amava por isso.

— Acho que é. — Ela sorriu para ele. — Talvez eu só precise dizer a ela que amo você e que nós esperamos que dê certo. Talvez isso baste.

— Concordo. — E então, um minuto depois, ele se virou para ela e fez uma pergunta. — Você quer se casar comigo?

— Na verdade, não. Tenho muito medo de que isso estrague tudo.

— Eu não acho que estragaria, mas também não estou louco para me casar. Acho que não é necessário, se não vamos ter filhos.

— Então não vamos nos casar — decretou ela claramente. — Mas eu ia querer que a Faye se casasse, se tivesse um bebê.

Ben sorriu.

— Ela talvez não queira fazer isso. Ela tem as próprias convicções, assim como você, e vai fazer o que quiser, independentemente do que você disser para ela.

— Não sei mais em que acreditar — confessou Alix sinceramente. — Eu acredito no casamento, mas não para mim. Mas espero que ela se case um dia.

— Talvez seja difícil convencer alguém se você mesma não quer isso. Que tal esperarmos dez ou vinte anos e vermos se dá certo? Se ainda gostarmos um do outro daqui a vinte anos, nós nos casamos. Combinado?

— Talvez. Pergunte daqui a vinte anos. Vou pensar enquanto isso.

— Você só está sendo covarde. Ou quem sabe não me ama o suficiente para se casar comigo — disse ele, provocando-a.

— Veja a minha mãe. Ela também não quer se casar.

— Deve ser hereditário. Ou algum tipo de maldição de família. As mulheres da sua família têm fobia de casamento.

— Você também. Acho que minha mãe tem medo de o Gabriel morrer se ela se casar com ele, como aconteceu com o meu pai.

— Isso é loucura. Você realmente acha que é esse o motivo? — perguntou ele, e Alix confirmou com a cabeça.

— Ela me disse isso uma vez. Está convencida de que ele vai estrebuchar e morrer assim que eles saírem da igreja.

— Que triste — disse Ben, pensando naquilo.

— Ela está feliz do jeito dela. E nós também.

— Então diga isso a Faye. É tudo o que ela precisa saber. Ela não precisa saber de todas as loucuras que passam pela nossa cabeça, dos medos e motivos que nós temos. Eu nunca quis outro filho porque tive medo de que ele morresse como o Chris. Isso é bobagem também. Eu amo a Faye, e ela me faz perceber que eu gostaria de ter tido outro filho, mas me privei disso, por medo. Às vezes nós nos autossabotamos.

— Agora você tem a Faye — disse Alix, e ele sorriu.

Eles chegaram à casa de Isabelle meia hora depois, e Isabelle e Faye correram para recebê-los e abraçaram os dois, então os quatro entraram juntos na casa. Gabriel iria jantar lá naquela noite. Alix ficou muito contente por rever a mãe e por estar com Faye de novo. Sentira saudades dela.

Ben deixou as malas de Alix no topo da escada para evitar cometer uma gafe e colocá-las no quarto errado, o que fez Alix lembrar que tinha de dizer algo à filha para poder desfazer suas malas no quarto onde pretendia dormir com Ben. Faye estava no quarto onde Alix costumava ficar, que era pequeno demais para as duas, embora fosse um cômodo bonito.

— Vamos dar uma volta — disse Alix a Faye quando Isabelle foi colher alface e legumes para aquela noite, e a filha pareceu surpresa.

— Aconteceu alguma coisa, mãe?

Faye ficou com medo de que algo ruim tivesse acontecido, então pegou um agasalho e seguiu a mãe.

Alix olhou para a filha com um ar de seriedade.

— Tenho uma confissão a fazer. Estou morando com Ben, e não só como colegas de apartamento, desde que você voltou para a faculdade. Eu o amo, e somos felizes juntos, mas não posso prometer que vai durar para sempre, e não temos planos de nos casar. Isso soa terrivelmente imoral para você?

Alix parecia solene e preocupada, e Faye riu dela.

— Ah, pelo amor de Deus, mãe. Eu já tinha percebido tudo quando fiquei com vocês antes de vir para a França. Suas coisas estavam espalhadas no quarto e no banheiro dele. Acho o Ben maravilhoso. Eu o amo e acho que, se você está feliz com ele, é isso que importa. Não me interessa se vocês vão se casar ou não. Ele é legal com você e comigo. Espero que dê certo para vocês, e que dure para sempre. Mas, se não durar, vamos sobreviver juntas. Você e eu somos para sempre. O que você faz com ele é decisão sua.

— É tão simples assim?

Alix olhou para a filha, espantada. Faye era uma garota incrível, e tão madura. Havia enfrentado muita coisa na vida.

— É. Tudo bem para você? — respondeu Faye, sorrindo para a mãe.

— Me parece perfeito.

Elas voltaram para a casa abraçadas, ambas sorridentes. Faye foi ajudar a avó na horta, e Alix subiu a escada depressa, levando suas malas para o quarto de Ben.

— Está tudo resolvido — disse ela, com um sorriso radiante.

— Você contou a ela?

Alix fez que sim com a cabeça e deu um beijo nele.

— O que ela disse? — Ele parecia preocupado.

— Que nós somos dois tolos, e que ela já tinha percebido quando passou aquele tempo com a gente antes de vir para cá. Ah, e ela disse que te ama também, que está feliz por nós e que o que a gente faz é problema nosso.

Era tudo o que ele precisava ouvir.

— Uau. Que maravilha. — Ele então beijou Alix com mais intensidade, aliviado com o que ela dissera. — Ela é fantástica.

— Você também — disse Alix com sinceridade. — Então agora podemos viver em pecado para sempre, que ela não se importa.

Ele riu ao ouvir isso. Teria adorado fazer amor com Alix para comemorar, mas tinha medo de que alguém os ouvisse. A casa era pequena, e parecia mais seguro esperar até a noite.

Ben e Alix desfizeram as malas e desceram. Ele saiu para passear de bicicleta na vila, e Alix foi ajudar a mãe a terminar o jantar, enquanto Faye punha a mesa, como fazia quando era criança. Mais tarde, Gabriel chegou levando um vinho de sua adega, e todos passaram uma noite maravilhosa juntos. Depois os dois homens foram se sentar lá fora, sob as estrelas, enquanto as mulheres arrumavam a cozinha e se juntavam a eles algum tempo depois. Eles conversaram por um bom tempo sobre a vida e sobre política, medicina e pessoas e, quando ficaram cansados, resolveram ir para a cama. Na manhã seguinte, todos se reuniram novamente para o café da manhã, e então Faye saiu para encontrar os amigos, e Ben e Alix foram dar um passeio de carro. Eles passaram na feira agrícola local e voltaram para casa com cestos de frutas, legumes, queijos e pães para Isabelle.

O tempo passou bem rápido. Todos consideraram as férias perfeitas e, antes de Alix e Bem irem embora, Isabelle contou à filha algo que ela não estava esperando e que a deixou chocada. Isabelle lhe contou que ela e Gabriel estavam pensando em se casar. Alix encarou a mãe, surpresa.

— Por quê?

— Porque eu o amo e quero me casar. E por que não fazer isso na nossa idade? Acho que eu gostaria de ser a mulher dele. Quer dizer, legalmente.

Isabelle parecia feliz com a ideia, embora não parecesse antes.

— Achei que você tivesse medo de que ele morresse se vocês se casassem, como o meu pai.

— Ele me convenceu de que isso era ridículo, e acho que tem razão. Ele está bem de saúde, e não está trabalhando em zonas de guerra como o seu pai.

— Quando vocês vão fazer isso? — perguntou Alix.

— Quando a gente achar que é o momento certo. Não estamos com pressa. Não vamos fazer muito alarde. Vamos nos casar só no civil e viajar de lua de mel por alguns dias, talvez para a Itália. Eu te aviso quando for fazer isso. Mas me parece um bom plano.

Alix contou a novidade a Ben naquela noite, e ele também pareceu surpreso.

— Você sabe o que isso significa, não sabe?

— O quê?

— Que sua mãe está quebrando a maldição que faz as mulheres dessa família terem medo de se casar. Cuidado! A próxima pode ser você!

Ele a estava provocando, e ela riu.

— Bom, não tão cedo.

— Acho que é uma ideia legal, se é isso que eles querem fazer. Gosto muito dele, e acho que os dois combinam.

Alix concordou com a cabeça. As coisas pareciam cada vez mais simples na família dela, nos últimos tempos. Sua mãe ia se casar depois de ter ficado viúva e sozinha por mais de trinta anos. Faye já estava crescida, e ela e Ben estavam felizes morando juntos e não precisavam de mais que isso. Tudo parecia muito fácil para ela.

No dia seguinte, ela e Ben voltaram de carro para Paris e passaram uma noite na cidade antes de pegar o voo de volta para Nova York. As férias tinham sido idílicas, e Faye ia passar outra semana

272

com a avó antes de ir embora para casa. Ela voltaria para Duke a fim de cursar um semestre, mas se candidataria a estudar o semestre seguinte na Sorbonne, e estava animada com a ideia.

Tinha sido um período relaxante de lazer para os dois, e Ben gostara tanto quanto ela. Estavam bronzeados e pareciam relaxados e saudáveis quando embarcaram no voo para Nova York, ambos se perguntando o que estaria esperando por eles quando voltassem. Nunca havia como prever para onde seriam enviados, ou o que teriam de cobrir, ou quão perigoso ou interessante seria. Mas, contanto que estivessem juntos, sabiam que se divertiriam trabalhando na reportagem, e tudo daria certo. Era só isso que eles precisavam saber. E agora aproveitavam a vida pessoal também. Nenhum deles estava voltando para um apartamento vazio, ou dominado por suas perdas passadas.

Quando aterrissaram em Nova York, pegaram um táxi para o Brooklyn.

Ben deu um beijo em Alix.

— Seja bem-vinda.

— Eu te amo — disse Alix, sorrindo para Ben enquanto eles pegavam o trânsito na saída do aeroporto. Felix mandou uma mensagem de texto para os dois.

— Vocês vão para Tóquio amanhã. Tudo bem? Escândalo do governo. Sejam bem-vindos.

Ben sorriu ao ler a mensagem e a abraçou.

— Parece que vai ser divertido — comentou ele, fazendo Alix dar uma risada.

A vida deles nunca tinha sido tão boa. Os dois tinham tudo o que queriam por ora.

Capítulo 19

Olympia e Darcy começaram seus mestrados no mesmo dia. Darcy tinha uma aula cedo e pegou o metrô para a NYU antes de Olympia sair para Columbia. A viúva tomou um último chá com Jennifer antes de partir e disse que se sentia como uma criança, indo para a escola com seus livros e seu notebook, usando jeans e sapatos baixos. Jennifer sorriu ao vê-la assim e, quando já estava na sala de aula, Olympia ficou aliviada ao ver que havia alguns alunos mais velhos que ela nas cadeiras à sua volta, e sentiu uma onda de expectativa na sala antes de a professora entrar. Para ela, era a coisa mais emocionante que fazia nos últimos anos. E mal podia esperar para contar a Darcy à noite, e saber como tinham sido as aulas da filha na NYU.

Quando a professora entrou, Olympia se endireitou na cadeira e prestou muita atenção a tudo o que ela dizia. Era uma das professoras mais prestigiadas da faculdade, e Olympia estava muito animada de frequentar sua aula. Lera dois dos livros dela para se preparar durante o verão.

Sua vida estava agitada e cheia de compromissos. Darcy estava em casa e passaria o ano inteiro morando com ela. Olympia havia conseguido sobreviver a tudo o que lhe acontecera.

Ela olhou de relance para a esquerda e viu que uma jovem a observava com interesse, perguntando-se o que ela estava fazendo na aula e por que havia voltado à faculdade. Olympia tinha curiosidade para saber um pouco sobre cada aluno naquele curso também, o que eles tinham feito e o que tiveram de superar para estar ali. Com as pessoas, nunca se podia saber, e tinha certeza de que a maioria tinha histórias interessantes para contar. Gostaria de poder conhecer todos. Mas naquele momento queria estudar, aprender tudo o que podia e estar pronta para trabalhar de novo. O futuro lhe parecia muito promissor.

Alix estava trabalhando em sua mesa na semana após o Dia do Trabalho, depois da viagem ao Japão algumas semanas antes. Faye já havia voltado para Duke após um verão perfeito na Provença, e Alix decidira entregar seu apartamento no centro. Parecia um desperdício continuar pagando aluguel se ela não morava mais lá. Ela e Faye tinham discutido o assunto, e a filha disse que não se importava se a mãe entregasse o apartamento, agora que podia ficar com o quarto de hóspedes de Ben só para ela.

O cinegrafista achava que eles deviam alugar um apartamento maior no Brooklyn, em algum momento. Eles estavam confortáveis ali e gostavam do bairro, porém queriam mais espaço para quando Faye estivesse em casa. O apartamento de Ben era perfeito para um homem solteiro, mas um pouco apertado para os três.

Alix estava falando com Ben no celular quando Felix entrou na sala, parecendo ter algo importante para lhe dizer. Estava sorrindo. Ela disse a Ben que ligaria de volta em alguns minutos e desligou. Felix já estava sentado na cadeira à sua frente.

— Por que você está tão feliz? — perguntou ela.

— Você vai receber um prêmio pela cobertura sobre o caso do Tony Clark, pela reportagem excelente e sua cooperação com agências do governo. — Felix olhou para ela com orgulho. — Um prêmio Edward R. Murrow especial. — Era o prêmio mais importante dos noticiários televisivos.

— Por que eles acharam que mereço isso, se ele fugiu para a Arábia Saudita? — perguntou ela, com modéstia e surpresa com a notícia.

276

— Mas não foi culpa sua. Você fez um trabalho excelente e merece o prêmio. Haverá um jantar em sua homenagem daqui a duas semanas. Vamos anunciar hoje à noite, no noticiário das seis.

— Obrigada — agradeceu-lhe ela, tímida.

Não parecia certo para Alix ganhar um prêmio se Tony Clark não havia sido levado a julgamento. Para ela, era um fracasso. Mas ela havia feito um trabalho investigativo incrivelmente elaborado e minucioso. E pelo menos ele não era mais vice-presidente. Ela havia contribuído com isso.

— E acho que vamos mandar você para Londres esse fim de semana para um evento em homenagem à rainha, no Palácio de Buckingham. Você está ficando chique. Só não vá ao evento usando botas de combate.

— Vou lembrar disso — afirmou ela, rindo.

— Tudo bem com você? — perguntou Felix, com uma expressão paternal.

— Tudo ótimo.

Ela sorriu para ele. Parecia mais feliz do que nunca.

— Você e o Chapman estão se dando bem?

— Sim, estamos felizes.

— Que bom. Continuem assim. Amanhã eu te falo sobre Londres. E parabéns pelo prêmio. É uma grande conquista, sabia?

— Obrigada, Felix.

Ela sorriu para o produtor enquanto ele saía da sua sala e então ficou pensando em Tony Clark outra vez. Ela passara por um período estranho e estressante, juntando todas as peças do quebra-cabeça até que a última se encaixasse. Onde quer que ele estivesse, ela esperava que o ex-vice-presidente estivesse pagando por seus pecados, e não aproveitando uma boa vida. Não seria justo, embora a vida às vezes não fosse mesmo justa.

Então ela pegou o celular e ligou para Ben de novo, para lhe contar sobre o prêmio. Depois de Faye, ele era a melhor coisa que tinha lhe acontecido. Ela se sentia sortuda e grata por sua vida.

Tinha um trabalho que amava, um homem que ela também amava e uma filha incrível. Nada poderia ser melhor do que isso.

Tony Clark acordou de manhã com os pulmões enfraquecidos pelo calor sufocante e a pele tão seca que parecia que ia rachar. Agora acordava todos os dias assim. Levantou-se e vestiu seu *djellabah* sem nada por baixo, então saiu de seu quarto, que dava para o terraço, onde seu café da manhã era servido. Àquela altura, ele já havia aprendido a falar algumas palavras em árabe. Dois garçons lhe trouxeram sua primeira refeição do dia e um chá fumegante. Ele ficara deitado na cama, escutando a chamada para a oração que ouvia cinco vezes por dia. Logo seria hora da oração do meio-dia. Ele passara a odiar o som daquelas chamadas, que eram um lembrete constante de onde ele estava e de tudo o que acontecera. E então o dia se arrastava. Ele gostaria de poder ler um jornal de verdade, como o *Washington Post* ou o *Wall Street Journal*, mas não era permitido que Tony tivesse esses jornais ali, e ele não sabia ler árabe, por isso não podia ler o jornal local. Mas que diferença isso fazia agora? As notícias não importavam ali. Nada importava. Ele não fazia mais parte do mundo. Quando fora para lá, deixara de existir.

Eles não o deixaram ficar com seu computador, mas ele tinha assistido à CNN algumas vezes desde que chegara ali. Tinha visto o novo vice-presidente tomar posse, o que lhe causou repulsa, e a declaração que o presidente fizera sobre ele. Eram todos uns imbecis.

Tony morava na casinha que tinham lhe dado, que era parte do acordo que fizera. Imaginara que a casa seria maior, mas eles tinham mentido. Tony não tinha mais nenhuma utilidade para aqueles homens. Agora morava no purgatório, ou no limbo, esperando que algo mudasse, ou que acontecesse alguma coisa, mas sabendo que nada mais aconteceria. Ele era um homem que perdera sua vida, seus sonhos, seu mundo, e tudo o que construíra, e agora existia ali no calor que ardia em seus pulmões, vendo o tempo passar, ouvindo as chamadas para oração e contando os instantes como grãos de areia, até que sua vida finalmente terminasse um dia. Mal podia esperar para que esse dia chegasse. E, se eles se cansassem dele, talvez esse dia chegasse em breve. Por mais dinheiro que Tony lhes tivesse pagado no passado, eles sempre podiam mudar de ideia e matá-lo. Ele estava plenamente ciente disso e, de certo modo, talvez isso fosse até um alívio.

Enquanto isso, tudo o que ele podia fazer era relembrar como sua vida tinha sido e como jamais voltaria a ser. Tony nunca pensava nas pessoas a quem causara dor, apenas no que faria com elas se o deixassem voltar um dia. A esperança de vingança o mantinha vivo. Não havia dúvidas em sua mente torturada de que era culpa deles o fato de ele estar ali e de tudo ter dado tão errado. Até Olympia o traíra, recusando-se a se casar com ele, apegada à memória de Bill.

Um dos criados jovens lhe levou outra xícara de chá perfumado, que ele odiava do fundo de seu ser. Sua existência agora era um inferno interminável, e ele tinha certeza de que não merecia aquilo. E o mais cruel de tudo era que todos haviam se esquecido dele. Ele era um fantasma, assim como Bill. Era tudo culpa de Bill. Se ele não o tivesse ameaçado, nada disso teria acontecido. Poderia ter sido tão simples, e quase fora. Pensando naquilo, como fazia constantemente, Tony concluiu que Bill merecera morrer. Todos mereciam. E então tomou outra xícara do chá que detestava, fechou os olhos no calor opressivo e desejou, como fazia a cada momento do dia, estar morto também. Bill fora quem tivera sorte e vencera no final. Não era justo. Tony sabia que merecera muito mais do que todos eles. Bill com seus grandes ideais irreais, como se fosse algum tipo de santo. Olympia com sua fraqueza e sua disposição a deixar que ele a controlasse. O presidente, que o traíra e o expusera. Os lobistas. Todos tinham caçoado dele. Em sua mente, era tudo tão errado. Ele sabia que era melhor que eles, e amaldiçoava e odiava todos, até os sauditas, que provavelmente o matariam um dia. Mas os palhaços eram eles, porque Tony não se importava mais. Deu uma risada no calor insuportável quando começou a chamada para a oração do meio-dia. E pensar que ele tinha pagado para isso, para ser um homem morto.

Este livro foi composto na tipografia Adobe
Garamond Pro, em corpo 13/16, e impresso em
papel off-white no Sistema Cameron da
Divisão Gráfica da Distribuidora Record.